La bóveda celeste

La bóveda celeste

Carmen Resino

Rocaeditorial

© Carmen Resino, 2009

Primera edición: septiembre de 2009

© de esta edición: Roca Editorial de Libros, S.L.
Marquès de l'Argentera, 17. Pral. 1.ª
08003 Barcelona.
info@rocaeditorial.com
www.rocaeditorial.com

Impreso por Brosmac, S.L.
Carretera Villaviciosa - Móstoles, km 1
Villaviciosa de Odón (Madrid)

ISBN: 978-84-9918-013-7
Depósito legal: M. 29.000-2009

ÍNDICE

«Ninguna aventura es posible fuera del ámbito doméstico… Menos aún adentrarnos en los misterios del universo, en esa infinita bóveda celeste, que tanto apasionó a los humanos desde la Antigüedad y de la que cada vez se conoce más gracias a los trabajos de sabios y astrólogos. Las únicas bóvedas que nos permiten ver son las de las iglesias y aquellas que cubren los muros de nuestros aposentos o nuestras celdas y a las que nuestros ojos se dirigirán en el momento supremo del parto o de la muerte.

Pero todas ellas nos engañan al impedirnos la visión del cosmos.»

«¿Quién fue más cruel: la Inquisición con vos o vos conmigo?»

Introducción

*E*n la noche del 12 de marzo de 1737, casi un siglo después de muerto Galileo, sigilosos pasos retumbaban en la oscura iglesia de Santa Croce de Florencia, ésa que los franciscanos levantaron en el antiguo barrio de los curtidores y tintoreros, gloria del gótico toscano y, más tarde, panteón de ilustres. Aunque existía el permiso para hacer el traslado de los restos del maestro desde su casi anónima y proscrita tumba hasta el mausoleo que por fin se le tenía preparado, el grupo se movía con discreción, casi con sigilo, como si todo lo referente al gran genio siguiera siendo secreto y discutible.

El grupo, después de atravesar la iglesia, se dirigió hacia el cuartito bajo el campanario donde se encontraban las tumbas de Galileo y de su fiel discípulo Viviani, y procedieron a romper el muro que ocultaba las humildes sepulturas. Primero extrajeron el ataúd del discípulo y, después de ser identificado tras ser descubierta la chapa de plomo, lo trasladaron al lugar que le tenían reservado en respetuosa procesión; luego, desandando lo andado, regresaron a donde reposaban los restos de Galileo y tras romper bajo la placa que Viviani dedicara al maestro en 1674, procedieron a sacar el ataúd. Fue entonces cuando se produjo la sorpresa: el nicho no albergaba un ataúd sino dos, muy similares y sin inscripción que los identificara. Los allí presentes quedaron atónitos, y tras un primer momento de vacilación, procedieron a abrirlos. La identificación, no obstante, resultó fácil: el de arriba contenía los restos de un hombre viejo que coincidía, según criterio del médico que estaba presente, con la edad y características físicas de Galileo; el de abajo albergaba los restos mortales de una mujer. El esqueleto de Galileo, tras sufrir las amputaciones de tres dedos de la mano derecha, una vértebra y un diente para ser conservados como reliquias —el Siglo de las Luces le había reivindicado y veneraba sus restos como los de un héroe. ¡Cuánto había luchado Viviani por conseguirlo y cuán inútilmente!—, fue conducido al mausoleo que se le tenía preparado. Pero ¿de quién era el otro esqueleto que reposaba bajo el del reconocido astrónomo?

Todos especularon por lo bajo y hasta el interior de la iglesia llegaron los murmullos: ¿quién podía ser? Su mujer no, porque mujer no había tenido Galileo y aquella Marina Gamba con la que tuvo sus tres hijos reconocidos no se casó con él, sino con un tal Giovanni Bartolucci y por tanto, estaría enterrada con el esposo. Tampoco pensó ninguno de los presentes que los restos pertenecieran a alguna de sus hijas. Virginia y Livia profesaron como carmelitas pobres en el convento de San Matteo de Arcetri bajo los nombres de sor María Celeste y sor Arcángela, y lo lógico era que ambas estuvieran sepultadas en el convento. Nadie sabía a ciencia cierta quién podía ser la enterrada, probablemente alguien muy próximo a Galileo. Pero ¿quién?

Sin embargo, las sorpresas no habían terminado, al menos para uno de los presentes, quien advirtió que las maderas de este segundo féretro, al igual que había sucedido con las del primero, roto por su parte superior, se resentían esta vez por su base, dejándolo ligeramente desfondado; al ser traqueteado y levantado ligeramente para mejor sacarlo, algo parecía escurrirse de él y caer hacia fondo del nicho.

Entre salmos, el cortejo con el féretro de Galileo salió a hombros por el estrecho pasillo que comunicaba con la iglesia y entraron en ella. Las antorchas iluminaron los pilares octogonales, las bóvedas de crucería, las pinturas del Giotto que representaban la vida de san Francisco y las de Tadeo Gaddi sobre la vida de la Virgen, para detenerse ante el lugar que se le tenía destinado, en la nave izquierda, casi frente al monumento del gran Miguel Ángel, como si al reservarle esa proximidad quisieran resaltar la coincidencia entre las fechas de nacimiento y muerte de uno y otro: Galileo nació en Pisa un 15 de febrero de 1564 y Miguel Ángel moriría justo tres días después, lo que a muchos les llevó a decir —entre ellos a Viviani—, que el genio de Miguel Ángel había insuflado el espíritu de Galileo y que, aunque ocupados y destacados en ciencias y sabidurías diferentes, la grandeza del uno venía a ser sustituida por la del otro. También los monumentos se asemejaban: el busto de Galileo, en el centro, sujetaba con la mano derecha un telescopio y descansaba la otra sobre un globo terráqueo flanqueado por figuras alegóricas de la Astronomía y la Geometría; Miguel Ángel, también situado en el centro junto a la Pintura, la Arquitectura y la abatida musa de la Escultura. Por fin, el discutido maestro descansaba en aquella hermosa iglesia, y aunque el monumento no fuera tan lujoso como lo soñara Viviani y como en un principio fuera diseñado, estaba acompañado de otros ilustres, pues además del citado genio, reposaban, entre otros, los restos de Ghiberti, el autor de las puertas del baptisterio florentino, y Maquiavelo, el tratadista de *El príncipe*. Por fin se hacía justicia después de noventa y cinco años de ser casi un proscrito. Atrás, en aquel cuartito apartado que había albergado casi vergonzosamente la tumba de Galileo —una decisión que encerraba el último rencor del papa Barberini Urbano VIII hacia el maestro—, quedaba como muestra de reverencia y amor hacia éste una inscripción también anónima: *SINE HONORE, NON SINE LACRIMIS*.

Una vez que el féretro de Galileo fue colocado dentro de su monumento y el de Vincenzo Viviani a su lado, el grupo discutió qué hacer con ese tercero que contenía el anónimo cuerpo femenino. Finalmente, y tras algunas deliberaciones, decidieron que fuera depositado también allí: si alguien lo había puesto junto al maestro tendría sobradas razones para hacerlo y, por tanto, fuera quien fuese la enterrada, debería continuar al lado suyo.

¡Qué misterio! —se oyó comentar a uno de los presentes.

—Sí —respondió otro—. La polémica siempre acompañó a Galileo en vida. La muerte no va a ser diferente.

Terminaba el acto cuando uno de los presentes, amparado en la oscuridad de la iglesia, se separó del grupo y volvió cautelosamente sobre sus pasos por el angosto pasillo hasta llegar al pequeño recinto que durante tanto tiempo había albergado los restos de Galileo. Se colocó ante el nicho, extendió el brazo y tanteó. Allí estaba lo que le pareció que había resbalado. Se trataba de un paquete de alargada forma y envuelto en un paño. Lo cogió y lo escondió bajo su manto. Luego, con el mismo sigilo con el que había entrado, salió del pasillo, penetró en la iglesia y se unió de nuevo al cortejo.

A modo de Prólogo

—*P*adre, desearía quedarme siempre con vos.

—¡Qué cosas dices! Cada uno tiene su propio camino.

—El mío es estar a vuestro lado, ayudaros en vuestras necesidades y colaborar en vuestros inventos.

—Las mujeres no deben inmiscuirse en la ciencia.

—¡Me gusta tanto contemplar ese cielo y que vos me expliquéis!

—Ahora eres una niña, pero una mujer debe casarse y tener hijos o ingresar en un convento.

—Pero yo no deseo ni casarme ni tener hijos.

—Cuando una mujer dice eso es porque la naturaleza se ha equivocado con ella.

—¡Pero padre!

Se hizo un silencio. Tierno por parte de él; con mohín por parte de ella.

—¿Qué quieres entonces? ¿Tomar los hábitos?

—Tampoco. Lo que quiero es seguir estudiando a vuestro lado, convertirme en vuestra fiel discípula.

La niña era aplicada, solícita, despierta, pero ninguna de esas cualidades le serviría para conseguir su propósito.

—Yo también quiero quedarme con vos —era Livia, la pequeña— y pintar, cantar y aprender música.

—¡Demasiadas cosas! Quien mucho abarca... ¡Así que música! —Galileo recordaba que ésa era también la afición de su padre.

—Sí, ¡como la Caccini!

—¡Ah! La Caccini...

Livia, en efecto, no andaba confundida: Francesca Caccini era una mujer famosa; tanto que su prestigio como cantante y compositora se extendió fuera de Italia y llegó hasta España y Francia, donde actuó en las bodas de Enrique IV y María de Médicis.

—También vuestro abuelo era músico e incluso me enseñó esa disciplina… amaba la música más que ninguna otra cosa.

—Yo también. Y la pintura. Me gustaría, padre, pintar grandes cuadros con historias de dioses o escenas cortesanas, como esa señora de Venecia…

Se refería Livia a Marieta Robusti, apodada La Tintoretta por ser hija del famoso Tintoretto, y de la que había visto un cuadro: una mujer descubriendo el seno, y del que decían que era su propio retrato. Aquel retrato de la Robusti le recordaba a su madre, veneciana también como la otra, y aquel pecho entrevisto que parecía de nácar, le producía gozo y turbación. En sus ensueños, Livia se imaginaba ante caballete y lienzo, rodeada de pigmentos y barnices, plasmando ese momento efímero que gracias a su arte se haría eterno, o subida en los andamios para ejecutar cualquier fresco; también cantando por las cortes italianas, como la famosa Caccini, elevando su voz por las mitológicas bóvedas de los palacios o llegando hasta el cielo mediante las cúpulas y claraboyas de las iglesias que los maestros del siglo anterior habían construido. Y así, mientras Virginia iba tras el padre como perrillo faldero, con los sentidos puestos en aquella lente mágica que le permitía recorrer los cielos, Livia los tenía puestos en la tierra, en lo que le rodeaba, en ese mundo que la permitía gozar del color, la luz, el canto y la música.

Pero ni las artes que tanto parecían atraer a Livia, ni el firmamento, que despertaba igual interés en Virginia, pudieron cambiar un destino que ya estaba previsto. La suerte de las hermanas estaba echada al no existir entre sus padres el vínculo matrimonial: ingresarían las dos, por dispensa especial, en el convento de San Matteo de Arcetri en Florencia, a los doce y trece años respectivamente. Cuando esto ocurrió corría el año 1614. Virginia haría sus votos en 1616 y tomaría el nombre de sor María Celeste en honor a su padre. Al año siguiente lo haría Livia, la menor de las dos hermanas, con el nombre de sor Arcángela.

Venecia, 21 de agosto de 1609

*L*a plaza de San Marcos ofrecía una imagen que no hubieran desaprovechado Guardi o Canaletto. Todos estaban impacientes por contemplar el invento del maestro: aquella lente mágica podía atravesar los cielos y avistar los barcos más lejanos. Y allí estaba el gran matemático Galileo, subido a lo más alto, en el mismo *campanille*, rodeado del Dux y de los más eminentes miembros del senado de la República, de los más reputados sabios y las más nobles familias. Pero tan importante como el invento era para la multitud contemplar aquella corte de fasto casi oriental, vestida con lujosas telas y cubierta de oro. Todo vibraba en la abarrotada y brumosa plaza ya cargada de historia: la luz que se estrellaba contra las doradas cúpulas y las blancas columnas; los múltiples rumores, como si se trataran de una sola voz; los variados y densos perfumes que se esparcían como un manto entre la muchedumbre; las banderas de la República ondeando en sus mástiles; las terrazas donde se asomaban las bellas cortesanas luciendo fulgurantes joyas y los teñidos y dorados cabellos como un oro más; las adornadas y ondulantes góndolas dignas de Cleopatra… Aquella efusión de vida, de un lujo casi estrambótico, encabezada por la comitiva del Dux y los nobles, superaba, sin duda, a aquella otra que los Médicis, mediante el hábil pincel de Benozzo Gozzoli, habían inmortalizado en su palacio florentino.

El siglo anterior había concluido gloriosamente para la ciudad de los canales: los palacios, las plazas, las iglesias se habían multiplicado y embellecido. Todavía permanecían colgados por la ciudad multitud de andamios que evidenciaban el fervor constructivo de aquella etapa brillante. Hermosas casas habían florecido a la sombra de los negocios y del comercio, y los Dux habían visto aumentado su prestigio y su poder. El dieciséis había sido el gran siglo de la pintura veneciana: Veronés, Tiziano y Tintoretto, sus más eminentes hijos, habían extendido su fama fuera de sus fronteras y adornado con sus pinturas las salas del palacio ducal y de tantos otros italianos y europeos. Dinero y belleza se habían aunado para conseguir una ciudad única, y todo aquel fulgor, aquella riqueza, se rendía ante Galileo, el hombre que había logrado que los cuerpos celestes pudieran verse tan cerca como si de la hermosa San Marcos se tratase, y que la isla de Murano pareciera que estuviese, dentro de la misma plaza.

—*Miracolo, miracolo!* —chillaban algunos.

Todos, grandes y pequeños, se agolpaban, deseaban comprobar por sí mismos el invento y daban parabienes al maestro. Gracias a aquella demostración Galileo era confirmado de por vida en su puesto de matemático de la Universidad de Padua y duplicados sus ingresos. Empezaba el tiempo de la gloria.

18

—Observa, Virginia esa maravilla de los cielos…

Unas veces era la Vía Láctea, otras las constelaciones y el Zodiaco:

—Ahí tienes a Aries y ahí a Géminis, Cástor y Pólux, hijos de Leda…

Ese que tienes ahí es Júpiter, el dios tronante. Y a su alrededor, ¿qué ves?

—Estrellas. Tres pequeñas estrellas.

—… Y sin embargo, no lo son. Son satélites, satélites de Júpiter porque durante varias noches que los he observado, han ido cambiando de posición. Se están moviendo alrededor de Júpiter.

—¿Y eso?

—Eso quiere decir que quizás no todos los cuerpos celestes giren alrededor de la Tierra como se ha venido diciendo. Si no hay geometrías perfectas, la Luna, ya lo has visto, tiene accidentes y hasta el mismísimo Sol manchas y no hay nada inmutable en el universo, todo, el mismo sistema solar que hasta ahora hemos admitido desde Aristóteles como incuestionable, podría replantearse. Pero te equivocas: no son tres los satélites de Júpiter, sino cuatro: Calisto, Europa, Ganímedes e Io.

—¿Y por qué se llaman así?

—Por la mitología. Casi todo nos viene de antiguo aunque lo hayamos olvidado.

—¿Y a quién vais a hablar de todos esos descubrimientos?

—Lo contaré en un libro que se llamará *Siderius Nuncius*.

—¿Y eso qué significa?

—*El mensajero de las estrellas.*

—¡Qué bonito título! —Virgina, gozosa, batió palmas y luego añadió—: Padre, desearía quedarme siempre con vos…

—Yo también —añadía Livia— para poder pintar todas esas maravillas que decís: la Vía Láctea, el Zodiaco con todos sus signos, y esa Osa en la que decís, se convirtió Calipso.

Pero a veces, en mitad de aquella placidez se le veía inquieto, abismado en sus meditaciones, expresadas a menudo en voz alta:

—… Si todo es armonía y precisión el el Universo, ¿cómo va a ser posible que el Sol, mucho más grande que la Tierra sea el que la rodee y no al revés? ¿No está esto en contradicción con todas las lógicas y perfecciones? Y si no, ¿cómo explicar correctamente las fases de Venus? Sí, Copérnico tenía razón. Digan lo que digan y aunque no se pueda demostrar.

19

Y aunque fueron felices aquellos años de Padua, Galileo terminaría por abandonar la ciudad. La Toscana, le tentaba: no en vano su madre le dio allí la luz, y su antiguo discípulo, el Gran Duque Cosme II de Médicis, le reclamaba con apetecibles ofrecimientos. Así, el 10 de julio de 1610, cuando el calor estallaba asifixiando la ciudad de los canales, Galileo abandonó Venecia para ponerse bajo el mecenazgo de los Médicis. Que la decisión fue un error, como algunos le pronosticaron, es más que posible, pues la Inquisición era más efectiva en la Toscana que en la República de Venecia a la que Padua pertenecía, pero por entonces el maestro no pensaba en desgracias y, con las mejores perspectivas, se instaló en Florencia.

En un principio todo le sonreía: hubo fiestas, celebraciones y agasajos. Todos parecían disputarse a Galileo y cardenales como Maffeo Barberini, luego Urbano VIII y encarnizado enemigo, le citaban en Roma. Pero la publicación del *Siderius Nuncius* y la inclinación de Galileo por la teoría copernicana empezaron a levantar recelos y a restarle favor. Primero fue su conocida controversia con la Gran Duquesa Cristina de Lorena en 1613, al año siguiente los ataques del dominico Tommaso Caccini desde el púlpito de Santa María Novella, luego la interdicción de 1616 en la que se le advertía que el heliocentrismo sólo podía ser formulado como hipótesis y no como teoría por más que insistiera ser indemostrable. No obstante, Galileo al gozar de la protección del Gran Duque y del Papa Paulo V, se consideraba a salvo. Pero se equivocaba. Corrían malos tiempos para cuestionar la ortodoxia. Europa se estremecía azotada por el cisma, y la gran guerra que enfrentaría a protestantes y católicos, se vislumbraba en un sobrecogedor horizonte. La época de la tolerancia había pasado; la irrupción luterana había cambiado los intereses de la jerarquía eclesiástica. El Concilio de Trento había reafirmado una postura más enérgica y militante y como consecuencia de ella Giordano Bruno fue condenado a la hoguera.

Pasarían unos años de relativa calma pero los enemigos continuaban ahí, dispuestos a presentar batalla y la ocasión se la brindaría el mismo Galileo cuando en su libro *Diálogo sobre los dos grandes sistemas del mundo* replantee la teoría copernicana y se reafirme en ella. En 1633 empieza el proceso y los interrogatorios. Sus enemigos, esta vez con el Papa Urbano a la cabeza, son fuertes. Galileo viejo y enfermo, cede y se retracta:

> Yo, Galileo Galilei, a la edad de setenta años, he abjurado, jurado y prometido y me he obligado y certifico que es verdad que, con mi propia mano, he escrito la presente cédula de mi abjuración y la he recitado palabra por palabra en Roma. Yo, Galileo Galilei, he abjurado por propia voluntad.

El 22 de junio de 1633 se emite la sentencia en el convento dominicano de Santa María: Galileo es condenado a prisión de por vida y su obra prohibida. El texto es difundido ampliamente: el 2 de julio se da a conocer en Roma y el 12 de agosto en Florencia. La noticia se extiende por Europa, una Europa rota y agotada por la guerra y la peste. No obstante, dada la edad de Galileo y su precaria salud, se le permite prisión domiciliaria en su casa de *IL Gioiello*, en Arcetri, cerca del convento donde están sus hijas. Allí, viejo, proscrito y enfermo, se retira el maestro, pero para mayor incremento de sus males su querida hija Virginia, sor María Celeste en religión, muere en abril de 1634.

PRIMERA PARTE

Sor María Celeste

1

Día del Señor del 2 de abril de 1634

Sor María Celeste agonizaba y el doctor Ronconi aseguró que sería un milagro si pasaba de esa noche. La monja, nacida Virginia Galileo, nunca había gozado de buena salud, al igual que su padre, y los quebrantos sufridos por el juicio contra éste habían terminado por debilitarla. De nada le servían ya las pócimas conocidas y las píldoras que ella misma preparaba en la farmacia del convento y que a veces había recomendado y enviado a su padre; tampoco el buen ánimo que le había acompañado y sostenido toda su vida. Durante aquel proceso, y pese al sufrimiento, había logrado disimular, sacando fuerzas de donde no las tenía, aparentando fortaleza y ánimo cuando no sentía más que horror y pesadumbre: no quería que él sospechase la verdad de su agonía. Su valor tenía que ser su más recio apoyo en aquella caída en desgracia.

Mas una vez pasados proceso y juicio y conocida la sentencia —su padre reducido a preso inquisitorial, su obra rechazada y prohibida—, la entereza de sor María Celeste, ésa que lograra mantener a duras penas, se había venido abajo y las fuerzas que la habían tenido alerta todo ese tiempo, sosteniendo y alentando su precaria existencia, la abandonaron, como si ya no precisara de ellas. Así, vencida, agotada de cuerpo y espíritu, sor María Celeste se había entregado a la enfermedad —la tristeza es mala compañera— y todos los males que desde hacía tiempo la acechaban y que ella había intentado mantener a raya se cebaron sobre aquel cuerpo que ya estaba indefenso, minando mortalmente su salud.

Sor María Celeste había sufrido por su padre y por ella: por él, porque aquello le había ocurrido ya viejo, y sobre todo por no saber qué camino iba a tomar con él el Santo Oficio: si el del perdón o el castigo —y cómo sería éste en caso de producirse—; y por ella, debido a la distancia que la separaba del ser querido. ¡Si al menos hubiera estado cerca de él, si hubiera podido oír sus lamentaciones para acallarlas o darles reposo! Pero sentirle, saberle lejos en aquella Roma implacable, a expensas de juicios y quizá torturas, se le antojaba insufrible. ¿Qué podía hacer ella, una humilde monja de clausura? El convento se le quedaba entonces más estrecho que nunca, más limitados sus confines; era una prisión como jamás lo había sentido, ella que tanto se había resignado, y esa tensión acumulada mes tras mes había desencadenado pequeñas y frecuentes crisis: dolores persistentes de cabeza, pereza intestinal cuando no vómitos y diarreas, insomnio casi permanente, debilitamiento de los músculos, dolores articulares pese a su juventud e infección dental. Con gran valor había aprendido a arrancarse los dientes y muelas enfermos, utilizando para ello unas tenacillas semejantes a las que usaban los barberos, y lo había hecho ella sola, tragándose sus gritos, en la soledad de su celda.

Cuando se conoció la sentencia —peor de lo que Galileo había supuesto aunque más benévola de lo que su hija llegó a temer— todos los males anteriores, suspendidos por el imperativo de la espera, se acumularon sobre su pequeño y sacrificado cuerpo. Su padre, a su vuelta, la encontró manifiestamente desmejorada. «Temo por ella», le dijo al médico, y así fue como el cuerpo —abandonado a ese descanso que supone el alivio, o quizás porque Virginia consideraba que su misión ya estaba cumplida al haber esperado viva a su padre y saber lo que ya se sabía— se desmoronó en cuestión de días.

Empezó por una fiebre intermitente. Siguió después con vómitos, inapetencia absoluta, diarrea y dolores abdominales. Una infección de intestino, quizás extendida y originada en otras partes de su cuerpo, la tenía postrada en su pequeña celda desde hacía días, a la espera de la muerte que le llegaría en pocas horas.

Sor María Celeste, intentando soportar los dolores, sujetando su vientre hinchado similar al de una embarazada —tan repleto de gases y miasmas estaba—, miraba al techo insistente, permanentemente, como si de él le viniera la solución. Algo decía a veces de la bóveda, y en verdad que el techo era abovedado, en arista y pintado con cal.

El médico Ronconi, muy afecto a Galileo, y sor Luisa, maestra de novicias y una de las monjas más queridas por sor Celeste, la atendían: él, consultando su pulso de moribunda; ella limpiándole el sudor y sujetándole la bacinilla donde arrojaba.

—La bóveda, esa inmensa bóveda…

—¿De qué bóveda habláis?

—Del firmamento, ése que no se me ha permitido ver.

—Ahora sólo importa estar preparada para presentaros ante Dios.

—Recorreré esos espacios tan infinitos como Él, y sabré, por fin, si la razón estaba de parte nuestra o eran los jueces los que erraban.

—No penséis más en eso.

—No he dejado de pensar. ¿Quién tiene razón? ¿Ellos o mi padre? ¿Los jueces que sentenciaron a Bruno o Bruno?

—¿A quién os referís? —preguntó sor Luisa.

—A Giordano, Giordano Bruno —apuntó el médico.

—¡No mentéis a ese hereje y menos a las puertas de la muerte! —exclamó sor Luisa.

—¿Y si tuvo razón? Él no se retractó. Se mantuvo firme.

—En el error, sor, en el error. Los jueces… —continuó sor Luisa.

—Ahora, cuando se me abran los cielos, sabré por fin la verdad. Tampoco habrá jueces.

—Dios es juez.

—Dios es la sabiduría. Y a la sabiduría no hay por qué temerla. Eso dice mi padre. Y sin embargo, le condenaron.

El médico intervino: sor Luisa había mirado al médico perpleja, solicitando su ayuda.

—Dejadla, sor Luisa. No la hagáis hablar.

—Sí, mejor. La pobre desvaría.

—No son estrellas: son manchas. —Y sor María Celeste volvía a señalar el techo.

—No hay manchas, sor. Se pintó la celda este verano.

—Son manchas y no estrellas como decía…

—Pero si se pintó…

—Posiblemente no se refiere a las paredes, sor Luisa, sino a las manchas solares, eso que también descubrió el maestro.

Vino un silencio seguido de espasmos: el dolor se centraba en torno al ombligo para después extenderse como un soberbio latigazo por el dolorido vientre. Tras él venía de nuevo la náusea y la expulsión de líquido, cada vez más escaso y oscuro.

—Es un miserere, doctor, uno de esos cólicos, un cólico *morbo*… mortal de necesidad: ya lo he visto en otras. Aumentan con la estación.

Entre un espasmo y otro, cada vez más frecuentes, y entre vómito y vómito, intentaba la pobre monja retomar la coherencia, mientras su cuidadora simulaba acunarla como a los niños.

—Sor Luisa, decidle a mi padre que en la última hora pienso en él.

—Es en Dios en quien tenéis que pensar.

—En mi padre. ¡Sufrí tanto por su causa! Dios no puede equivocarse, pero mi padre sí.

—Vuestro padre tampoco, que es sabio. —Era Ronconi quien hablaba.

—La soberbia equivoca al sabio y mi padre, sin duda, también fue tentado. Temo que cuando yo muera vuelva a equivocarse: se quedará muy solo. Y además, ciego. Que esa ceguera no se le contagie al espíritu.

—Dios le acompañará.

—La ciencia es un camino solitario. Lo sé bien. Y le faltará mi ayuda.

—Le queda vuestra hermana.

—Livia —la llamó, y no sor Arcángela— no es como yo.

—También es su hija.

—Pero no le quiere de igual manera.

—Eso que acabáis de decir constituye pecado de soberbia.

—No, sor, es la verdad. Ella no le quiere.

—¿Cómo no va a quererle? ¡Qué cosas decís!

—Nunca le ha perdonado que la encerrara en un convento. —Y cuando parecía que iba a callarse, añadió ante el estupor de sor Luisa—: También yo se lo reproché en más de una ocasión.

—Deliráis. ¡Vos, que habéis sido tan amante de vuestro padre!

—Yo le he perdonado. Pude hacerlo; en mi caso, el amor ha estado por encima del resentimiento. Pero Livia —otra vez citó a su hermana por el nombre de pila— no ha podido.

Se revolvió sor María Celeste como si la acometiera de nuevo el dolor:

—¡Dios mío, perdonadme por haber dudado! Ése fue el pecado de Moisés y por eso no se le permitió ver la Tierra Prometida. ¡Perdonad, Señor, a esta incrédula!

Volvió a repetir la súplica del perdón. Sor Luisa intentaba tranquilizarla:

—No os atormentéis, sor, de sobra estáis perdonada. Sois una santa y acabáis de recibir la extremaunción.

—¡He dudado y por esa duda Dios podrá castigarme!

—Pero ¿de qué habéis dudado, sor María?

—De la inmovilidad de la Tierra.

—¡Vaya tontuna! ¿Y eso importa tanto en estos momentos?

—Ahí, en esa tontuna como vos decís, está la raíz del mal y la razón de ser de mi pobre padre. ¿Debe la ciencia subordinarse a la fe o son, por el contrario, dos caminos distintos? Ese dilema me ha llenado de angustia. ¡Llamad al confesor, llamadle de nuevo para que vuelva a confesarme!

Sor María Celeste se agitaba. Ronconi aseguraba que eran los estertores de la muerte, la última acometida de la consciencia y de la vida. Luego la moribunda fue poco a poco tranquilizándose; intentó decir unas palabras totalmente inaudibles que un vómito, el último, impidió pronunciar, y tras él, sor María Celeste cayó en desmayo hasta que el último aliento se le fue.

Virginia, nacida el 13 de agosto de 1600, bautizada en San Lorenzo de Padua, fruto de la unión de Galileo con la veneciana Marina Gamba, que adoptó el nombre de sor María Celeste al tomar hábitos en honor de los descubrimientos de su padre el 4 de octubre de 1616, festividad de San Francisco de Asís, murió en la noche del 2 de abril de 1634 a la edad de treinta y cuatro años escasos y tras veinte de vida conventual.

Entre aquella conversación en el jardín de la casa de Padua del año 1610 en la que expusiera al padre sus deseos de permanecer junto a él para dedicarse a la astronomía y los experimentos científicos habían transcurrido 24 años.

Su hermana Livia, sor Arcángela en religión, la sobreviviría veinticinco años en el más absoluto anonimato. Con la muerte de sor María Celeste, ella pareció eclipsarse. Se diría que Sor María Celeste había sido su cara visible, el espejo que había reflejado su existencia, mientras ella permanecía oculta como la otra cara de la luna. El aislamiento, el silencio del convento, tan ajenos a su naturaleza, acabaron por apoderarse de sor Arcángela por completo.

Cuando murió sor María Celeste, el Renacimiento dejaba de existir: la eclosión del *quattrocento* con sus genios florentinos quedaba ya lejos y las más importantes obras del *cinquecento* estaban acabadas o a punto de terminarse. Una nueva época irrumpía: la de la grandeza religiosa de Bernini, la palaciega de Versalles y el naturalismo de Caravaggio, Rembrandt y Velázquez. Pero el cambio no se reducía únicamente al gusto artístico, y si éste era otro era sin duda fruto de los cambios políticos. Los Médici ya no estaban en el solio pontificio, aunque en el trono de Francia se sentaba otra Médici: María. El poder de la familia había trascendido fronteras y previsiones desde que Catalina, uno de sus miembros más destacados y discutidos, se desposara con Enrique II. Venecia iniciaba su dorada decadencia y en Europa se producían también profundos cambios: los Tudor habían desaparecido de la escena política sustituidos por los Estuardos; Valois por la casa de Borbón, y los Habsburgo españoles aunque mantendrían su poder, perderían en este siglo su hegemonía. La iglesia también era otra desde Trento: aquella que había potenciado el esplendor renacentista con su liberalidad y amor al clasicismo trataba de imponer en los países católicos el dogmatismo surgido del Concilio con lo que empezó a llamarse el «espíritu de la Contrarreforma». Europa, escindida de forma irremediable entre protestantes y católicos, se desangraba en la última y más sangrienta guerra de religión: la de los Treinta Años.

La belleza ya no era objeto por sí misma.

Galileo, una vez muerta su hija y cargando sobre sus hombros de anciano el peso de la sentencia, sobrevivía en arresto domiciliario en su casa de Arcetri, ciego y enfermo.

2

*U*na sor Luisa atribulada llamaba a la puerta de la celda de la madre abadesa:

—¿Da su permiso, reverenda madre?

La superiora la hizo pasar con un ademán y la invitó a sentarse.

—¿Y bien?

—Necesito de su consejo, reverenda madre.

Sor Luisa no sabía cómo empezar. La abadesa la observaba.

—¿Algún problema? Os escucho, hermana.

—Se trata de sor María Celeste.

A la superiora se le escapó entonces una leve ironía:

—Problemas no pueden ser, entonces. Si no los daba en vida, menos los dará muerta, y a sor María la enterramos ayer y vos misma colaborasteis en su mortaja.

Se hizo un breve silencio. La priora, con una sonrisa, animó a sor Luisa a que siguiese.

—Vuestra reverenda madre recordará el interés que tuvo siempre sor María Celeste en tener y conservar celda propia.

—Lo ignoro. Yo no era abadesa por entonces.

—Todas las que desde el principio la conocimos lo sabíamos.

—No veo en el hecho nada de particular.

—Al principio de llegar aquí tuvo que compartir celda con sor Paula, ¿oyó hablar de sor Paula? —la abadesa hizo un gesto ambiguo que tanto podía interpretarse como afirmación o como lo contrario—, y dejó a su hermana sor Arcángela la suya propia.

—Según tengo entendido fue un acuerdo entre hermanas.

—Sí, es cierto: sor María Celeste no quería que sor Arcángela, tan delicada de los nervios, compartiera celda con aquella hermana que se obstinaba en morir.

—En atentar contra su vida. Llame a las cosas por su nombre, hermana.

—Es cierto: recordará su reverencia que sor Paula lo intentó en más de una ocasión: la primera cuando se destrozó la cara golpeándosela contra el suelo y después cuando se llenó el cuerpo de cortes, los más terribles en el estómago y en el vientre, que se lo abrió como una sandía, al modo que, según dicen, hacen los infieles del Japón o de China, que no sé bien...

La madre abadesa empezaba a impacientarse y golpeaba, insistente, su pluma tornasolada de pavo real contra la loza de su escribanía.

—¡Si viera cómo dejó la celda toda llena de sangre que hasta las paredes se salpicaron! Cuando la ataron a la cama para que no pudiera volver a intentarlo, daba unos alaridos desgarradores, como si estuviera poseída, que todo su afán era insistir en el empeño. Y lo peor o lo mejor de todo, que nunca se sabe, es que, pese a las terribles heridas, tardó en morir, que parecía tener siete vidas, como esos gatos sarnosos que ella se empeñaba en alimentar, que basta que uno quiera la muerte para que ésta nos burle y no aparezca...

—Por favor, sor Luisa, sobran en este momento los detalles. Hablábamos de sor María Celeste y no de aquel hecho luctuoso.

—Ésa fue la razón de que sor María cediera a su hermana la celda que le correspondía: tenía que evitarle a toda costa tan perniciosa compañía, pero nunca cejó en tener celda propia, alegando el deseo de una mayor intimidad...

—Cosa, sor, que no me parece censurable.

—No digo que lo sea, reverenda madre, y de ahí las continuas cartas a su padre pidiéndole que le hiciera llegar el dinero suficiente para poder tener acceso a ese derecho.

La superiora miró a sor Luisa con cierta severidad:

—Fuera preámbulos, hermana: lo que hiciera sor María Celeste para conseguir la celda no es de mi incumbencia y menos ahora. Es algo permitido por la orden y legítimo, por tanto.

—En mi mente no está hacer ninguna crítica y menos sobre esta hermana tan querida que acaba de abandonarnos...

33

Dios la tenga en su seno. —Sor Luisa se santiguó—. Le digo esto, reverenda madre, porque ahora comprendo ese interés que nuestra querida hermana tenía por la soledad.

—La soledad es necesaria para la meditación y ésta, a su vez, para la elevación y salvación de nuestra alma. ¿Alguna cosa más? ¿Es eso todo lo que pensaba decirme?

Sor Luisa negó con la cabeza y permaneció un momento en silencio: parecía dudar entre seguir o callarse.

—Verá, reverenda madre, el caso es que ayer… —Volvió a quedar en suspenso.

—¿Qué pasó ayer, sor? —La voz de la abadesa transmitía condescendencia.

—Pues que ayer, limpiando la celda de sor María Celeste que precisamente quiere sor Luciana… —volvió a desviarse del tema que la ocupaba—… sor Luciana, reverenda madre, tiene ya el dinero necesario, los ciento treinta *scudi*, y me ha dicho que se lo comunique a vuestra reverencia, mientras que sor Francisca, que también la quiere, no ha podido hacerse aún con la totalidad de la suma, aunque lo hará en breve, y sólo cuenta con ochenta. Las dos por tanto, están a la espera de lo que vuestra reverencia decida sobre el particular: si se adjudica la celda definitivamente a sor Luciana o se espera a que sor Francisca pueda reunir el dinero y sortear.

—No creo sor que haya venido aquí para hablarme de sor Luciana y sor Francisca. Dígame de una vez qué es lo que le preocupa —ordenó la abadesa.

Sor Luisa bajó la vista. No se atrevía a mirar a la priora:

—Cartas.

—¿De quién?

—De su padre, reverenda madre; del maestro Galileo.

La superiora quedó un momento suspensa, pensativa. El silencio podía oírse.

—¿Y bien? De todos es sabido que los dos se escribían.

—Pero es que algunas…

—¿Acaso las ha leído?

—No he podido evitar leer algunos párrafos.

—Sabe, sor Luisa, que su deber era habérmelas traído de inmediato.

—Lo sé y pido perdón.

Se hizo otro silencio. La abadesa volvió a golpear suavemente el cañón de la pluma contra el tintero de blanca loza decorado con azules ramajes. Pensaba tal vez en su responsabilidad como abadesa, en qué haría con aquellas cartas si éstas llegaban a sus manos. Por un momento pareció absorta y entristecida, como quien recibe un peso difícil de soportar, y agachó la cabeza como movida por el peso de la responsabilidad. Pero *madonna* Caterina no era mujer de prolongadas reflexiones. La vida le había enseñado a decidir y no perderse en dubitaciones estériles. Y así, tras ese breve momento de desconcierto, libre ya de duda, abandonó la pluma sobre la bruñida madera de la mesa, echó el cuerpo hacia atrás, reclinándose en el sólido e incómodo respaldo, y miró a sor Luisa con esa pizca de arrogancia de quien ha decidido ya sobre un asunto:

—Dígame, sor: en lo que usted leyó, ¿había algo comprometedor para nuestra querida hermana o para nuestro admirado maestro Galileo, o simplemente se aludía a cuestiones familiares?

—Me temo que las dos cosas, reverenda madre.

—¡Quémelas, entonces!

La decisión de *madonna* Caterina sorprendió a sor Luisa:

—¡Pero reverenda madre! ¿Cómo voy a hacer una cosa así? ¡Se trata del maestro! ¡Del maestro Galileo!

Pero en aquellos momentos *madonna*, más que madre amantísima, devota y comprensiva, casi amiga en los momentos de tribulación, era la jerarquía, no ya religiosa sino también política; una entidad que no sólo velaba por las monjas, sino por el prestigio del convento y la consideración que éste pudiera alcanzar extramuros. La supervivencia de la comunidad era lo más importante y por ello San Matteo no podía exponerse a comentarios suspicaces y mucho menos a que determinadas personalidades de la Iglesia o de la nobleza más estricta, de los que recibían indispensable amparo, pensaran que entre sus muros se escondía el más pequeño germen de herejía.

—El maestro Galileo, querida sor, es un hombre bajo sospecha, y el Santo Oficio le ha impuesto una pena que, aunque leve, no deja de ser una mancha en contra de su inocencia. Un convento no debe albergar escritos que puedan producir dudas o controversias. De manera que esta es mi orden: ¡quémelas, sor Luisa, hágalas desaparecer! Y sobre todo no lo comente con nadie. Olvide el asunto.

Sor Luisa iba a responder cuando la priora se puso en pie y, cortando toda objeción, añadió terminante:

—¿Me ha oído? He dicho que lo olvide.

3

*S*or Luisa se arrodilló en el confesionario. A través de la rejilla podía entrever las rotundas y toscas facciones del padre Ambroggio: su cabeza grande, demasiado para su corta estatura, y el cuello ancho y robusto. Todo en él dejaba adivinar al viejo campesino de la campiña toscana.

—Ave María purísima.

—Sin pecado concebida. —Y como sor Luisa no rompiera a hablar—: Hablad, hija, os escucho. ¿De qué os acusáis?

—Me culpo, padre, de haber faltado a mi voto de obediencia.

—Pobreza, castidad y obediencia fueron los tres votos que prometisteis ante Dios.

—Lo sé, padre, lo sé.

—Pobreza, ya sé que la cumplís, pero ¿y la castidad? ¿Habéis cometido con otra persona o con vos misma algún acto impuro?

—No, padre.

—¿Ni pensamientos? Sabed que con el pensamiento también se peca.

Sor Luisa dudó un momento antes de contestar.

—Ni con el pensamiento.

—Entonces, ¿cuál es vuestro pecado?

—He desobedecido a *madonna*.

—¿A vuestra madre abadesa? ¿Y eso? ¿Acaso os ha mandado algo moralmente recusable, algo que por cualquier causa no admite vuestra conciencia?

Sor Luisa calló.

—¿Es eso? ¿Quizá vuestra superiora os ha mandado algo

que aunque no encierre en sí nada pecaminoso os puede parecer injusto? —Y añadió, casi rectificó, con más énfasis—: ¿O se trata simplemente de una desobediencia basada en la soberbia? La soberbia, hija mía, nos hace sentirnos injustamente superiores o con más razón que los demás, y esto nos lleva a desobedecer a aquellos que, por jerarquía y méritos, están por encima de nosotros. La rebelión no es más que soberbia. Acordaos de Luzbel.

—No se trata de soberbia, padre.

—Pues entonces vos diréis.

—Se trata de unas cartas.

—¿Vuestras?

—No, padre. De la recientemente fallecida sor María Celeste.

—¡Ese ángel! Que Dios la tenga en su gloria. —Y como sor Luisa permaneciera en silencio—: Pero seguid, hija, seguid…

—Las encontré limpiando su celda.

—De su padre, imagino.

—De su padre, sí.

—¡Lo que ella sufrió por ese padre casi hereje!, pues si no llegó a caer en la herejía poco le faltó. Pero no es de extrañar el hallazgo: todos sabemos que sor María Celeste se carteaba frecuentemente con su padre, en ellas le pedía múltiples cosas, a veces ayudas para el convento muy de agradecer, que todos nos beneficiamos de su largueza, y otras de carácter doméstico.

—Pero es que en esas cartas, reverendo padre, de lo que menos se habla es de asuntos domésticos; tampoco de los temas habituales entre un padre y una hija.

El confesor resopló.

—¿Cómo? ¿Qué queréis dar a entender, sor Luisa? ¿Algo pecaminoso, quizá?

—No, padre, pecaminoso, no. Herético en todo caso.

—¿Herético, decís? —El padre Ambroggio se puso tan tieso que parecía iba a levantarse.

—Yo no soy quién para saberlo debido a mi ignorancia, pero en esas cartas el maestro solicita frecuentemente de sor María Celeste determinados consejos…

—Todos sabemos la gran confianza que existía entre el padre y la hija. Que Galileo pidiera consejo a sor María, conociendo como conocemos su natural sabiduría, no nos ha de extrañar.

Sor Luisa, a pesar de su mansedumbre, sintió por un momento esa irritación que aparece ante un interlocutor que muestra torpeza o tozudez:

—Tratad de entenderme, padre: no me estoy refiriendo a esa sabiduría que nos da Dios y por la que los humanos distinguen el bien del mal, sino de otra, de ésa que sólo puede aprenderse a través de los libros. Esas cartas, padre, no van dirigidas a una pobre monja, sino a alguien que está por encima de lo cotidiano.

Sor Luisa hizo una pequeña pausa. El confesor la escuchaba con tanta atención y tan agitado, que sólo podía percibirse en aquel silencio total de la iglesia el pequeño silbido que, al respirar, emitía por la nariz.

—También le confiesa sus temores ante el proceso, el miedo a la tortura o a la reclusión y sus dudas ante la posible sentencia; todo ello lleva a la impresión de que sor Celeste no sólo le comprendía, sino que compartía sus angustias y hasta las teorías que provocaron su condena. También, que si el maestro se retractó no fue en virtud del arrepentimiento, sino para huir del tormento y eludir una sentencia más grave, pues en algún momento sostiene con inaudita desfachatez que lo que más siente es la falta de valor para defender sus ideas, y que la religión no debería invadir el terreno de la ciencia, ya que ambas, aunque complementarias, son distintas. Eso dice, padre, complementarias y distintas, porque las dos, aunque por caminos distintos, se dirigen a la verdad suprema que es Dios y, por tanto, la ciencia no debe subordinarse a la fe.

—¿Eso dice?

—… Y como ejemplo de resistencia pone el de un tal Giordano Bruno, al parecer hereje, porque en uno de los párrafos, refiriéndose a una carta anterior de sor María y al tal Giordano, dice: «No me le nombres, querida hija. Sólo de pensar en él me espanto y avergüenzo, quizá porque no tengo su valor».

—De manera que pone como ejemplo a ese hereje…

—Lo más curioso, padre, es que sor María Celeste, también me lo nombró cuando estaba en agonía, y me dijo «Él no abjuró». Lo oí perfectamente. —Tras una breve pausa, continuó—.

39

En otra de las cartas, el maestro, al referirse a un tal Copérnico, dice… esperad, esperad que os lo lea, que lo copié: «Ya sé que vos…»… Por supuesto, se refiere a sor María Celeste, ¿a quién, si no? «… Pese a algunas reservas de todo punto comprensibles, parecéis inclinaros por esta teoría: es evidente que no puede ser el Sol el que gire en torno a la Tierra, sino al revés, aunque sea por la pura lógica de todo lo observado; la diferencia es que mientras vos la admitís como teoría, esto es, como probable, yo la acato como certeza.»

—¿Qué me estáis dando a entender? ¿Que bajo una dócil apariencia sor María Celeste albergaba un alma proclive a la heterodoxia, tan proclive como para aceptar mansamente, sin escandalizarse, las teorías de su condenado padre? ¡No, no! ¡Imposible! —El cura, como en muchas ocasiones sucede, parecía más encolerizado con el mensajero que con la noticia—. ¿Estáis segura de haberlo copiado fielmente?

—¡Ay, no sé ya! Soy una pobre monja y lo más seguro es que esté equivocada. Sor María Celeste era un ángel como vos bien decís…

—Sin embargo lo que acabáis de leerme… ¿Estáis segura de haberlo copiado fielmente?

—¡Ay, no sé, no sé ya! —Acto seguido sor Luisa, en un rápido movimiento llevado por los nervios que la angustiaban, arrugó y rompió el trozo de papel.

—Es que si es tal como lo decís, el asunto es grave, muy grave…

—¡Creo, padre, que estoy confusa, confusa y enferma, pues las dudas que me han suscitado esas cartas no me dejan dormir ni descansar! Fue por esa angustia que me deja exhausta, por lo que se lo conté a la reverenda madre.

—¿Sólo por eso? Vuestra obligación como respetuosa hija en el Señor era habérselo dicho de inmediato.

—Confieso que mi primera intención fue entregarle las cartas a Ronconi.

El confesor se removió en su banco como si le hubiera picado una avispa y volvió a resoplar.

—¿A Ronconi? ¿Y en virtud de qué?

—Para que se las devolviera al maestro. Quizás una vez

muerta sor María Celeste sería lo justo y lo mejor para el convento.

Se hizo un silencio en el que la respiración agitada de ambos, confesor y penitente, se acompasaron.

—No le habréis dicho nada de esto a Ronconi… —La voz del confesor se escurrió por entre la rendija que separaba a ambos como silbido de serpiente.

—No. Sólo la reverenda madre y vuestra caridad lo saben.

El capellán carraspeó con alivio—. Bien, entonces, no veo en qué habéis faltado…

Sor Luisa calló un instante, como si meditara.

—Sí, padre, he faltado. —Y añadió con un hilo de voz—: *Madonna* me ordenó quemar las cartas.

—¿Que os ordenó quemarlas? ¡Qué cosa tan peregrina! —Con evidente alarma añadió—: ¿Y lo habéis hecho?

—No. —El capellán suspiró con alivio—. Pero no sólo no quemé las cartas como *madonna* me ordenó, sino que tampoco le dije toda la verdad.

—¿Acaso hay más?

—Sí, padre. En la celda de sor María Celeste no sólo había cartas.

—¿Qué más había?

—Un pequeño aparato plegable con una lente de mucho aumento. Lo sé porque miré por él.

—¿Una *lente spia*, quizá?

—Sí, padre, debe de tratarse de algo así.

—Tampoco es de extrañar. De todos es sabido que sor María Celeste pidió a su padre en más de una ocasión que le hiciera llegar uno de esos artilugios que él se entretenía en fabricar. Sin duda, le gustaba contemplar el cielo, esa obra magnífica de Dios.

—Pero es como si hubiera algo oculto en todo eso… ¿Por qué, entonces, con la confianza que me tenía, nunca me lo dijo ni me dejó mirar por él? Lo guardaba medio escondido en el sitial de la ventana, envuelto en una rica tela, como si fuera una joya, y junto a él…

La monja titubeó. Por un momento pareció que iba a callar, e incluso hizo ademán de levantarse; sin embargo continuó allí, clavada, entre el dilema de guardar el secreto o desahogarse:

—… Un cuaderno con fórmulas matemáticas, cálculos, muchos e incomprensibles cálculos, recetas de sus preparaciones medicinales, y de cocina, a las que era tan aficionada… también hace referencias a su padre, a su hermana y, creo recordar, a su madre, esa medio cortesana de Venecia… —Sor Luisa se santiguó—. Bueno, de su madre hay muy poco en verdad, apenas nada, como si quisiera olvidarla…

Sor Luisa hizo un inciso para tomar aire, porque hablaba dominada por la emoción y sus últimas palabras habían salido temblorosas y faltas de resuello. Una vez recuperada, continuó:

—Sin embargo, hay algo que me sorprende: el cuaderno está escrito con letra distinta, desigual y descuidada; una escritura temblona a veces, con multitud de borrones y tachaduras, como si el autor de aquello hubiera tenido que escribirlo de forma precipitada, a escondidas, o bien en momentos de delirio o crisis de enfermedad, llorando incluso, ya que algunas de sus partes aparecen borradas como si sobre ellas hubieran caído abundantes lágrimas. Y esto, reverendo padre, me extraña sobremanera: todos sabemos del equilibrio de sor María Celeste, quien nunca se dejó llevar por enfermedades del espíritu, y que cuando escribía, lo hacía con cuidadosa y pulcra letra; tan cuidadosa y pulcra, que a menudo la madre abadesa y algunas hermanas la tomaban como amanuense, y el mismo padre, cuando empezó a flaquearle la vista…

—Lo sé, lo sé.

—Tampoco se ven en el cuaderno adornos ni firmas, y todos sabemos lo inclinada que era sor María a hacer dibujos y adornos con las letras y a firmar, que estampaba su firma por el más simple motivo… Es como si sor María, en la intimidad y anonimato de esos escritos, se mostrara distinta a como creíamos que era, y hubiera dado rienda suelta a otra sor María Celeste.

El padre carraspeó como si no acertara con la justa respuesta.

—Bien, el caso es que, aunque así sea, la escritura de un cuaderno no está prohibida por la regla. Toda hermana puede, ya que no hay nada en contra, escribir sus impresiones. La misma santa Clara, vuestra fundadora...

Otra vez, y viendo que el padre Ambroggio parecía escucharla sin excesivo rechazo, sor Luisa volvió a la carga:

—Pero es que a mi entender, muchas de las reflexiones y comentarios que hay en el cuaderno están muy lejos de ser piadosos... En esa especie de diario en el que curiosamente no se hace referencia ni a días ni a fechas, sino que todo aparece en alboroto, fruto posiblemente del *maremágnum* de una mente enferma, lo cual, insisto, no casa con el carácter de sor María Celeste, a veces arremete contra el padre y le culpabiliza de la suerte de su hermana y también de la suya.

—¿Contra el padre?¡No puede ser! ¡Con la veneración que sentía por él!

—¡Eso es lo que todas creíamos! Y sin embargo en el cuaderno hasta parece odiarle. Y eso es lo que me tiene enloquecida, reverendo padre, porque si lo escrito pertenece a sor María Celeste, es como si en ella hubiera dos identidades, una de ellas alentada por el demonio, y si es así, entonces nos estuvo engañando y confundiendo a aquellos que hablan de beatificarla.

—A la cabeza de los que desearían verla en los altares estoy yo, y os suplicaría que midierais muy mucho todo lo que estáis diciendo: el pecado de calumnia es el peor de todos, pues siempre deja mancha en su víctima, ¿y quién os dice que ese cuaderno estuviera escrito por nuestra querida hermana?

—Estaba en su poder...

—Eso no prueba nada. Temo, hija mía que un exceso de imaginación o afán de notoriedad os está enturbiando la mente.

—¿Pensáis acaso que lo estoy inventando? —sor Luisa se defendía con un hilo de voz, tan frágil que el confesor casi no podía oírla.

—La mente femenina —continuó el padre Ambroggio— es proclive, cuando menos, a la exageración, y este retiro en el que vivís puede producir a veces distorsiones nerviosas. —Como sintiera que sor Luisa iba a dar rienda suelta a las lágrimas y que entonces se vería obligado a consolarla, perdiendo con ello la oportunidad que se le ofrecía, el sacerdote dio por terminada la confesión—. No quiero seguir escuchando cosas que no pue-

43

do juzgar. Por ello, exijo que me entreguéis las cartas y el cuaderno a la mayor brevedad. Mientras tanto, y hasta que no lo haya analizado debidamente, no podré absolveros.

Sor Luisa quedó un momento inmóvil: una maldición no la hubiera herido más. Y la falta de perdón, maldición era.

—¡Padre, por Dios, no me privéis de la absolución! —casi gritó sor Luisa—. ¡No me dejéis así! ¡Absolvedme, por lo que más queráis! ¡Necesito vuestro perdón!

—¡No, hasta que compruebe por mí mismo la veracidad de vuestras palabras! Si es preciso para el perdón restituir lo robado, procede lo mismo en el caso del honor, y más concretamente en este por tratarse de santidad. —El capellán se levantó del banco con toda la rapidez que le permitía su artrosis y añadió como colofón—: ¡Ah! Y no olvidéis el telescopio.

Dicho esto, abrió la portezuela del confesionario y salió a la iglesia. Sor Luisa quedó arrodillada en la penumbra del templo, recogida en sí misma, encogida más bien, momentáneamente aniquilada, como si la hubiera fulminado un rayo.

4

La mañana de abril invitaba al paseo. Ronconi salió de il Gioiello y, descendiendo por la ladera, tomó la dirección del convento. Pero no era simplemente el placer de caminar, de dejar aquel ambiente mórbido que se respiraba en casa de Galileo, lo que le hacía atravesar los floridos campos camino de San Matteo, sino la misión que el maestro, de manera más o menos explícita, le había encomendado. Galileo le preocupaba: la sentencia del Santo Oficio, el arresto domiciliario al que se veía sometido y la muerte de su hija Virginia le habían sumido en la postración. Para colmo, su delicada salud se había resentido y la ceguera que se avecinaba iba a privarle de la vista, ese instrumento fundamental para un astrónomo. Ya no era aquel hombre combativo y optimista. Ronconi intentaba en vano reanimarle diciéndole medias verdades sobre su salud y recetándole pócimas destinadas a levantarle el ánimo: Galileo, de manera irremediable, iba cayendo en *animae morbo*. Ni siquiera la ciencia parecía consolarle.

No obstante, al despedirse —quizá por intuir que la misión pudiera resultar fallida—, alegó como motivo de su visita al convento que tenía que examinar a algunas hermanas enfermas y calló la verdad. En realidad, no había ningún caso grave más que las indisposiciones de siempre agravadas por la estación: alteraciones intestinales, problemas asmáticos, cólicos menstruales, alguna que otra cefalea y muchas complicaciones nerviosas que creaban a su vez extrañas dolencias difíciles de diagnosticar por el carácter anímico de las mismas, fruto, en gran parte, del aislamiento y del empeño en luchar contra la naturaleza y la misma salud. Ése era el caso del sor Arcángela, de cuna Livia Galileo, que se quejaba de continuo de múltiples males, sobre todo angustias que a veces le impedían la respiración, náuseas, alteraciones en la visión y dolores de cabeza. La enfermería había sido su segunda celda y las pócimas, píldoras y medicamentos, muchos de ellos creados por su hermana, su otra y más constante alimentación. Desde que sor María Celeste había muerto, Ronconi apenas había visto a sor Arcángela. En un primer momento, ella no lo permitió. Ni siquiera asistió al entierro, alegando encontrarse indispuesta, y después permaneció en su celda sin querer hablar ni comunicarse con nadie. No había asistido ni a rezos ni al refectorio; tampoco había paseado por el claustro y, ante el miedo de que se dejara a morir de inanición, la superiora había ordenado su traslado a la enfermería, ese lugar que del que fue tan asidua en vida de su hermana.

A Ronconi le preocupaba Livia por dos razones: ella no sería capaz de consolar al maestro ni éste de consolar a su hija. Siempre pareció existir una barrera entre ambos, una distancia que ni uno ni otra pudieron salvar. Cuando Galileo se lamentó de la muerte de sor María Celeste alegando que se quedaría solo, Ronconi le dijo:

—Maestro, Virginia no es la única. Aún os quedan dos.

—¡Dos! ¿Qué dos?

—Livia y Vincenzo.

Galileo calló. Ronconi tenía razón. También estaban Livia —sor Arcángela de San Matteo— y el más pequeño de los tres, Vincenzo. Pero aunque los reconocía como hijos, para él sólo existía Virginia, tan solícita siempre, tan sacrificada, tan pendiente. Virginia había sido su unigénita, esa proyección de nosotros mismos que la naturaleza repite de vez en cuando. Los otros dos, sin saber por qué, le resultaban extraños, como si la existencia de aquéllos fuera fruto del más completo azar y él no tuviera mucho que ver con su existencia. Por eso, por esa lejanía del espíritu, Livia no podía consolarle: Galileo veía a sor Arcángela como un apéndice poco reconocible de sí mismo; esa falta de sintonía, se había establecido entre los dos ya desde la infancia, y el convento había terminado por cortar los ya de por sí débiles lazos. Con Vincenzo, aunque por diferentes mo-

46

tivos, pasaba lo mismo. El varón y el más pequeño de los hijos de Galileo tampoco se había compenetrado con su padre, quizá por haber salido más a la madre, por haber convivido con ella más tiempo que sus hermanas, hasta 1619, año en el que aquélla murió y fue reconocido, y —esto sería lo más probable— por no haberse casado Galileo con ella y haber condenado a los tres a un estigma social. El que no los hubiera legitimado como hijos de un auténtico matrimonio era quizá lo que más le reprochaba Vincenzo. Tanto él como sus hermanas habían pagado las consecuencias de aquella condición que la sociedad destina a los hijos del amor. Quizás él más aún, por vivir en el mundo y no protegido tras los muros de un convento. Aunque se había beneficiado de la protección y el prestigio del padre recibiendo estudios —había ido a la Universidad de Pisa y celebrado un matrimonio a todas luces ventajoso—, los lazos entre su progenitor y él nunca fueron suficientemente fuertes y entrañables. Tal vez por ello el hijo le abandonaba a su suerte ahora, en aquellos trágicos momentos de reclusión y ceguera, y lo mismo hacía sor Arcángela, replegándose en sí misma y en su pertinaz silencio. Efectivamente, Galileo estaba solo, la solicitud de su hijo tardaría algún tiempo en llegar; y aunque recibía cartas de conocidos y amigos e incluso visitas que le brindaban su aliento y apoyo, sólo contaba para paliar su soledad diaria con la ayuda de su incondicional Piera, su ama de llaves, y con Ronconi. De éste partió la idea, más que del propio Galileo —abatido y apartado de cualquier interés que no fuera la ciencia—, de recuperar la correspondencia que dirigiera a la hija recientemente fallecida:

—Dadas las actuales circunstancias, sería conveniente recuperar todos los escritos salidos de vuestra pluma.

—¿Qué peores males puedo ya esperar?

—Eso no se sabe. A vuestros enemigos vuestra condena les parece leve, y si cayera en sus manos algo comprometedor podrían agravar vuestra precaria situación.

—Quedad tranquilo, Ronconi, no queda ya nada aquí que pueda resultarme peligroso. Durante mi proceso, mi buen amigo Geri vino a casa y destruyó todo aquello que pudiera comprometerme. La propia sor María Celeste, por expresa orden

47

mía, le dio la llave donde guardaba los papeles secretos. Algunos se salvaron y otros salieron fuera de Italia mediante la ayuda del embajador de Francia, otro buen amigo. No hay nada, Ronconi, digno de escándalo, excepto yo mismo.

—Pero ¿y las cartas?

—No creo que exista nada en esa correspondencia que no se sepa por otros cauces…

—Eso pensabais también cuando escribisteis el *Diálogo*, y sin embargo…

—Es cierto que tampoco caí en la cuenta. Roma se me antojaba tan favorable y el Papa tan amigo…

—Las palabras más aparentemente inocentes o inocuas pueden tornarse peligrosas según en qué manos caigan, de sobra lo sabéis, y vos os sincerabais con sor María Celeste como si hablarais con vos mismo.

—Ha sido, aparte de mi hija, mi ayudante, y si algo lamento es haberla apartado de mí en la clausura de un convento. Tenéis razón al decirme que debo recuperar esas cartas: así podréis leer lo escrito por mí y lo añadido por ella, pues sé que apuntaba en los márgenes comentarios y anotaciones de su cosecha, siempre inteligentes, como todo lo que hacía. De esta forma creeré que recupero ese diálogo que mantuvimos, que ella sigue aquí, junto a mí, en este exilio forzado, que no ha muerto del todo.

Así pues, con el doble y encomiable propósito de aliviar en lo posible a sor Arcángela y recoger, con permiso de la priora, las pertenencias de sor María Celeste, entre las que se encontraban dichas cartas, se dirigió Ronconi a San Matteo.

5

*C*uando llegó al convento y atravesó el portón después de que la hermana tornera le diera paso, Ronconi pasó al locutorio y, como siempre, se asomó al claustro: le gustaba sobremanera aquel silencio sólo interrumpido por el trinar de los pájaros, el canto de las cigarras y el rumor del agua resbalando por la fuente de piedra con forma de concha. Las fragancias primaverales de abril lo envolvían, las flores y hojas se desperezaban de su letargo invernal y la luz intensa se estrellaba contra arcos y plintos, creando zonas de profundo contraste… El mundo, desde ese rectángulo ajardinado, parecía estar en orden. No obstante, Ronconi paseaba con cierto nerviosismo, cosa que le sucedía siempre que tenía que hablar con la abadesa: *madonna* Caterina le intimidaba sin saber por qué. El diálogo con ella nunca le resultaba fácil. Y aún menos con sor Arcángela.

—Hermosa mañana, Ronconi. ¿Qué se le ofrece a vuestra caridad?

La presencia de la abadesa le pilló desprevenido, de espaldas y absorto en lo que iba a decirle, y Ronconi se acercó a la verja que los separaba con el gesto titubeante de los que han sido cogidos en falta. La abadesa le observó. El médico carraspeó: le parecía que *madonna* Caterina leía sus pensamientos.

—Hace tan buena mañana que he venido dando un paseo hasta San Matteo. Es una gloria ver el campo.

—Sí lo es, sí… —Dejó la frase en suspenso, a la espera de lo que el médico dijera.

—Si no tenéis inconveniente, desearía ver a sor Arcángela.

—Sor Arcángela ya se encuentra mejor: hoy ha asistido a maitines y también ha consentido en hacer su desayuno. Por supuesto que podéis verla. Es más, me parece conveniente. Su estado me preocupa y no desearía que acabara enfermando.

Ronconi pensó que sor Arcángela ya estaba enferma, pero no quiso contradecir a la priora ni volver sobre el asunto. Quedó un momento en suspenso ante la atenta mirada de su interlocutora: venía ahora, sin duda, lo más espinoso:

—También desearía transmitiros un deseo de nuestro común amigo Galileo.

—¡Ah, sí! ¿Cómo se encuentra el maestro?

—Mal. La muerte de su hija ha sido un duro golpe.

—Lo supongo. Los dos se adoraban.

Hubo un silencio. Al médico le pareció notar un cierto reproche en las palabras de la priora. Posiblemente no considerara conveniente que las hermanas profesaran una entrega demasiado grande a la familia; el convento debía aflojar esos lazos.

—Por eso al maestro le gustaría que ya que su hija primogénita —iba a decir unigénita, pero se corrigió a tiempo— ha desaparecido de este mundo, le hicieran llegar sus pertenencias, que por el hecho de ser de sor María Celeste estima más que nada.

Lo había dicho de un tirón, sin pausas, pero el tono, lo sabía, no había sido lo suficientemente firme: más que una exigencia o una petición sólidamente fundada parecía un ruego. La expresión de la abadesa se endureció pese a su mundana sonrisa:

—En nuestro convento, diría más, en nuestra orden, no hay pertenencias, amigo Ronconi: debería saberlo. Todas las monjas practicamos la pobreza y si alguna cosa de escaso valor se poseyera, pasaría a la comunidad a nuestra muerte.

—Sin embargo creo que es de lógica que el maestro reclame…

—¿Reclamar? No se equivoque, Ronconi: desde el día en que sus hijas entraron como novicias en este convento, sabe que no puede reclamar nada.

—Me refería concretamente a las cartas que el maestro escribió a sor María Celeste. —Estaba decidido a insistir, a no darse por vencido.

—Las cartas, Ronconi, son posesión de quien las recibe, y si las del maestro Galileo iban dirigidas a su hija, como vos acabáis de confirmar, éstas son propiedad exclusiva de sor María

Celeste y ya, tras su muerte, de la comunidad. —La priora hizo una pausa y suavizó el tono—. Pero para su tranquilidad le diré que hasta el momento no he tenido noticia de la existencia de esas cartas.

La afirmación de la abadesa, en contra de toda obviedad, dio nuevas alas a Ronconi:

—Y sin embargo es sabido que se escribieron.

—De eso no hay duda. Fue una correspondencia constante y continua, lo que me parece encomiable. La misma sor María Celeste pudo haberlas destruido… —Al decir esto la abadesa observó a su interlocutor más atentamente para ver el efecto que podía causarle dicha hipótesis. Ronconi no pareció amilanarse e hizo un gesto de duda:

—¿Destruir las cartas sor María Celeste? Permítame la extrañeza, reverenda madre: el maestro siempre me comentó que su hija las guardaba con especial devoción, y que se complacía en releerlas una y otra vez…

Pero *madonna* Caterina era una contrincante difícil.

—Pudo hacerlo cuando vio cercana la muerte. A muchos no les gusta dejar rastro de su intimidad.

—Bien, supongamos que no fuera así y que las conservara. En ese caso…

—Tendrían que estar, ¿no es eso lo que pretende decirme? Pero las cosas no son como el maestro Galileo querría que fueran. Al menos aquí en San Matteo. En la vida de las hermanas hay autoridades por encima de las de un padre y sor María Celeste era ante todo una hermana sometida a la obediencia y a las reglas de su comunidad. Creedme, Ronconi: dadas las especiales circunstancias que han rodeado a Galileo en los últimos tiempos, no entra dentro de lo descabellado que sor María Celeste, por sí misma o a instancias de alguien, haya decidido destruir las cartas. —Y en un tono más suave, añadió—: No obstante, no tengáis preocupación. Si llegasen a mis manos, no dude de que se lo haré saber de inmediato. Y ahora si me permitís…

Dicho esto, la madre abadesa abandonó el locutorio, dejando a Ronconi sin posibilidad de réplica.

Pese a haberle dado permiso para entrar, sor Arcángela ni siquiera miró a Ronconi cuando éste penetró en su celda. Miraba obstinadamente la ventana, y permaneció así, en obcecada actitud, incluso después de que la saludase. Ronconi se limitó a aguardar en un ángulo de la celda a que le prestara atención. Ella entonces, ante la aparente imperturbabilidad del médico, volvió hacia él su rostro y Ronconi pudo comprobar su palidez y sus enormes ojeras. A sus treinta y tres años sor Arcángela había perdido gran parte de la lozanía y el brillo de la juventud: su rostro rezumaba amargura y desvalimiento y en sus facciones empezaba a dibujarse un rictus maduro y severo. Sin embargo, Livia era hermosa, mucho más que su difunta hermana. Tenía algo sensual en su piel mate, seguramente herencia de esa otra belleza que fue su madre; sus ojos oscuros orlados de espesas pestañas poseían una evidente profundidad y los labios, aunque ajados por la tristeza, la escasa alimentación y el descuido, eran gordezuelos y sensuales. En una ocasión, y con motivo de una enfermedad que a punto estuvo de acabar con su vida, Ronconi había podido verla casi por completo. El pelo era de un castaño claro surcado de vetas doradas y el cuerpo, que ocultaba el áspero manto marrón oscuro, era esbelto, de pechos redondos y apretados, estrecha cintura y torneadas piernas. De haber vivido en el mundo, la hija de Galileo podría haber despertado amor y deseo en muchos hombres. Sin embargo, Livia estaba allí, tumbada en el modesto camastro de su pequeña celda, entregada su anónima existencia a rutinas y rezos, consumida por sus obsesiones.

—He venido para interesarme por vuestra salud. Sé que estáis enferma y abatida. No obstante, vuestra priora me ha dicho que habéis asistido a maitines.

Sor Arcángela se limitó a afirmar con la cabeza.

—Y que también desayunasteis.

Volvió a asentir.

—Eso ya está mejor… Debéis alimentaros. Pero también os convendría dar un paseo por el claustro: se os ve pálida y la mañana está hermosa.

No respondió.

—Vengo también de parte de vuestro padre. Os manda sus saludos.

Sor Arcángela hizo un mohín de despreocupación; de desagrado incluso.

—Devolvédselos.

—Se preocupa, como yo, de vuestro estado de ánimo.

La mujer miró a Ronconi y en su boca se dibujó una sonrisa escéptica. Ante el gesto, él insistió:

—Sí, creedme: vuestro padre se preocupa por vos. También se encuentra muy enfermo.

—Rezaré por él.

—No son precisamente rezos lo que necesita.

—¿Qué puedo hacer yo?

—Le alegrarían unas palabras afectuosas.

—Me duelen las manos y me cuesta escribir.

Ronconi las miró. Posiblemente, y pese a la juventud de Livia, empezaban a adivinarse los signos de la artrosis: la celda de en la que vivía no recibía el sol.

—Si queréis, puedo escribir por vos.

—Para eso está mi hermana.

Se hizo un silencio.

—De sobra sabéis que vuestra hermana ha muerto.

—Sí, lo sé.

—Entonces, ¿por qué habláis como si estuviera viva?

Sor Arcángela se limitó a encogerse de hombros como respuesta.

—Vuestra hermana ya no puede escribiros carta alguna. Ahora os corresponde a vos.

—Yo no sabría bien. Sor María Celeste tenía la cualidad de decir en cada en cada momento lo que era preciso. Yo nunca seré como ella.

—No os subestiméis.

—No lo hago. Simplemente constato una realidad. —Hizo un inciso—. Además, insisto: no deseo escribir carta alguna.

—¿Ni siquiera a vuestro padre que está tan solo?

Sor Arcángela negó con la cabeza y luego se volvió hacia el ventanuco. Durante unos instantes ignoró a Ronconi, y como él pareciera dispuesto a insistir, le cortó tajante.

53

—¡No sigáis, Ronconi! ¡He dicho que no!

—Bien, pues si no queréis escribirlas podréis decirme, al menos, si os han hecho llegar las de vuestro padre.

Sor Arcángela miró a Ronconi con severidad:

—¿Cartas de mi padre? ¿Qué cartas?

—Las que el maestro Galileo os escribía.

—Él nunca me escribió. A mi hermana, sí. A mí, nunca.

Se hizo un silencio. El diálogo con sor Arcángela era bastante más difícil que con *madonna*.

—Creo que os equivocáis, sor Arcángela: vuestro padre dirigía sus cartas a las dos, aunque las guardara vuestra hermana.

—No intentéis cambiar unos hechos que de sobra conozco: quizá se dirigiera a las dos, no lo dudo, pero no se trataba más que de simple apariencia. También mi hermana decía en sus cartas «nosotras», refiriéndose a mí, pero ni yo intervenía en aquella correspondencia ni ninguno de los dos pensaba en mi persona al escribirlas.

—Aun así, si iban dirigidas a vos también son vuestras.

—¿Qué queréis decir?

—Que una vez desaparecida vuestra hermana, sois vos la auténtica depositaria.

—¿Por qué?

Ronconi tuvo que contenerse ante su testarudez.

—Es evidente: sois tan hija de Galileo como ella.

—No. Ella siempre fue su hija. Su hija. La única. Los dos constituían una auténtica familia. Ellos dos y nadie más. Vincenzo y yo éramos otra cosa.

—No digáis eso, sor Arcángela. Vuestro padre os quiere y vela por vos.

—La única que me quería y velaba por mí era mi pobre hermana, nadie más. Por eso a veces hablo como si siguiera existiendo, como si fuera a volver a verla en cualquier momento. —Hizo una pausa y suspiró con pena—. Quiero creer que no ha muerto, que sigue aquí, acompañándome y auxiliándome, que está presente. Y para mí lo está. Por eso no quise verla muerta, para que no se me fuera de la memoria su otra imagen. —Volvió a pararse y a suspirar y añadió, no exenta de resentimiento—: Dios se ha equivocado, como tantas veces… debería haberme llevado a mí, que arrastro tan inútil vida, y no a ella.

—Dios no se equivoca.

—Se equivoca, sí. Igual que él, cuando decidió entregarnos a este convento.

Ronconi sabía que con ese casi despectivo «él», Livia-Arcángela se refería a su padre.

—Los hombres son libres para tomar sus propias decisiones.

—Pues si Dios no se lo inspiró, es más culpable todavía. —Se revolvió en el lecho como si sintiera una profunda incomodidad—. ¡Y pretendéis que le mande amables palabras! ¡Nos condenó a mí y a mi pobre hermana a una vida para la que no estábamos creadas! Virginia estaba hecha como él, para ver y descubrir las estrellas, y yo para las artes. ¡Me gustaba tanto cantar…!

—Si os gusta cantar, hacedlo en el coro. El puesto de vuestra hermana ha quedado libre.

—No. En el coro, no. Yo no nací para cantar entre los desnudos muros de un convento y entre viejas beatas; nací para el mundo, las fiestas y los salones. Por eso no cantaré en el coro ni en parte alguna de esta casa: si mi voz no vale para salir de aquí, no la tendré. Moriré muda.

—Al menos, pintad. Sé que también amáis ese noble arte. Hacedlo; disminuirá vuestro tedio.

Sor Arcángela miró a Ronconi con evidente desprecio:

—¿Y qué queréis que pinte? ¿Santos? ¿Vírgenes? ¿Crucificados, como el maestro Angélico?

—O ángeles. Fray Angélico también los pintaba. Y bien hermosos, en verdad.

—Yo no he nacido para pintar el cielo. El cielo era para sor María Celeste; yo he nacido para pintar la tierra, las hermosuras que nos rodean, lo que está vivo y palpitante alrededor… ¿Qué hay dentro de estos muros que lo sea? —Hizo una pausa—. Si yo llegara a pintar, si verdaderamente me quedaran ánimos para hacerlo, mis vírgenes y santos serían tan profanos y por tanto tan censurables como los del maestro Caravaggio, al que muchos tacharon de hereje. Claro que, en estos tiempos,

55

cualquiera puede serlo. Para la Santa Madre Iglesia todos somos objeto de sospecha…

—¿Acaso vos lo sois?

La pregunta de Ronconi quedó en el aire y sor Arcángela volvió a refugiarse en la observación de la ventana. Al poco rato habló, se diría que más bien para sí misma, como si no tuviera en cuenta la presencia del médico:

—… y sin embargo esos santos, esas vírgenes que él pintaba, tan semejantes, tan cercanos a los hombres y mujeres de la calle, estaban llenos de reverencia y de verdad —añadió murmurando.

—¿Decíais?

—Decía que si yo alguna vez pintara haría figuras como las suyas.

—¿Habláis del maestro Caravaggio? —Ella asintió—. No os creía tan versada en determinadas materias.

—Hay mucho tiempo para pensar entre rezo y rezo.

—¿Y cómo haríais?

—Me gustaría pintar a la Magdalena como una muchacha que, recogida en su habitación, abandona sus joyas, y una Anunciación en la que la Virgen no esté encogida sobre sí misma y temerosa como todos la pintan, sino erguida, triunfante, con el cabello dorado y suelto y vestida de rojo.

—Más que una Virgen parecería una cortesana —rió el médico—. Cuidado, sor Arcángela, no os extralimitéis en la extravagancia.

—No os preocupéis: por eso mismo no lo haré.

Se hizo un silencio difícil. Ronconi, tras una dubitación, volvió sobre el asunto:

—De manera que no sabéis nada de esas cartas…

—¿Acaso debería saber? —Y nuevamente hacia el ventanuco—: las tendrá *madonna*.

—*Madonna* nada sabe. O al menos eso dice.

—¿Dudáis acaso de su palabra? No deberíais hacerlo. O puede que sí, que estéis en lo cierto. No sólo me rodea la muerte sino también la mentira y la envidia, y sobre cualquier papel de mi padre se arrojarán como perros hambrientos. Este convento está fuera del mundo, pero no es mejor que él.

—Prometedme que si sabéis algo de esas cartas me lo haréis saber.

—¿A qué viene ese interés? ¿También vos queréis mercadear con la inteligencia?

—Es vuestro padre quien las quiere: es viejo y tiene nostalgia.

—Yo también la tengo y no soy anciana. O puede que sí, que también sea vieja. —Suspiró de nuevo con pesar.

—No digáis eso, sor Arcángela: aún sois joven.

—¿De veras lo creéis? Estoy rodeada de muerte.

—Tenéis treinta y tres años si no recuerdo mal.

—¿Y para qué sirve la juventud aquí? Entre estos muros, amigo mío, no hay edad. Todo es silencio y muerte, una muerte lenta y dolorosísima porque no parece tener ni fin ni alivio. De vez en cuando, eso sí, el cuerpo se resiente, pero no es más que la evidencia de un mal más profundo. —Lo decía sin convencimiento, como si no le importaran ya sus propios juicios, como si un enorme hastío la invadiese—. Dejadme, Ronconi. Vuestros afanes se agradecen y hasta alivian, pero no curan. A mí sólo me sanaría salir de aquí, y eso es imposible. No obstante, intentaré perdonarle —sor Arcángela insistía en eludir la palabra «padre» cuando se refería a Galileo— todo el mal que nos hizo. Si por fin lo logro, me reconciliaré también conmigo misma. Creo, sin embargo, que el trabajo será largo y necesitaré toda la vida.

Y como dando por terminada la visita, volvió a perder la vista en el cuadrado del ventanuco.

Ronconi cerró la puerta tras de sí. ¡Qué inútil pobreza la de aquella celda, el camastro, las mantas, el indispensable mobiliario… todas las celdas del convento! ¡No debería existir la grandiosidad ostentosa de aquella basílica vaticana a la que se estaban dando los últimos toques, ni lo que acababa de ver! La Iglesia, pensaba Ronconi, mostraba demasiados contrastes. Los espíritus no podían fortalecerse ni en el derroche ni en la pobreza. En el derroche, porque la voluntad se ablanda y se hace quebradiza, y en la pobreza extrema, porque el cuerpo se envilece y enferma. ¡Qué estúpida equivocación negarse al mundo y al cuerpo, como si éstos pudieran obviarse! No obstante, y pese a no estar de acuerdo con la pomposidad vaticana, ésta le parecía a Ronconi de mayor coherencia que la absoluta falta de medios. Las hermanas de estos pobres conventos enfermaban fatalmente al carecer de lo más necesario. Su energía se consumía sin beneficio para nadie. Al mismo Galileo le había oído decir cosas similares, arrepentido, tal vez, de haber entregado a sus hijas a la equivocación de la clausura. A menudo soltaba entre suspiros: «¡Mis hijas, mis pobres hijas!», con infinita lástima; pero estos lamentos ya no resolvían nada. De las dos, Livia era, sin duda, la más digna de compasión: Virginia, conformada, adaptada al convento, había encontrado en él su sitio y su utilidad, alcanzando su vida una armonía que algunos calificaban de santidad. Livia, sin embargo, atormentada por los dolores del cuerpo y las inquietudes del alma, sería de por vida una desplazada, una pobre monja insatisfecha e inútil. Sor Arcángela no encontraba, ni parecía querer encontrar entre aquellas paredes, nada que la apasionara, que la hiciera salir del letargo al que la había condenado su encierro. La hermosa Livia estaba sentenciada, desde que entrara en el convento con tan sólo doce años, a extinguirse, como ella decía, a una especie de muerte progresiva sin remedio. Por eso tenía razón al decir que no importaba la edad: no era joven; nunca lo había sido. Nadie que no ha conocido la vida ni la ha amado lo es.

Después de aquellas infructuosas visitas, Ronconi también se sentía inútil. Era consciente de que con sor Arcángela actuaba con torpeza, pues aun sabiendo que gran parte de los males provienen del espíritu, y de manera bien evidente en el caso de esta hija de Galileo, no se sabía capaz de aliviarlos. Empleaba unas veces la dureza para hacerla salir de aquella apatía, de esa especie de somnolencia fatal en la que estaba sumida y otras, al ver que esto no daba resultado y sólo provocaba el lloro de la monja o una tristeza mayor, pasaba al polo opuesto, preocupándose en exceso, rectificando y retractándose de su postura anterior, consintiéndola en sus particularidades y extravíos. Era Ronconi con sor Arcángela como esos padres o preceptores que, ante la perplejidad que les produce el comportamiento de sus hijos o pupilos, acaban por desistir en sus empeños, resignándose a esa especie de tiranía a la que los consentidos les someten. A partir de algunos enfrentamientos y diferencias, las entrevistas de Ronconi con sor Arcángela no pasaban de tanteos amables por parte de él y de evasivas por parte de ella y el médico, tan diestro en la curación de los cuerpos, se alejaba de ella desalentado, impotente, ante aquella cerrazón morbosa de la hija de Galileo que parecía no querer sanar de su especial locura, ni salir de ese doble enclaustramiento al que el convento y ella misma la sometían.

6

Sor Luisa permaneció un tiempo arrodillada, acurrucada en sí, apenas un oscuro bulto en la penumbra de la iglesia. No podía comprender que el padre Ambroggio le hubiera negado la absolución, y con ello, el perdón divino. Pero quizá lo mereciera, y de ahí su congoja. ¿Cómo podía haber ocultado a *madonna* y durante tantos días una cosa así? ¿Por qué ese afán de retener algo que no era suyo? Tenía que haberlo puesto en manos de su superiora nada más descubrirlo y sin embargo no había podido evitar la curiosidad: siempre le había intrigado la personalidad de sor María Celeste y la sensación —¿hasta qué punto cierta?— de que aquella dulce y eficaz monjita ocultaba algo. La había querido mucho y tomado bajo su protección cuando estaba enferma, pero, pese a su humildad y cercanía, siempre había visto en ella algo distinto, fruto posiblemente de una educación esmerada. Todos sus cometidos los había ejercitado con prontitud, buen juicio y alegría… Y sin embargo, ¿de qué le provenía entonces a sor Luisa aquel recelo sobre ella? ¿Por qué había sacado de su celda las cartas de Galileo y aquel cuaderno y lo había leído —aun sin comprender la mayor parte de las cosas— con aquella avidez? Su actitud no sólo atentaba contra la jerarquía del convento, sino también contra la intimidad de la correspondencia ajena. Pero en su descargo se preguntaba: ¿acaso las hermanas tenían derecho a intimidad o a pertenencias? ¿No les habían dicho que debían renunciar a todo cuando profesaron? ¿No eran los bienes comunes a todas ellas dentro de los muros del convento? Además, no había tomado todo aquello con intención de apropiárselo —ni siquiera aquel pequeño telescopio, pese a lo hermoso que era con aquellas incrustaciones de marfil y lapislázuli—, sino como un préstamo efímero, como una propiedad transitoria.

Pero si las cartas le produjeron curiosidad, más aún aquel cuaderno: en él podían apreciarse al menos dos escrituras diferentes y hasta las tintadas eran distintas: una más pálida, de una tonalidad suave, como aguada, casi marrón, y otra decididamente gris o negra, como si además de dos manos existieran también dos tiempos de ejecución. No existía orden en todo lo escrito. Muchos de sus párrafos, que ocupaban márgenes y esquinas sin dejar apenas espacios libres, resultaban ilegibles, por la rapidez, casi urgencia, con la que al parecer habían sido escritos o porque respondieran a secretas claves. Al final, introducido pero independiente de él, se insertaba un pequeño fragmento, apenas unas páginas, de una obra de teatro como las que Galileo escribía y mandaba por medio de sor María Celeste para que las representaran en el convento. Estas obras, en las que las hijas de Galileo y la misma sor Luisa habían actuado, eran una especie de autos sacramentales en los que las figuras alegóricas debatían entre sí cuestiones de fe; también se suscitaban cuestiones dialécticas de moda entre católicos y protestantes, echando por tierra las tesis de los últimos. Pero por lo general estas sencillas obras hacían referencia a hechos milagrosos atribuidos a santa Clara, a los conventos franciscanos en general y también a conmemoraciones religiosas como la Navidad o la Cuaresma. En todas ellas se advertía la pluma de un Galileo cristiano, devoto, sin veleidades heréticas o heterodoxas. Sin embargo, esta otra era distinta, no respondía ni por estilo ni temática a los textos que ella había conocido y representado, y la letra, aunque similar en algunos párrafos a la de las cartas, se parecía en otros a la de sor María, como si padre e hija lo hubieran hecho a la par. Tampoco se hablaba de milagros, ni de vida conventual, ni de los Reyes Magos, uno de los temas preferidos; sino del firmamento, del Sol y la Tierra, apuntándose desde el principio, mediante enfrentamientos dialécticos, la teoría que había llevado a Galileo a la condena. Se hacían también referencias a la Biblia y al Papa —¿quizás al mismísimo Urbano VIII?— y se hablaba de ciencia y de fe, la eterna disputa, y aunque poco pudo leer porque poco había, y menos

61

aún comprender por los términos y referencias empleados, sor Luisa se sintió tan confusa que no sabía de quién era la razón: si del sabio o de la autoridad eclesiástica.

Tenía razón el padre Ambroggio al decirle que en el castigo llevaba la penitencia, pensaba sor Luisa, porque desde que aquello obraba en su poder no tenía sosiego ni descanso y la desobediencia a la abadesa le quemaba a fuego la conciencia. Ella, que nunca había tenido deseos de poseer nada, que había mostrado siempre una docilidad fuera de duda, que había creído a pies juntillas lo que sus hermanas y la priora le dijeran, de un tiempo a esta parte todo lo cuestionaba, y más desde que en su agonía sor María Celeste dijera aquellas cosas que, sin lugar a error, había oído. Su tormento era tal que no se centraba ni en labores ni en rezos, por eso había pedido confesión al padre Ambroggio, con la esperanza de que él la liberaría de sus remordimientos. Sin embargo, cuando le escuchó decir «Mientras tanto, y hasta que no lo haya analizado debidamente, no podré absolveros» sintió que se derrumbaba. Por supuesto que se los entregaría de inmediato, pues aquellos papeles le quemaban como hoguera de herejes y hasta que no escuchara de sus labios el *ego te absolvo* no podría comer ni dormir ni tan siquiera rezar, pues se encontraba maldita y temía la condenación eterna.

Salió de la iglesia tambaleándose, envuelta en llanto, y se dirigió con la mayor rapidez que le permitieron su ánimo y sus entumecidas piernas a la celda. Entró rápidamente, con la sofocación y la angustia del que guarda un secreto en el que le va la vida, ya que, para sor Luisa, aquel pecado no absuelto le apartaba de ella, de la eterna y la terrenal. Sí, se lo entregaría al padre Ambroggio, se desprendería de aquello que temía como a la lepra y cuanto antes mejor, para poder dormir en paz. ¿Qué pasaría si muriera aquella noche? ¿Qué sería de su alma perdida y momentáneamente excomulgada? Por un instante se acordó de todos los males del infierno, repetidos una y otra vez por confesores y capellanes y representados en aquellas pinturas del maestro Giotto que vio una vez. También sor María Celeste, más versada en representaciones que ella, le había hablado de los infiernos que pintaba un tal Bosco, maestro de los Países

Bajos, en los que los condenados eran devorados por demonios de extrañas formas, híbridos de hombres y animales que adquirían, de manera monstruosa, las más variadas combinaciones de la naturaleza.

Sor Luisa temblaba de ansiedad cuando dirigió sus manos al escondite y cuando comprobó, horrorizada, que cartas, cuaderno y catalejo habían desaparecido lanzó un grito: breve, agudo, como el de un animalillo caído en la trampa y aniquilado a la vez.

Cuando las hermanas advirtieron que sor Luisa no había acudido ni a vísperas ni a completas ni había pasado por el refectorio se presentaron, a instancias de la abadesa, en su celda, y se la encontraron allá, tirada en el suelo e inconsciente: tenía la boca torcida y no movía la parte derecha del cuerpo. Con gran esfuerzo la echaron sobre el catre y llamaron a la madre abadesa. Ésta, a su vez hizo, venir a sor Benedetta, quien a la muerte de sor María Celeste se había hecho cargo de la enfermería y la botica.

Sor Benedetta miró a sor Luisa y le tocó cara y miembros: el ojo izquierdo de la pobre monja era lo único que se movía, aunque sin sentido y como fuera de su eje, en aquel rostro sin expresión.

—Ha sufrido una apoplejía —sentenció la hermana enfermera—. Sería conveniente practicarle una sangría.

—Habrá que avisar a Ronconi. Pero primero a su confesor, no vaya a ser que se nos muera.

Y así, mientras unas se ocuparon de la enferma y de avisar a Ronconi, otras fueran en busca del capellán.

No lo encontraron: el padre Ambroggio no estaba en el convento.

63

7

*E*l padre Ambroggio esperó a sor Luisa en la sacristía, pero como viera que ésta se demoraba salió de la iglesia, atravesó el claustro, montó en el caballo que le aguardaba en la puerta trasera del convento y partió en dirección a Florencia. Debía encontrarse con Tadeo Guardi, jesuita muy cercano a la familia Médicis y más concretamente a *madama* Cristina de Lorena y a Maddalena, abuela y madre respectivamente, del nuevo duque de Toscana, Ferdinando. La cita era en el mismo palacio Pitti, en los jardines de Boboli, y el motivo de la entrevista era insistir a Guardi sobre una canonjía en Florencia o en la misma Roma. El padre Ambroggio llevaba tiempo tras de ello y todo eran dilaciones acompañadas de buenas palabras por parte del jesuita. Siempre había un esperanzador «tal vez», un «quizá», un «veremos», pero nunca nada definitivo, y el padre Ambroggio, con su casi medio siglo, estaba ya cansado de aquellos miserables pueblos y aldeas toscanos, de la pobreza de los conventos de monjas y de la estrechez en la que vivía. Guardi podía beneficiarle: no en vano pertenecía a la cada vez más boyante Compañía de Jesús. Pero sobre todo confiaba en la amistad que le unía con las dos mujeres cercanas al joven duque. Sin embargo, eran tantas las dilaciones en aquel hipotético favor, tanta la humillación recibida, que muy a menudo el padre Ambroggio se sentía a punto de abandonar. Pero era tal era su empeño que estaba dispuesto a perseverar costase lo que costase, a tragarse como fuera aquellas ignominias, hasta que aquella roca revestida de diplomacia que era el padre Guardi se ablandara y, aunque sólo fuera por cansancio, accediera a sus deseos.

En aquella tarde de abril, el padre Ambroggio parecía contento con su suerte, y mientras cabalgaba camino de la ciudad del Arno ni siquiera se le pasó por la cabeza que la tardanza de sor Luisa se debiera a desobediencia o falta de voluntad de la penitente: algún mandato de la abadesa o cualquier incidente doméstico le habrían impedido acudir con prontitud. Ya estaría, ya, esperándole impaciente a su vuelta, clavada como una estaca en la sacristía o en el confesonario para entregarle aquellos papeles a cambio del perdón. ¡El perdón! ¡Pobre ángel inocente! ¡A veces las monjitas eran tan simples, tan crédulas, tan poco inteligentes! Perdón, ¿por qué? ¡Si casi tenía que bendecirla por lo que le había revelado! Gracias a aquellas cartas y aquel cuaderno de dudosa ortodoxia iba a conseguir aquello por lo que tanto tiempo llevaba luchando: abandonar aquella vida miserable y acabar en Roma. Y si el jesuita se ponía renuente o empezaba con melindres, como solía, él tenía esta vez una nueva e importante baza que ofrecer: la correspondencia íntima de Galileo. ¡Y pobre de sor Luisa como no se la entregara! El no dar la absolución, el someter a una pobre y asustadiza monja a una excomunión temporal, siempre le había dado resultado. Aquellos papeles, aquellos inéditos del maestro, estarían en su poder a cambio del perdón, y si en ellos, como decía sor Luisa, flotaba la herejía, su información sería sobradamente recompensada.

65

Tadeo Guardi le esperaba paseando por el Bóboli. Su figura de pocas carnes y cabeza aquilina, se recortaba en aquel magnífico atardecer de primavera; atrás, el *cortile* de rotundidad casi militar de Ammanati. Pero ni el jesuita ni el confesor estaban por la belleza, y menos el padre Ambroggio, de gustos tan elementales. Aquel palacio de corte todavía defensivo que ostentaba sus armoniosas arcadas como un adusto acueducto romano no le impresionaba lo más mínimo. Al jesuita, poco más, quizá por la costumbre. Era, eso sí, un poco más versado en arquitectura y sabía de Brunelleschi y de Luca Fancelli, arquitecto y diseñador del palacio, pero cuestiones dogmáticas y de carácter práctico le habían apartado del amor por la estética. Ambos, después de las salutaciones de rigor, rumiaban lo que cada uno iba a decir al otro: el jesuita cómo, mediante buenas palabras, poder seguir dando largas al asunto y al mismo tiempo beneficiarse de los informes que el padre Ambroggio le proporcionaba sobre algunos conventos, concretamente el de San Matteo. Este último cómo presionarle, suavemente también, para que de una vez le diera lo que deseaba.

Rodeaban la parte del anfiteatro donde con cierta asiduidad se representaban algunas importantes comedias y el jesuita no abordaba el tema que le interesaba al padre Ambroggio; lo retrasaba o eludía, hablando del tiempo:

—¿No nota vuestra caridad un poco de relente? Los días son agradables, casi cálidos, pero la humedad del Arno por la noche se deja notar.

—Conozco el Arno demasiado bien. Por eso prefiero Roma.

—Florencia es hermosa. Un museo viviente. Y en Roma tienen el Tíber, con miasmas tan insalubres como los nuestros.

—Pero tienen también al Papa y el poder de la Iglesia.

—El poder de la Iglesia está en todas partes, padre Ambroggio.

—Cierto, cierto.

Y como el jesuita siguiera con ambigüedades y circunloquios que a nada conducían, el capellán le abordó. Aquel as que guardaba en la manga le confería seguridad.

—Y dígame, Guardi: ¿se sabe algo de lo mío?

El jesuita estuvo a punto de decir «¿Y qué es lo suyo?», porque en aquellos momentos pensaba en otra cosa, pero calló a tiempo y retomó la conversación.

—Lo suyo sigue su curso y sus trámites. Es preciso tener paciencia y saber esperar. Su caridad sabe que algo podríamos encontrar en Siena o en Pisa... tal vez en Pistoia, pero como a vuestra caridad no le parecen suficiente... Mi influencia, debida a la protección del Gran Duque y sobre todo de *mada-ma* Maddalena, no es grande, y mi brazo llega con más dificultad hasta Roma. No obstante, me han hablado de una pequeña parroquia cerca de la plaza del Popolo, aunque al parecer está muy solicitada. Habrá que ver y esperar. —Y como curándose en salud, añadió—: Además, si he de serle sincero, lamentaría muy de veras que se marchase. Le necesito cerca y no desearía que se fuera de mi área de influencia. Vuestra caridad me es muy útil y lo sabe, y en estos momentos en que la ortodoxia y la fe son tan discutidas a partir de la herejía de Lutero...

El padre Ambroggio se felicitó por el sesgo que había tomado la conversación: el jesuita había puesto el dedo en la llaga y le facilitaba el planteamiento.

—Siempre he sido un ferviente colaborador y todo lo que suponga defender la fe ante esos herejes lo doy por bien empleado. —Bajó la voz y añadió, adoptando un tono de misterio—: Precisamente de un problema de fe quería hablarle.

—Os escucho.

Se introdujeron por la parte más recoleta de los jardines. El jesuita se arrimó al padre Ambroggio. Las dos cabezas, tan diferentes, caminaban juntas: de cuello largo, descarnada y de perfil de pájaro la de Guardi; sostenida por un cuello robusto, sanguínea, prominente, carnosa y un tanto plebeya la del padre Ambroggio. El sol se ocultaba en la lejanía poniendo tintes violáceos en el cielo y anaranjados en las ramas de los árboles. El atardecer se mostraba perfecto para cualquier pintor o gustador de imágenes y aquella pequeña conspiración casaba mal con la armonía del momento.

—Me alegra comunicaros que ha llegado hasta mí una información que puede resultaros muy valiosa.

—¿Sí? —Había un cierto escepticismo en la pregunta: Guardi recibía del padre Ambroggio noticias de poca monta y rara vez interesantes.

—Se trata de Galileo.

El jesuita se volvió al sacerdote en brusco movimiento, como si le hubieran accionado mediante resorte.

—¿De Galileo, decís?

—Más bien de una de sus hijas.

—Ya me parecía a mí —se le escapó por lo bajo.

—¿Decía?

—No, nada, nada.

Pero el padre Ambroggio había oído perfectamente y advertido el tono despectivo. No obstante, no se amilanó esta vez. Y cuando oyó que Guardi preguntaba volviendo al tema comprendió que éste había picado el anzuelo.

—¿De cuál de ellas hablamos? Tenía dos, ambas clarisas, si mal no recuerdo.

—De la mayor, sor María Celeste, muerta hace apenas unos días.

—Se habla de ella maravillas. Incluso he oído que algunos proponen su beatificación.

El padre Ambroggio no contestó. El asunto se estaba presentando inmejorable. Se limitó a sonreír astuta y misteriosamente. Guardi insistió:

—Dicen, también, que era una ferviente colaboradora de su padre…

El padre Ambroggio, de manera sibilina y como quien no quiere la cosa, lo dejó caer:

—Hasta el punto, quizá, de seguirle en sus creencias.

—¿A qué creencias os referís? —Guardi parecía desconcertado.

—A la teoría por la que ha sido condenado por el Santo Oficio.

—¿Qué pretende decirme? ¿Que la hija era copernicana también?

—Eso dice sor Luisa, la monja que la atendió en su enfermedad y la amortajó después.

—Y esa tal sor Luisa, ¿qué sabe y cómo lo sabe?

—Saber, lo que se dice saber… Pero encontró en la celda de la finada cartas del padre.

—Si son del padre no entrañan novedad: todos estamos al corriente de la dudosa ortodoxia del científico y no por ello hay que dudar de su devota hija.

—Es que sor Luisa encontró junto con las cartas un cuaderno, en el que sor María Celeste apoya las tesis de su padre y hasta le alienta para que no abjure de sus teorías.

—¿Y cómo sabe esa tal sor Luisa que el cuaderno es de sor María Celeste?

—¿De quién podría ser si no?

Guardi quedó por unos momentos pensativo. Tampoco el

padre Ambroggio soltó palabra: había que dejar que la sospecha calase, que fuera abonada en el propio terreno.

—Quizá, bien mirado, todo cuadre aunque a primera vista parezca inverosímil, porque creo que fue sor María Celeste quien reescribió el famoso *Diálogo*, esa fuente de controversia y de mal. —El jesuita, entre sus reflexiones, iba dejándose calar por la sospecha, mientras el padre Ambroggio le observaba, satisfecho de su habilidad—. Y ese cuaderno, ¿quién lo tiene ahora?

—De momento sor Luisa, pero me lo entregará en breve —explicó en tono triunfante.

—¿Por qué está tan seguro de que lo hará?

El padre Ambroggio miró a su oponente con suficiencia.

—Lo hará. Hasta entonces le he negado la absolución. Una, digamos, suspensión *a divinis.* —Rió complacido por su ocurrencia.

—No es mala medida, no. —El jesuita esbozó una leve sonrisa, tan leve que se desvaneció al pronto entre sus finos labios—. Buena jugada, padre Ambroggio. No se puede calumniar sin pruebas y menos atentar contra el honor de una monja que ya no puede defenderse, y más en un caso como éste, en el que está en juego su beatificación. «No se perdonará el pecado hasta restituir lo robado»: aquí lo robado es la honra, eso tan preciado.

—Eso mismo, casi con iguales palabras, dije yo.

Se hizo nuevamente un elocuente silencio. La noche caía suave, como una caricia. También la voz del jesuita se tornó suave cuando preguntó:

—Y dígame, padre Ambroggio, ¿me haríais llegar esos papeles una vez que la monja os los entregue?

El interpelado no dudó. Lo tenía todo previsto: conociendo al jesuita esperaba la propuesta.

—De no ser esa mi intención, ¿os lo hubiera dicho?

—Me alegro de vuestra confianza. Si me los entregáis, tened por seguro que mis queridas y admiradas benefactoras, Cristina de Lorena y Maddalena de Médicis, os lo agradecerán sobradamente.

—Espero algo más que agradecimiento.

69

—Y os lo compensarán, padre Ambroggio, os lo compensarán. Un servicio así es digno de proporcional recompensa. De ello no alberguéis la más mínima duda.

Y tras alguna que otra frase convencional y rutinaria, de ésas que cierran los importantes asuntos, el jesuita se despidió del padre Ambroggio alegando que sentía frío, ese molesto relente del Arno, e insistiéndole en que le mantuviera al corriente sobre cualquier novedad. El capellán le vio encaminarse, confundido entre las sombras de los jardines, hacia la luminosidad titilante que arrojaban las ventanas del palacio y, embozado para no resfriarse, salió del Bóboli dispuesto a atravesar el puente e introducirse en el dédalo de Florencia.

Al día siguiente, mientras el padre Ambroggio se dedicaba a sus particulares gestiones, Ronconi llegó al convento, visitó a sor Luisa y, tras confirmar el diagnóstico de sor Benedetta, se dispuso a sangrar a la enferma:

70
—No sé cómo está viva —dijo—. El ataque ha sido muy fuerte.

Aunque con la sangría mejoró, sor Luisa quedó sumida en una semiinconsciencia y con el habla prácticamente perdida. De vez en cuando soltaba incoherencias y no parecía acordarse de nada: ni siquiera de que hubiera existido sor María Celeste.

8

*D*e regreso al convento, el padre Ambroggio se enteró de lo sucedido a sor Luisa, y cuando comprobó la gravedad de su estado y que de ella no podría sacar palabra ni aclaración alguna se dirigió, lleno de zozobra, a entrevistarse con la abadesa:

—Me ha parecido oportuno venir a visitarla, reverenda madre, por un asunto que considero de interés para vuestra reverencia y para el convento.

—Hábleme vuestra caridad y tranquilícese, que parece acalorado en exceso.

El padre Ambroggio resopló, se limpió el sudor de la frente que amenazaba con bañarle la cara y bebió un sorbo del vaso de agua que le ofrecía la abadesa.

—Se trata de sor Luisa.

—Sor Luisa está gravemente enferma.

—Lo sé. Lo que me extraña es por qué no se me avisó.

—Se intentó, pero no se le encontró ni en el convento ni en Arcetri —dijo no sin cierto reproche—. El párroco le dio los santos óleos.

—Lo lamento. Tuve que marchar a Florencia. ¿Tan grave es?

—Un ataque de apoplejía. Nuestra pobre hermana ha perdido por completo la razón y la lucidez; vuestra caridad ha podido verlo. El médico que la sangró esta mañana no alberga muchas esperanzas en cuanto a su total restablecimiento.

El padre Ambroggio carraspeó: siempre lo hacía cuando buscaba una respuesta. Estaba tan aturdido ante su mala suerte, con aquel imprevisto que venía a desbaratar sus planes, que no podía pensar con nitidez ni casi hablar.

¿Cómo imaginar algo así? El día anterior sor Luisa parecía

sana y su cabeza perfectamente en orden. ¿O no? ¿O todo lo que dijo no eran más que elucubraciones de un cerebro distorsionado atacado ya por el mal apopléjico? En ese caso, si todo lo que le había dicho era fruto de la enfermedad o de una imaginación histérica por lo demás muy común entre las monjas, la conversación con Guardi podía volverse en su contra: el jesuita y las *madamas* Médicis le considerarían un embaucador, un embustero indigno de crédito, y no podría sacar de ellas beneficio alguno. Ni ahora ni nunca. Todo, pues, estaba perdido, ya que el descrédito es un baldón para siempre. Sintió un profundo amargor en su boca, esa hiel de la decepción, de la negación de un anhelo. Sus esperanzas, como tantas veces, se venían abajo como un castillo de naipes, pero esta vez era peor, porque había estado muy cerca del logro. Era evidente que los supremos designios son imprevisibles: Dios, por medio de la enfermedad u otras variadas formas del azar, se encargaba de desbaratar los planes de los hombres.

El padre Ambroggio volvió a carraspear. Tenía un nudo en la garganta, un obstáculo que le impedía respirar abiertamente. La abadesa le observaba con detenimiento, como si fuera la primera vez que le contemplara:

—Bien —empezó al fin—, por eso mismo me he decidido a hablarle: la enfermedad de sor Luisa y su difícil e improbable restablecimiento me obligan a prescindir del secreto de confesión.

Aunque estaba acostumbrado a violarlo, ya que el confesionario era para él, más que sacramento, espionaje, valía la pena jugar el papel de sacerdote responsable amparado por la enfermedad de la monja.

—Le escucho con impaciencia, padre.

—Justamente ayer, antes de que fuera fulminada por la enfermedad, sor Luisa me comunicó bajo confesión un asunto de importancia.

—¿Referente a qué?

—A sor María Celeste.

La madre abadesa puso cara de ignorancia, aunque desde el principio de la visita sospechara la razón de la misma.

—¿De sor María Celeste?

El padre Ambroggio asintió con un gesto que intentaba ser malévolo, pero apenas lo logró, ya que estaba más preocupado que otra cosa.

—No puedo imaginar…

—Al parecer, nuestra enferma encontró en la celda de sor María algo posiblemente comprometedor…

La madre abadesa pensó en la respuesta: podía fingir ignorancia y obtener así mayor información, mas finalmente se decidió por la verdad.

—Es cierto: sor Luisa vino a verme y me habló de que sor María Celeste guardaba cartas de su padre, cosa de esperar pues se escribían con frecuencia. Yo por supuesto, como abadesa, era consciente de aquella correspondencia. —*Madonna* Caterina hizo una pausa—. No obstante, le ordené que las destruyera. La situación del maestro Galileo es sumamente delicada como para albergar escritos suyos: no hay que olvidar que pese a su bondad y de ser tan magnánimo con nosotras se encuentra bajo condena del Santo Oficio.

—Discutible medida, reverenda madre. Sin embargo sor Luisa no las destruyó.

—¿No?

—No. Por eso vino a verme: se sentía culpable por no haber cumplido con su deber de obediencia. Pero aún hay más: sor Luisa no sólo os desobedeció sino que os ocultó la verdad, o al menos parte de ella.

—¿Qué decís, padre? —Esta vez *madonna*, habitualmente tan segura, parecía desconcertada.

—Lo que estáis oyendo, reverenda madre. Sor Luisa no sólo no destruyó las cartas sino que guardó para sí, entre otras cosas, un pequeño telescopio que sor María Celeste tenía en su celda…

—¿Un telescopio? Sí, alguna noticia tengo. Sé que se lo pidió encarecidamente a su padre después de haber solicitado mi permiso, pero no estaba muy segura de que finalmente el maestro se lo hubiera enviado. Si es así, me alegro por ella: todos sabemos que la hermana sor María Celeste, como digna hija de su padre, era afín a esta ciencia de la astronomía, y de ahí su nombre cuando profesó.

73

—De acuerdo, de acuerdo. —El padre Ambroggio se impacientaba ante la amable conformidad de la abadesa—. Entonces, ¿a santo de qué lo ocultó?

—Que yo no me haya enterado debidamente, padre Ambroggio no quiere decir que me lo ocultara. Todo será debido a un descuido por mi parte. —Pero la sombra de la duda pasó por su rostro un momento. Ahora era el padre Ambroggio quien la observaba—. No, no creo que fuera ocultación. Eso no concuerda con su personalidad, con su habitual comportamiento; porque dígame, padre: ¿qué mal hay en mirar las estrellas? ¿No son al fin y a la postre obra de Dios como la misma Tierra? No, ni la pertenencia del aparato ni las cartas, aunque me parezca conveniente su destrucción, me parecen recusables…

—Sois demasiado benévola.

—No padre, intento ser justa.

—Lo que tomamos por justicia es a menudo un exceso de magnanimidad, y más en este caso.

—Sor María Celeste la merecía.

—¿Estáis segura?

La madre abadesa vaciló. No se esperaba aquella pregunta y menos aún el tono en que había sido formulada: el padre Ambroggio debía de saber algo más.

—¿Acaso dudáis?

Las tornas se cambiaban y el padre Ambroggio empezaba a moverse sobre seguro:

—Bien, admitamos que el hecho de que sor María Celeste poseyera ese artilugio no tenga mayor importancia para vuestra caridad. Como bien decís la propia Iglesia, por medio de sus sabios ilustres, no ha dejado de mirar las estrellas y con ello contribuir a la mayor gloria del Altísimo, pero es que eso no es todo.

—¿Aún hay más?

—Lo hay. Y esto, de ser verdad lo que dice sor Luisa, es lo más grave, lo auténticamente censurable.

—¡Me tenéis en ascuas, padre Ambroggio! —La abadesa no mentía ni simulaba esta vez.

—Sor Luisa descubrió, oculto también junto al aparato, un cuadernito de descuidadas hojas…

—¿Un cuaderno?¿Y de quién?

—Posiblemente de sor María Celeste, aunque según sor Luisa, la letra no coincide con la que ella cultivaba, tan cuidada y pulcra.

—Sí, una hermosa letra: otras hermanas y yo misma la tomábamos a veces como amanuense y hasta su mismo padre hacía lo propio.

—Tampoco en dicho cuaderno aparece firma alguna y todos sabemos lo proclive que era nuestra querida hermana a la rúbrica, a veces, la verdad, un tanto historiada.

—Llego por vuestras palabras, reverendo padre, a la conclusión de que ese cuaderno no pertenecía a la hermana en cuestión.

—Entonces, si no era suyo, ¿por qué lo guardaba?

La madre abadesa negó desalentada y confusa. Se hizo un silencio: el confesor saboreaba el acorralamiento al que estaba sometiendo a su oponente.

—Vos mismo decís que el cuaderno no lleva firma alguna…

Con el convencimiento de su triunfo, el padre Ambroggio volvió a la carga:

—Los escritos secretos no se firman.

—¿Y por qué iban a ser secretos?

—Entonces, ¿por qué los escondió?

—Tal vez por pura modestia, por recato. Os recuerdo que más de una monja ha escrito sobre sus impresiones y pensamientos. No están prohibidos ni la escritura ni la poesía ni el arte dentro de nuestros muros, padre, y hay muestras abundantes y valiosas de literatura conventual. Os podría citar unas cuantas que, estoy segura, también acudirán a vuestra mente.

—Pero es que en este cuaderno, reverenda madre, y siempre siguiendo las afirmaciones de sor Luisa, pueden leerse cosas de dudosa ortodoxia.

—Sor Luisa es una ignorante —atacó la abadesa. Había al decirlo un cierto orgullo, tal vez por la esmerada educación que ella misma había recibido a causa de su origen noble.

—Pero no en cuestiones de fe —rebatió el párroco.

—Pero sí de ciencia: ¿qué sabrá sor Luisa de determinados asuntos? ¿Desde cuándo la ignorancia puede juzgar la excelencia?

El padre Ambroggio no se amilanó ante tan rotundo argumento: él los tenía aún más contundentes:

—Ante todo, reverenda madre, la fe está por encima de cualquier otra consideración y sor Luisa, por el hecho de poseerla, es más sabia que el propio Galileo. Estaréis de acuerdo.

—No lo niego, no —Mas era evidente que no comulgaba del todo con aquel aserto.

El padre Ambroggio carraspeó, pero esta vez para sofocar el entusiasmo. La partida estaba ganada.

—También me habló nuestra querida sor Luisa de una obrita de teatro inserta entre las páginas de dicho cuaderno.

—Tampoco tiene nada de particular. El maestro Galileo nos deleitaba con cosas ingeniosas de su propia cosecha y que a nosotras nos divertía leer o representar.

—Pero concretamente en ésta, a modo de diálogo como tanto le gusta al maestro, se ponen en solfa cuestiones de fe, ésas que le han llevado a la condena por el Santo Oficio. —El padre Ambroggio hizo una pausa para tomar aire—. Y es más: en todas estas cuestiones de fe que se expresan en dicha obra y en el cuaderno en general, nuestra querida sierva en el Señor y que en Él descanse, se permite ponerse de parte de su padre terrenal y en contra de los postulados del Supremo Hacedor.

—¿Cómo puede estar tan seguro de lo que me está diciendo? ¡Si vuestra reverencia no la ha leído!

—Todo, por supuesto, siguiendo a sor Luisa...

Madonna Caterina parecía cada vez más desconcertada y abatida.

—Y ni siquiera sabemos si el cuaderno pertenecía o no a sor María Celeste.

—¿Y a quién si no?

Se hizo un silencio abismal, rotundo. *Madonna* parecía abstraída en las cuentas de su rosario.

—Habrá que averiguarlo entonces —dijo con aire distraído, como si pensara en otra cosa—, y ya que no podemos contar, al menos por el momento, con el testimonio de ninguna de las dos hermanas implicadas, una porque ha muerto y la otra porque de momento y a saber hasta cuándo está ida, sería importante contar con dichas pruebas. Bien pudiera ser que se trate de una mala interpretación o de una exageración de la pobre sor Luisa, quien desde que murió sor María Celeste se mostraba muy extraña e impresionable. La quería mucho y la admiraba, padre, y esto puede haberla llevado a excesos: no olvide vuestra caridad que la soledad y el sacrificio a los que estamos sometidas hacen desvariar a muchas hermanas.

—Es por ello que le pedí que me hiciera entrega de todo aquello de inmediato y, para hacer en ella mayor fuerza, no le di la absolución hasta que no lo pusiera en mis manos.

Madonna le miró un instante con furia contenida. Algo iba a decir, pero luego se arrepintió. El padre Ambroggio continuaba dispuesto a soltar los más rotundos e incuestionables argumentos:

—Sin embargo su repentina enfermedad ha trastocado todo y por eso le pido que, con la mayor brevedad, vayamos a la celda de sor Luisa y procedamos. Todo esto, reverenda madre, tiene que aclararse cuanto antes, más, si cabe, cuando ya existen voces que piden la beatificación de sor María Celeste. Sería terrible que sometiéramos a un proceso de santidad a alguien alejado de los preceptos y normas de la Santa Madre Iglesia.

La madre abadesa asintió, pero le miró con desconfianza. ¡A ver cuándo dejaban de enviar a los conventos a aquellos ignorantes capellanes y visitadores que más parecían aves de rapiña que hermanos en religión!

—Sólo le pido, padre, que hasta que no tengamos en nuestro poder dichas pruebas y las analicemos para ver qué conviene hacer con ellas, actúe con discreción. No quisiera que el nombre de San Matteo y el de la hermana sor María Celeste, tan queridos para mí, estuvieran en entredicho.

—Cuente con ello, reverenda madre. De mi boca no saldrá palabra.

No obstante la abadesa sabía que hablaría, si es que no lo había hecho ya.

Madonna Caterina abrió la celda de sor Luisa. Olía a abandono y tristeza, como si las paredes hubieran recogido la desesperación última de aquella pobre hermana. Entraron y el padre Ambroggio se puso a revolver ante la impotente y severa mirada de la abadesa aquellos ocho metros escasos de aislamiento y penitencia. Levantó el colchón, abrió los libros de rezo y los cajones de la mesa, arrojó el cilicio y hasta levantó las baldosas que a su paso osaban moverse. *Madonna* le miró impertérrita:

—Aquí no hay nada, ya lo ve —comentó.

—En algún lugar tendrán que estar. —El padre Ambroggio, encendido todo él, no quería darse por vencido.

—No se obceque, reverendo. —Y como si se le encendiera una luz, la abadesa insistió—: ¿Y si no fuera cierto? ¿Y si todo fuera una invención de la pobre sor Luisa atacada ya por la enfermedad? ¡A saber lo que se le pasaría por el cerebro!

—Eso es lo que vuestra caridad querría… —El padre Ambroggio estaba fuera de sí.

—¿Yo? ¿Por qué? Solamente constato que aquí no hay ni rastro de lo que dice.

—Ayer, cuando se confesó, estaba lúcida. Atormentada pero lúcida. Habrá que buscar, reverenda madre, buscar sin descanso y, si es preciso, poner el convento patas arriba. ¡La hago responsable!

—Como vuestra caridad guste —admitió la abadesa resignada.

Y empezó la búsqueda: larga e infructuosa, porque nada se encontró.

$\mathcal{L}$a madre abadesa mandó llamar a sor Arcángela:

—Os he hecho venir, querida hija, para un asunto de cierta importancia que os concierne muy directamente. No andaré con rodeos ni circunloquios. Veréis: vuestra querida hermana sor María Celeste guardaba cartas de vuestro padre junto con otros escritos. Sor Luisa, cuando la amortajaba, los encontró, pero cuando hemos querido ir a por ellos dichos papeles habían desaparecido. Como ya no podemos contar con el testimonio de la pobre sor Luisa a consecuencia de su grave enfermedad, quería, antes de consultar con las restantes hermanas, que me digáis si sabéis algo de esto, o si la misma sor Luisa os los hizo llegar.

—A mí nada se me entregó.

—¿Tampoco sabíais de la existencia de las cartas?

—Sabía, como todo el mundo, que entre mi padre y mi hermana había una continua comunicación escrita pero, aunque os parezca extraño, nunca me preocupó ni me enteré en exceso.

—Era vuestra hermana y es vuestro padre.

—Pese a todo, se trata de algo ajeno a mí. A mí sólo me importa lo concerniente a la religión y a mi salvación eterna.

—Una cosa no quita la otra.

—Yo no participaba de aquello. Ellos hablaban un lenguaje que yo no lograba entender.

—Que yo sepa, ese lenguaje del que habláis no encerraba grandes dificultades. La mayor parte de su correspondencia hacía alusión a cuestiones domésticas. Vuestra hermana se preocupaba de la salud de vuestro padre, le recetaba emplastos y medicinas que ella misma preparaba para él, mandaba arreglar y recomponer sus camisas… Ella era, sin duda, y pese a no vivir en él, la mujer de su hogar. Más diligente incluso que la propia Piera. Todas sabemos que los hombres solos se comportan como unos adanes y más los sabios, que viven fuera de la realidad.

—Entonces, si esas cartas sólo hablan de camisas, de cuellos, de bordados y de soluciones medicinales, no creo que tengan para nosotras mayor importancia y no es relevante si se pierden.

—Puede haber algo más, sor Arcángela. Las palabras de un hombre eminente, como sin duda es vuestro padre, no deben perderse y sí ser conservadas para la posteridad.

La madre abadesa era consciente de que, al decirlo, mentía: ella había sido la primera en intentar destruirlas, pero a veces era preciso engañar, disimular, camuflar los hechos por el bien de la comunidad. La Iglesia, tan diplomática, tan eficiente en materia de relaciones, tan política —no en vano constituía un Estado más en aquella fragmentada Italia—, no consideraba aquellos necesarios embustes como materia pecaminosa, sino palabras necesarias y convenientes, enraizadas en la más elemental diplomacia; una aceptación y puesta en práctica de la teoría maquiavélica sobre los medios y el fin. Y si era cierto, como aseguraba el padre Ambroggio, que aquellos escritos no habían sido destruidos, el que hubieran llegado a manos de sor Arcángela no era mal destino, pues al fin y al cabo era hija de Galileo, pero ésta o mucho fingía, o no parecía interesada en herencia alguna y menos de su padre.

—Lo que haya, lo desconozco. Yo, reverenda madre, como si hubiera vivido al este del Edén. Para mi padre no existo.

—No seáis tan dura en vuestros juicios.

—Quizá lo sea y me arrepiento, pero por eso mismo, por estar tan alejada de ese entendimiento que ambos se profesaron, siento deciros que no sé nada, que no puedo aportar dato alguno y que desearía que vuestra reverencia no insistiera en ello, pues noto que el asunto me conturba y rompe esa armonía que tanto me cuesta conseguir.

La abadesa constató que era cierto. Sor Arcángela distaba

mucho de mantener una actitud y un comportamiento equilibrados. No sabía si su mal provenía del cuerpo o del espíritu, pero creía adivinar que de este último. Sor Arcángela estaba en el convento y no lo estaba; participaba de sus manifestaciones y rezos, pero siempre parecía ausente, como si nada le concerniera y estuviera en otra parte. Cumplía con las cosas con regular obediencia, como un animalito doméstico al que se le acostumbra a determinadas actuaciones aunque su naturaleza sea otra, pero en ningún momento había alcanzado esa plenitud conventual que había caracterizado a sor María Celeste. La mayor de las dos hermanas se había integrado —al menos en apariencia; la abadesa ya empezaba a dudar, como sucede con las calumnias que no pueden verificarse—, pero la menor ni siquiera hacía esfuerzos por fingir. Vivía, rezaba y trabajaba al margen, como un organismo obediente pero autónomo. Posiblemente tenía razón cuando había dicho lo de estar al este del Edén. Sor Arcángela vivía al este de la armonía, replegada en sus íntimos pensamientos. Era una hermana perdida y lo sabía; una oveja descarriada aunque ortodoxa. No le quedó a la abadesa la más mínima duda: sor Arcángela no sabía nada de aquellos escritos.

La abadesa la dejó marchar y convocó a la comunidad a capítulo de culpas para la nona, aunque no fuera el último domingo del mes, día destinado a tal fin. En su fuero interno el asunto de los papeles de Galileo le suscitaba una profunda contradicción y viva inquietud: por un lado prefería que no apareciesen, que el asunto se enterrara por sí mismo para no verse en la obligación de juzgar ni decidir, pero también le asustaba que pudieran caer en determinadas manos. Por eso deseaba encontrarlos y pronto, antes de que lo hiciera el padre Ambroggio, quien sin duda los utilizaría en su beneficio. Ella, por el contrario, haría lo que juzgase más oportuno para el bien de la comunidad y del buen nombre de sor María Celeste. De ningún modo se los entregaría al capellán, aun a riesgo de excomunión, y si tenía que mentirle le mentiría, como había hecho con Ronconi. Sor Luisa, pensaba *madonna*, cometió no ya una

81

manifiesta desobediencia, sino una torpeza de imprevisibles consecuencias. Si aquellos papeles hablaban de cuestiones contrarias a la fe estaban mejor destruidos, pues con ello no sólo protegería al mismo Galileo y a sor María Celeste —esa hermana tan prestigiada y querida—, sino que evitaría que el convento fuera puesto en cuestión. Ante el posible dilema que se le presentaba, *madonna* deseaba que todo lo dicho por el padre Ambroggio sobre aquellas cartas y escritos fuera fruto de la mente calenturienta y ya enferma de sor Luisa y que, en caso de encontrarse, no contuvieran otros asuntos que los domésticos. Porque así fuera, y para tranquilizar su angustia, rezaba de continuo, y al dirigir sus súplicas al Altísimo no sabía si lo hacía para que todo fuera un embrollo de la pobre sor Luisa, para encontrar los documentos cuanto antes y preservarlos de las garras del capellán o para que no se encontraran nunca. Sin embargo, el padre Ambroggio presionaba, e incluso había llegado a apuntar la idea de que en el caso de aquellos escritos no salieran a la luz la comunidad podía ser acusada de complicidad ante el Santo Oficio:

82

—Pero si no tenemos pruebas, reverendo. Todo se basa en el testimonio de una pobre monja que ha caído en desvarío.

—Los datos que me proporcionó sor Luisa no podían ser inventados. Creedme, reverenda madre: tenéis que indagar y llamar a capítulo a las hermanas.

—Se hará, padre, se hará.

—No habléis en futuro sino en presente. Convocadlas hoy mismo.

Y aunque lo hizo, procuró que la convocatoria trascendiese. Estaba decidida a llevar el asunto por su cuenta.

Ya en la sala capitular y colocada en su sitial, *madonna* se dirigió a las monjas con la reserva propia que requiere todo asunto interno, aun tratándose de un personaje tan universal como Galileo. La abadesa les habló y preguntó, sin excluir cierta dureza, conminándolas a que, de saber algo sobre el asunto o en caso de tener la más mínima sospecha, hablaran sin dejar nada para ellas mismas, insistiéndoles en que era obligación decir lo que supiesen, ya que se barajaban cuestiones de fe, y advirtiéndoles de que si no lo hacían podían llevar al convento a una profunda crisis y caer, cada una de ellas, en el pecado y en la condenación. La abadesa sabía que exageraba en todo ello —no en vano la habían educado en los principios racionales del Renacimiento—, pero no le quedaba otro camino: no quería ver a su comunidad investigada por el Santo Oficio ni su labor cuestionada. Era preferible asustar a aquellas indefensas e inocentes hermanas a que el convento ardiera en sospechas por los cuatro costados. El convento, el convento ante todo.

A pesar de sus palabras, las monjas negaron, todas ellas, y hasta alguna más cercana en vida a sor María Celeste llegó a verter lágrimas de impotencia: ¿cómo podía dudar la reverenda madre de su lealtad? ¿En qué sana cabeza podía caber que si ellas tuvieran conocimiento o sospecha de algo no se lo hubieran prontamente comunicado? La obediencia estaba ante todo y más tratándose de cuestiones de fe. Y más aún, ¿cómo podía ponerse ni por un momento en tela de juicio la profunda fe y la inequívoca ortodoxia de sor María Celeste, ese ángel de tan manifiesta santidad?

El capítulo se cerró. Las hermanas se dirigieron al refectorio puesto que era ya la hora de la cena y, tras la sencilla colación, menos gozosa que otros días por todo lo expuesto por *madonna*, volvieron a sus celdas. Los días pasaron y el silencio, un silencio mayor que el habitual, cayó sobre San Matteo. El padre Ambroggio no sabía a qué o a quién recurrir. De vez en cuando su furia atravesaba el convento como las rachas de un ventarrón y la abadesa no sabía si estaba feliz o contrariada porque todo continuara igual: la búsqueda seguía infructuosa y la pobre sor Luisa, en la inconsciencia.

10

Madama Maddalena, duquesa de Toscana, viuda de Cosme II de Médicis y madre del actual Gran Duque Ferdinando, cruzó velozmente las salas del palazzo Pitti que las pinturas de Rafael, Tiziano, Correggio, Bronzino y el Pontormo embellecían, y se dirigió hacia el gabinete de su suegra, Cristina de Lorena, quien seguía haciéndose llamar Gran Duquesa de Toscana como si ella no existiese. Iba tan abstraída en sus pensamientos que aun siendo gustadora del arte no reparaba en la belleza que se mostraba ante sus ojos: lo que acababa de comunicarle el padre Guardi era demasiado importante como para distraerse con otras cosas. Ni siquiera la comedia que iba a ser representada aquella misma tarde en el anfiteatro de Bóboli y la fiesta con la que su hijo obsequiaría a la alta sociedad florentina despertaban su interés, y eso que en ella habría música y canto, dos de sus aficiones preferidas. Para colmo, se contaba con la presencia de Baldassare Ferri, el *castrati* más famoso de Italia y quizá del mundo, que iba a deleitarles con una ópera de Monteverdi. Era tal la fama de este cantante que jamás se dignaba a cantar en los teatros públicos y sólo lo hacía en los privados de los palacios, ante cortes selectas. Además, y pese a su condición de *castrati*, las mujeres le adoraban y hasta solicitaban sus amores. La última anécdota sobre su atractivo y poderosa seducción se había producido veinticuatro horas antes a su llegada a Florencia, cuando una turba de mujeres había salido a su encuentro, lo había apeado de su carruaje y lo había conducido a hombros hasta la misma ciudad.

Cuando abrió la puerta del gabinete de su suegra, ésta bordaba bajo el cuadro de Leonor Álvarez de Toledo, hija del virrey de Nápoles y a quien se debía, fundamentalmente, la amplia pinacoteca del *palazzo*. Allí estaba el retrato que el Bronzino, su protegido, había hecho de esta hermosa española casada con Cosme I de Médicis, con su rico traje de brocado, el pelo recogido en redecilla, la mano izquierda casi sin apoyar, apuntándola simplemente sobre el antebrazo derecho, y la mirada perdida.

Cristina miró a Maddalena con severidad. No le gustaba que se irrumpiera en sus habitaciones sin pedir permiso.

—¿Qué os pasa? Parecéis agitada.

—Traigo noticias.

—¿De quién?

—De Galileo.

La Gran Duquesa Cristina miró a su nuera:

—¿Otra vez? ¡No será otra versión de la tan traída y llevada carta!

Cuando Galileo empezó a ser investigado por la Inquisición escribió a Cristina de Lorena una extensa carta, carta que no fue publicada hasta años después, concretamente en 1636, pero que de inmediato se hizo pública. En ella explicaba sus tesis, defendía su ortodoxia y proclamaba su calidad de ferviente católico. La carta intentaba aplacar las suspicacias que la Gran Duquesa, asesorada por los jesuitas, parecía mostrar contra él y contra la protección que le dispensaba el Gran Duque Cosme. Durante el proceso, Cristina leía a veces algunos párrafos de aquella carta, intentando una actitud más indulgente hacia Galileo, pero sin conseguirlo.

—Se trata de unos rumores.

—¿Quién os los ha hecho llegar?

—El padre Guardi.

—¿Y por qué no ha venido él mismo a decírmelo?

Cristina dejó el bastidor, suspiró con gesto de fastidio y se levantó. Era alta, un poco corpulenta e iba de luto permanente, como hiciera Catalina de Médicis tras la muerte de Enrique II. No sólo en las tocas tenía un aire a *madama* Catalina, pese a no ser de sangre Médicis.

—Tenía prisa.

—¿Qué prisa puede tener, excepto la nuestra? Hazle venir de inmediato.

Madama Maddalena salió tan rápido como había entrado, con la docilidad de quien está acostumbrado a recibir órdenes, como si se tratara de una vulgar doncella.

El padre Guardi no se hizo esperar. Entró silencioso, casi deslizándose, con *madama* Maddalena tras él. El jesuita se inclinó dispuesto a besar la mano de su benefactora, pero *madama* Cristina le rehuyó:

—¡Por Dios, padre, soy yo quien os debe reverencia!

—Quizás en lo espiritual, como hija mía que sois en confesión, pero en lo terreno soy vuestro servidor más humilde.

—Pero aquí, querido padre, vamos a hablar de la fe… ¿De qué otra cosa puede ser tratándose de Galileo?

—Decís bien: de él se trata.

—¿Y bien?

Madama Cristina indicó a Guardi que podía sentarse a su lado, mientras *madama* Maddalena le hacía llegar unos dulces que él rehusó. Tommaso Guardi se acomodó en su asiento, ordenó sus hábitos y se dispuso a hablar:

—Las noticias vienen de San Matteo. Al parecer, la hija mayor de Galileo, sor María Celeste, recientemente fallecida, guardaba en su celda unas cartas de su padre.

—Sí, tengo entendido que se escribían con frecuencia y que el padre la visitaba con asiduidad. El que el Santo Oficio le recluyera en su casa, tan cerca del convento, no me parece pena y sí benevolencia.

—Hay que tener en cuenta su edad y el prestigio que pese a su dudosa ortodoxia tiene —expuso *madama* Maddalena.

—No digo que no, Maddalena —replicó su suegra—. Simplemente trato de constatar el hecho de que la Inquisición no actúa con el rigor que le achacan sus enemigos. —Hizo un gesto con la mano, como si con él tratara de ahuyentar lo dicho y prosiguió—: Pero en realidad no estamos aquí para hablar del Santo Tribunal, sino de Galileo.

—Una cosa lleva a la otra —*madama* Maddalena habló de nuevo y su suegra la miró severamente, como haciéndole ver lo inconveniente que estaba resultando.

—Dejemos hablar al padre Guardi, que es quien tiene que hacerlo. Continuad.

—El caso es, *madama*, que además de las cartas parecen existir otros escritos sin nombre ni rúbrica pero que sin duda pertenecen al maestro o a su hija. Según la monja que los descubrió, una tal sor Luisa, en ellos hay numerosas afirmaciones de carácter herético, que incluyen reivindicaciones del copernicanismo por el que ha sido condenado.

El padre Guardi miró a las damas para ver el efecto de sus palabras. *Madama* Maddalena le miraba con expectación y asombro; *madama* Cristina no parecía sorprendida.

—Entonces… ¿la abjuración? —dijo esta última finalmente.

—¿Acaso se puede creer en ella? Galileo abjuró para salvarse de la tortura y hasta de una condena mayor, pero nunca creí en su sinceridad.

—Lo que me decís no me extraña en absoluto. Siempre estuve segura de que el tal Galileo, si no hereje, bordeaba la herejía, y de que su abjuración era una patraña. Igual que la carta que me escribió: una disculpa para buscar mi apoyo y complicidad, que por supuesto no obtuvo. «Las Sagradas Escrituras sólo tienen competencia en los asuntos de la fe. Para el resto de las cosas que la "experiencia sensible" o las "demostraciones necesarias" hacen evidente o verdadero, no debe acudirse a ellas. A las Escrituras les importa precisar cómo se va al cielo, no cómo va el cielo.» Eso decía el maestro, tan ingenioso… lo recuerdo muy bien. —Las mejillas de *madama* Cristina se arrebolaron de indignación.

—Y sin embargo hay sectores de la Iglesia que le apoyaron y aún siguen haciéndolo y que no ven en lo dicho por él nada censurable. El mismo cardenal Bellarmino, tan celoso de la ortodoxia, martillo de herejes, es buena prueba de ello. ¿Qué hizo sino favorecer a Galileo? Se limitó a comunicarle la declaración hecha por el Papa y publicada por la Congregación del Índice. Nada más. Todo el rigor que empleó con Bruno se hizo aire con Galileo —intervino *madama* Maddalena.

—Bellarmino se portó con una ingenuidad indigna de un príncipe de la Iglesia —apostilló *madama* Cristina.

—Pero todo hay que disculpárselo si obró de buena fe —opinó *madama* Maddalena.

87

—Muchos errores están llenos de buena fe —espetó su suegra.

—Fue Galileo quien le engañó haciéndole creer que sus teorías no eran tales y que se trataba sólo de meras hipótesis… —Suspiró Guardi teatralmente, como aquejado por una gran pesadumbre—. Estamos en tiempos confusos, *madama*, y hasta en nuestras propias filas se ha filtrado el veneno de la tolerancia. Algunos, por tibieza, y otros buscando el diálogo con los protestantes, esgrimiendo el argumento de lo importante que sería recuperar la unidad. Pero ésta ya no es posible. La cristiandad está rota en dos mitades y tender puentes puede suponer inclinarse hacia el abismo.

—Estoy de acuerdo con vos, padre —dijo *madama* Cristina—. Y decidme, ¿habéis leído esos papeles?

—No, *madama*.

—¿Entonces? ¿Cómo podéis afirmar…?

—No afirmo más que lo dicho por el padre Ambroggio.

—¿El padre Ambroggio? ¿Y hacéis caso de ese tonto? —*Madama* Cristina parecía al borde de la indignación.

—No tan tonto, *madama*, no tan tonto. ¿Os acordáis de aquel brote luterano del convento de San Lázaro? Fue él quien lo detectó.

—Pero ¿él los ha leído?

—No, él tampoco —dijo Guardi bajando la voz, avergonzándose de presentar una tesis tan poco consistente.

—Pues si ninguno de los dos los ha tenido en sus manos…

—La monja dice…

—Los juicios de las monjitas suelen ser poco fiables: demasiado impresionables y asustadizas. La clausura genera esos comportamientos.

Se hizo un silencio. El padre Guardi, tan astuto, se había quedado sin argumentos.

—Pero ¿estáis seguro de que esos papeles existen? ¿No serán alucinaciones de esa monjita iluminada?

—De que existen no albergo duda. La monja que los encontró se lo dijo al padre Ambroggio en confesión y nadie miente bajo sacramento; menos, una monja.

—Pues bien, que os los entregue entonces.

—Y lo hará. —Y en un tono más servil añadió—: A cambio de ello, tiene la pretensión de obtener vuestra ayuda para colocarse en Roma.

—¡En Roma nada menos! ¡Ese advenedizo!

—Entonces, ¿qué le digo?

—Si de veras lo que ofrece tiene algún valor, obtendrá su recompensa.

Madama Cristina se levantó dando por terminada la entrevista, y esta vez sí le tendió la mano para que se la besase.

Despedido el padre Guardi, la Gran Duquesa Cristina sonreía sagazmente mientras abría la puerta de su dormitorio: ya se veía con aquellas pruebas en la mano. Sin embargo, antes de soltarlas le comunicaría a Su Santidad el hallazgo para engatusarle con ellas. ¡Nada menos que unos escritos del propio Galileo, y comprometedores además! ¡Qué no daría el Papa por tenerlos! Tenía que conseguir de Urbano VIII el ducado de Urbino que el Barberini les había arrebatado y al que los Médicis tenían derecho. Los papeles de Galileo podían ser la moneda de cambio.

Madama Cristina penetró en la intimidad de su cámara: ascética, conventual casi, aunque con algún que otro detalle frívolo como una estufa de porcelana blanca decorada con flores y pájaros y una espineta que no tocaba nunca. Allí estaba su pequeño mundo, su intimidad más recóndita, sus objetos más personales y queridos: su cama, de sencillo dosel, el reclinatorio ante el diminuto altar con el crucifijo de marfil, y el escritorio de cerezo donde guardaba los papeles íntimos. En sitio preferente y frente por frente, los retratos de dos Médicis: el de su esposo Ferdinando y el de Catalina, reina de Francia. Miró por un instante el de su esposo, no exenta de rencor: allí, pintado por Alessandro Allori, estaba Ferdinando I, Gran Duque de Toscana, quinto hijo de Cosme y de Leonor de Toledo, vestido con ricos ropajes cardenalicios, la figura sedente, serena y sin tensión, el gesto apacible, un tanto ovinos los ojos, perdidos en la penumbra de su gabinete. De fondo, a la manera de los pintores del norte, una ventana abierta a un paisaje, y debajo, sobre la mesa y como si le esperara, la corona ducal. Ése, el retratado por Allori, era el verdadero Ferdinando, y no ese otro a caballo con gesto marcial esculpido por Giambologna y rematado por su ayudante Pietro Tacca. Siempre que lo miraba, lo hacía Cristina con rencor. Pero ¿por qué? Había sido buen hombre y buen esposo. De carácter benévolo —en exceso, pensaba su viuda—, había gobernado pensando en el bienestar de sus súbditos. Con él, la Toscana se hizo próspera, abierta a mejoras y experimentos, como ese canal, el Naviglio, que construido al desviar parte del curso del Arno estimulaba el comercio entre Florencia y Pisa. Sin embargo, también se había convertido en un refugio de heterodoxos y herejes. Todos los perseguidos, fueran judíos o no, disidentes y sospechosos, se refugiaban en el ducado y al amparo del duque. Si su esposo hubiera vivido cuando el proceso de Galileo a buen seguro que hubiera tomado partido por él e insistido ante el Papa para que fuera indulgente. Ferdinando pertenecía a ese sector de la Iglesia que se abría a la tolerancia de manera suicida. Por gente como ellos la herejía se había colado, abriendo una herida que posiblemente no se cerraría nunca. Todos los que eran como él eran culpables, si no de acción sí de omisión, y ésta siempre se paga a caro precio. Su esposo no había dejado de ser un santurrón que parecía tener presente su condición de cardenal hasta en los momentos más íntimos… Ella, Cristina de Lorena, no se compenetraba con esa santidad tan elemental y evangélica. Los santos, como si de guerreros se tratase, debían ser combativos y decididamente intolerantes, ya que en ellos descansaba la verdad. A veces —se escandalizaba de sólo pensarlo— le parecía que el mismo Jesucristo se había extralimitado en su bondad. ¿Qué era eso de sentar a la mesa a truhanes y prostitutas sino colocarse al borde del abismo? Ferdinando también lo había hecho —situándose en ese peligroso filo, abrigando en su reino a renegados y sospechosos o proporcionándoles ayuda y dinero, como hizo con el calvinista y futuro rey de Francia Enrique IV, quien para colmo le dio mal pago— y su nieto, el otro Ferdinando, parecía dispuesto a seguir igual y equivocado camino.

Frente a él, y como su antítesis, el retrato de otra Médicis, Catalina, reina de Francia, conocida con títulos tan elocuentes como la Reina Negra, y «gusano de la tumba de Italia». El retrato, que mostraba a una Catalina muy joven aún, casi adolescente, no era tan hermoso como el de Leonor Álvarez de Toledo. Catalina no fue bella, ni de cuerpo ni de espíritu, lo cual se traslucía en el cuadro; y el pintor, anónimo, tal vez un discípulo no muy aventajado de Sebastián del Piombo, no alcanzaba la maestría del Bronzino. En el retrato, un busto, la futura reina de Francia no ofrecía el aspecto tímido y pudoroso que exhiben la mayor parte de las representadas en la temprana juventud. Tampoco dejaba su mirada perdida, sin centrarse en un objeto concreto: Catalina miraba al espectador y lo hacía de frente, fijamente, con determinación, como si no temiera ningún juicio y no le importara que éste pudiera ser adverso. El rostro era algo tosco, y se averiguaba en él la malicia y resolución de su sangre de viejos mercaderes; el pelo recogido, partido en dos mitades iguales, muy pegado al rostro, acrecentaba su prematura severidad. Cristina lo miró. Lo hacía varias veces al día; sobre todo al levantarse y al acostarse, como si fuera la imagen de un santo al que hubiera que encomendarse. ¡Qué diferencia esta Médicis de su esposo! ¡Ésta sí que lo era de verdad, con la resolución propia de los verdaderos príncipes de la familia! Luego dirigió su vista hacia el precioso espejo que tenía al lado y se comparó. También esto lo hacía con frecuencia y siempre encontraba entre las dos cosas en común: ambas poseían facciones rotundas, como si las hubieran esculpido a golpe de cincel, las dos miraban con la determinación de las tenaces y las dos, desde la viudez, mostraron, sin concesiones a la moda, sus tocas de viudas, con el negro pico en el centro, dividiendo la frente. También Catalina fue ferviente católica, y también al igual que ella pareció admitir como buena la máxima de Maquiavelo que Cristina había copiado en su libro de horas: «Para ser un gran príncipe a veces hay que hacer violar las leyes de la humanidad». Pero quizás en una cosa no habrían coincidido: Catalina, de haber conocido a Galileo, se habría sentido atraída por su personalidad, y hasta le habría dado cobijo y refugio en su laboratorio y maquinado junto a él en la famosa Columna del Horóscopo, donde bajo una cúpula dorada o saliendo a un balcón con balaustre podía observarse el firmamento. En ese aspecto, en el de la astronomía concebida más como adivinación y nigromancia que como ciencia, Catalina había sido una heterodoxa: no en vano había tomado bajo su protección a Nostradamus y a ese medio mago de Ruggieri. Las artes adivinatorias, los amuletos y la magia la atrajeron desde su juventud, y Galileo, por el hecho de dedicarse a una ciencia tan discutida, por moverse en ese terreno tan resbaladizo entre la sabiduría y la adivinación, entre lo certero y lo posible, le hubiera gustado sin duda. Pero lo más significativo de Catalina, y la razón por la que *madama* Cristina la admiraba, era por ese sentido maquiavélico de la praxis. La terrible Noche de San Bartolomé de la que siempre fue acusada la reina no había pasado de ser eso: una terrible praxis en la que Francia se había desembarazado, de golpe, del peligro hugonote. ¿Qué habría hecho ella, Cristina de Médicis, Gran Duquesa de Toscana, de haber estado en su lugar? ¿Hubiera ordenado la matanza o mirado hacia otro lado, dejando pasar los acontecimientos? Tal vez lo primero si las circunstancias lo hubieran aconsejado: desde que era miembro de la familia Médicis se había contagiado de su pragmatismo. Ahí estaba el ejemplo de Galileo, como un claro exponente de lo que debía hacerse: si él hubiera expuesto sus teorías en otro momento, tal vez no hubiera sucedido nada, ni existido proceso, pero las circunstancias eran determinantes y todo político que se preciara debía tenerlas en cuenta: para cada momento una acción, una acción para cada momento. Esto llevaba a un relativismo evidente, a un enmascaramiento del bien y del mal, pero de todas formas éstos no existían de manera absoluta en el juego político. Catalina de Médicis lo supo, no en vano había sido una perfecta Médicis, y ella, Cristina de Lorena, lo había aprendido también. Galileo había supuesto un reto para la ortodoxia, tan castigada desde la escisión protestante, y la Iglesia surgida del Concilio de Trento no podía permitirse la frivolidad de dividirse a su vez: tenía que presentarse unida, compacta; cualquier duda, cualquier indecisión, actuaría a favor de la causa protestante. Así lo había visto sin duda el papa Urbano. El triunfo de la Iglesia no debía residir únicamente en las pintadas bóvedas y cúpulas de las iglesias, sino como fruto de su disciplina interna, de su fortaleza frente a la herejía. Ella también lo había entendido así y por eso había cuestionado al sabio, ya que había visto en él un ariete que podía resquebrajar con su contundencia los principios inalterables de la unidad romana. Era preferible que penara un hombre a una colectividad, que se tambaleara la ciencia a la Iglesia. Lo que decía Maquiavelo, en suma, no en vano eran las dos, Catalina y ella, hijas del racionalismo renacentista. Galileo significaba para *madama* Cristina su Coligny, su particular Noche de San Bartolomé: no se había puesto frontalmente en contra de éste, pero tampoco había hecho nada por evitar la conjura.

Andaba en esas reflexiones cuando el Gran Duque, su nieto Ferdinando, pidió permiso para entrar. Parecía de excelente humor.

—Tengo que daros, querida abuela, una excelente noticia: he decidido contratar los servicios de Pietro de Cortona para ese proyecto que teníamos en mente —le dijo.

—¿De qué proyecto se trata? —En aquellos momentos *madama* Cristina le daba vueltas a otro asunto.

—Las nuevas salas, querida abuela: siempre decís que hay que pintar esas bóvedas. Y Pietro de Cortona es el maestro de moda en Roma: trabaja para el Papa y acaba de terminar los frescos del palacio Barberini.

—No es mala recomendación, no.

—Su ayudante, un tal Pierre Puget, se encuentra entre nosotros, y según él podemos ultimar el arreglo como si se tratara del maestro mismo. Le he rogado, si no tenéis nada en contra, que se siente a nuestra mesa a la hora del almuerzo.

Madama Cristina miró a su nieto con severidad: ¿cuándo iba a pisar tierra e interesarse por las cosas que verdaderamente importaban? Pero el joven no pareció percatarse de su mirada y continuó en tono entusiasta:

—… y no sólo es eso. Acabo de hablar con Ferri y tengo el convencimiento de que nos espera una inolvidable velada musical. Me ha contado, entre otras cosas, el recibimiento que le dispensaron las florentinas. ¿Estáis enterada?

—Lo estoy. —Su tono no invitaba a proseguir.

—¿Y no es increíble que un hombre como él reciba precisa-

93

mente tales entusiasmos? Claro que mirándolo bien no me extraña en absoluto: es guapo, elegante, siempre a la última, con una apostura digna de un rey...

—¡Escucha! —*madama* Cristina cortó el entusiasmo del Gran Duque—: no me interesa ese impúdico asexuado que se exhibe a hombros de las mujeres por toda Florencia. Tampoco los techos, al menos de momento. Es de otro asunto del que quiero hablarte...

Ferdinando de Médicis se envaró, como si hubiera recibido un golpe. Su abuela poseía la cualidad de ponerle firme, pero en aquella reacción influía más el respeto y la benevolencia que el miedo.

—¿De qué se trata, abuela?

—De Galileo. El padre Guardi acaba de comunicarnos algo.

El Gran Duque frunció el ceño: no simpatizaba con Guardi y desconfiaba de todo lo que venía de él.

—¿Y bien? —preguntó con cierta alarma.

—Al parecer, hay en el convento de San Matteo en Arcetri cartas y papeles del maestro, entre ellos, una obrita de teatro...

—¡Qué curioso! ¡El astrónomo haciendo comedias!

—No serán tales, sino más bien autos sacramentales, o algún drama de contenido religioso, pero aun así...

—¿Os imagináis representando en el Bóboli una pieza de Galileo? Sería todo un acontecimiento; tanto como mostrar un techo de Pietro de Cortona.

—Cierto...

El Gran Duque no las tenía todas consigo: a su abuela no parecía interesarle la comedia, o lo que fuera.

—Pero no se trata sólo de la comedia, aunque esto por sí sólo encierre novedad, sino de otras cuestiones de mayor interés.

—¿Cómo cuales? —Ya, ya llegaba su abuela, aunque cautamente, al fondo de la cuestión.

—El padre Guardi habla de escritos comprometedores.

—El maestro Galileo ya ha sido juzgado.

—Lo sé, lo sé, y posiblemente el padre Guardi exagere: ya sabéis el celo que pone en las cuestiones de fe y cualquier cosa la toma a herejía. —La Gran Duquesa hizo una pausa—. Por eso es de sumo interés que esos papeles lleguen a nuestras manos: en otras, el maestro podía verse aún más perjudicado.

El Gran Duque miró a su abuela, y entre el respeto se adivinaba la desconfianza.

—No creo, señora, que vos seáis en este asunto, una gran valedora. Galileo no recibió de vos ningún apoyo.

—No convenía hacerlo.

—¿Es que para vos sólo existe lo conveniente?

—Lo conveniente suele ser, querido nieto, lo justo.

—No para mí: sabéis de sobra la admiración que siento por el maestro Galileo.

—¿Creéis que yo no le profeso la misma?

El Gran Duque Ferdinando tardó en contestar: miró a su abuela pero ésta le sostuvo la mirada.

—Sea lo que sea, querida abuela, sólo os pido una cosa: si esos papeles llegaran a vuestras manos, deseo me sean entregados de inmediato: los consideraré como una riqueza más de nuestro archivo, como una gloria más de este palacio, pero en ningún caso serán utilizados en contra del maestro.

Y el labio un tanto habsburgués del Gran Duque Ferdinando, que traicionaba su sangre italiana, tembló un instante. *Madama* Cristina le miró evaluándole: ¡qué poco de Médicis tenía aquel nieto! Ni en lo físico, tan centroeuropeo, ni en lo moral. El Gran Duque era un joven bienintencionado y por eso mismo equivocado. No estaba a la altura ni de los tiempos ni de la familia, y los intereses de ésta debían prevalecer por encima de cualquier otra cuestión. Así lo habían comprendido los Médicis que habían sido grandes, como el gran Cosme, creador de la dinastía, y su hijo Lorenzo, apodado el Magnífico: de ahí su apodo, ¡Magnífico!, generoso tanto en el bien como en el mal, pues, afortunadamente, no sentía escrúpulos y quizás gracias a ello la familia no sucumbió.

Madama Cristina recordaba la historia: también corría el mes de abril, el 26 concretamente de 1478 cuando la conjura de los Pazzi pudo haber acabado con la familia Médicis. El joven Juliano fue asesinado en la catedral durante la misa solemne y la misma suerte podía haber corrido Lorenzo; sin embargo éste no sólo se libró de la muerte sino que devolvió con

95

creces el golpe: los Pazzi, los Salviati y los principales artífices fueron defenestrados y ahorcados mediante juicio sumarísimo y muchos de sus cuerpos desmembrados, troceados y paseados en picas por las calles; algunos cronistas hablaron, incluso, de canibalismo, como ejemplo de máxima ferocidad. Las venganzas y matanzas duraron varios días; de ellas el mismo Poliziano fue testigo. Pero Lorenzo no se conformó con la muerte o con el destierro para los traidores: había que aniquilar a la familia rival de los Pazzi, y para ello recurrió a la vieja fórmula romana, la *damnatio memoriae*, de manera que el nombre de éstos fuera eliminado de los documentos y monumentos públicos con el fin de que desaparecieran de la memoria de las gentes. Lorenzo *el Magnífico* no tuvo piedad con el enemigo, no le dio oportunidad de que volviera a recuperarse. No la tuvo con los conjurados, como no la tuvo Roma con Cartago —*delenda est*— pero quizá por no haber sucumbido a la piedad, por ser básicamente cruel pese a su refinamiento como gran mecenas, todos los grandes artistas del momento habían recibido su protección, y ella, Cristina y su nieto Ferdinando estaban allí, en el palacio que levantaron los Pazzi, aquellos derrotados enemigos, tomando posesión de él y gobernándolo, y no sólo el palacio, sino toda la Toscana. Así eran los grandes. Así habían sido los primeros Médicis, que habían sabido ascender, gracias a su astucia y a su resolución, de simples comerciantes hasta la cima del poder, extendiendo su influencia no ya por Italia, sino introduciéndose y reinando en el mismo corazón de Europa.

Pero su nieto Ferdinando distaba mucho de ser el Magnífico: en él se había adulterado la sangre de la familia. No amaba el riesgo y tampoco la violencia, dos constantes del poder, y aunque durante la peste que asoló Florencia en 1630 se comportara con la entereza y el valor propios de un Gran Duque, prestando auxilios y ánimos a la aterrorizada población, en muchos asuntos de importancia se mostraba indiferente e indeciso y era, para colmo, impresionable y sensible en extremo. Estaba bien que amara las artes, era algo propio de la familia y otra de las glorias de los Médicis, pero la sangre le horrorizaba y se apartaba de todo lo que pudiera conllevar un enfrentamiento violento o un conflicto bélico. No obstante, se había hecho retratar, recientemente, con armadura, pero esto no había pasado de ser un gesto: sólo parecían interesarle las bellas artes, sobre todo la pintura y la música, y también sentía verdadera afición por la astronomía y las matemáticas: de ahí su veneración y respeto por Galileo. Por eso *madama* Cristina, ante esa debilidad que sospechaba en su nieto heredada posiblemente de su esposo, ese Ferdinando I de sangre medicea también adulterada, estaba al tanto de sus acciones, para corregirlas o enderezarlas si era preciso; ella era, en realidad, por encima del Gran Duque y su propia nuera, quien dirigía aquel palacio y toda la Toscana, al igual que Catalina de Médicis dirigió, pese a los reinados de sus hijos y por la misma precariedad de éstos, los destinos de Francia. Y con el convencimiento de que por encima de todo estaba el poder y la familia, se congratulaba de la noticia llegada a través del padre Guardi: ¡lo que daría el papa Barberini, tan amigo de Galileo en un principio como enemigo después, por tener en sus manos aquellos papeles! *Madama* Cristina sospechaba, casi tenía la certeza, que aquella sentencia considerada rigurosa por los seguidores del sabio y en exceso liviana por sus detractores —entre los que ella se contaba— no había sido del agrado de Urbano VIII, quien hubiese deseado más rigor. Si en aquellos papeles de los que hablaba Guardi se confirmaba una herejía no por todos aceptada, el triunfo del Papa sería mayor aún que el que Pietro de Cortona había inmortalizado en los frescos del palazzo Barberini, y si ella llegaba a poseerlos, los utilizaría para presionar al Papa respecto al ducado de Urbino, arrebatado injustamente. Pero *Madama*, tan astuta, tan versada en maniobras, no contaba con el doble juego de su confesor: Guardi estaba dispuesto a venderlos al mejor postor, y el papa Barberini se le antojaba mejor bocado que los Médicis. Si lograba hacer llegar aquellos papeles a la curia pontificia no sólo obtendría la tan prometida canonjía para el padre Ambroggio, sino que aseguraría su carrera dentro de su orden, y quién sabe si dentro del mismo colegio cardenalicio.

Sin embargo, para decepción de unos y desesperación de otros, los papeles no aparecían, de manera que ni el padre Am-

97

broggio se los podía llevar a Guardi ni éste a sus potenciales clientes. Pero ni uno ni otro se dieron por vencidos, y sabiendo que al menos podían jugar con la especulación —una manera de vender lo mejor posible su fracaso— emprendieron por separado, aunque con similares intenciones, el camino de Roma.

11

*U*rbano VIII, nacido Maffeo Barberini, transitaba por la basílica vaticana, gloria de Roma, del orbe y del espíritu contrarreformista que tan felizmente había rematado Carlo Maderno. A su lado Bernini, su artista favorito, y frente a ellos, el baldaquino, coronado por el emblema barberiano. Lo que le preocupaba ahora al pontífice era su sepulcro, otra forma de conseguir la inmortalidad. El sepulcro siempre había preocupado a los grandes, fueran príncipes temporales o de la Iglesia, y aunque todos deseaban ocuparlo lo más tarde posible, no podían resistirse a ese toque final y póstumo. Era una forma de hacer permanecer la memoria, tan proclive al olvido, de sellar su paso por la historia. Desde los tiempos más antiguos reyes, papas, príncipes, nobles y prelados los habían diseñado o alentado con mimo, como si con ellos su inmortalidad estuviera asegurada, y en cierto modo era así, ya que la imagen ayuda a perdurar la idea o el personaje. Bernini, inspirado en la famosa tumba que Miguel Ángel había realizado para los Médicis —¡los Médicis, siempre los Médicis!— había diseñado para Urbano VIII el monumento que luciría en hermosos materiales, mármol purísimo y bronce dorado, con el Papa en lo alto de una composición piramidal, bendiciendo triunfal; también así le había retratado Pietro de Cortona, otro de sus artistas predilectos, añadiendo figuras alegóricas más hacia la base, que custodiaban y remataban los flancos. A eso había que añadir un toque naturalista —los nuevos tiempos, lo que luego se llamaría despectivamente barroco lo exigían— y nada mejor, para este tipo de monumentos tan inspirados en catafalcos, que las *vanitas*, es decir, la aparición de la muerte, esa certeza de que todo es a

99

la postre efímero y que con ella todo acaba. En este caso al mausoleo de Urbano VIII, tan renacentista en las figuras alegóricas, se añadía como toque y contrapunto de la época, el engaño como concepto barroco, que jugaba no ya con la luz o los efectos, de ahí el *trampantojo*, sino con los mismos conceptos, de manera que se criticaba aquello que se exhibía o al revés. Y así, aunque la muerte, como elemento igualatorio representada en tétrico esqueleto, arrancaba los títulos del Papa, lo hacía de forma tal que quedaran bien visibles para cualquier espectador, triunfando aquello que se pretendía criticar, la vanidad, a la que ningún poderoso lograba resistirse. Pero Maffeo Barberini no había llegado al punto de Julio II, quien no sólo había encargado a Miguel Ángel un sepulcro suntuoso, sino que había pretendido que el monumento se situara bajo la misma cúpula de la basílica vaticana, en el mismo centro y corazón de la iglesia. Pero la soberbia de aquel papa, porque soberbia había sido y así lo consideraba su descendiente en el solio, había sido castigada: del gigantesco proyecto sólo se había terminado la figura de Moisés, muy hermosa, sí, muy rotunda, «sólo le falta hablar y levantarse», pero sólo una de las tantas previstas. Tampoco había podido ser instalado, bajo la cúpula como había pretendido la megalomanía del gran Julio, ni tan siquiera en la basílica Vaticana, sino en la más recoleta y humilde de San Pietro in Víncoli. ¿Y todo por qué? Por una cuestión de intereses y de herencia. Por eso al papa Barberini le corría prisa que Bernini acabara el monumento, no fuera a pasar con él igual que con el de Julio II, que una vez muerto, nadie, ni la curia ni la propia familia, dio el dinero suficiente para financiarlo. Su tumba se acabaría según diseño, en vida de él, y quedaría allí, dentro de la basílica, en posición parietal aunque bien visible, si bien no tanto como el baldaquino, ese manifiesto escultórico del nuevo gusto y de la Contrarreforma plantado en el altar mayor, con sus columnas retorcidas, que alguien había calificado de *salomónicas*, que mostraba sin ambages a todas las generaciones, presentes y futuras, la gloria de Bernini y de los Barberini. Mecenas y artista; artista y mecenas. Ambos por igual.

Hablaban Papa y artista sobre la obra de Borromini, ese otro arquitecto tan discutido por sus arriesgadas cúpulas y sus ovaladas plantas no muy del gusto del pontífice, cuando Antonio Barberini, sobrino del Papa, hizo acto de presencia. Sus sobrinos Francesco, Antonio y Tadeo eran su talón de Aquiles: a los dos últimos los había hecho cardenales y a Francesco lo había puesto al frente de la Biblioteca Vaticana. El propio Papa también había sido ayudado por su tío Francesco, protonotario apostólico. Era por tanto tradición familiar que tíos y sobrinos se protegiesen y ayudasen, como más tarde se ayudarían los Pamphili para conseguir el trono de San Pedro, y esto suscitaba críticas no siempre mesuradas.

Al ver al sobrino haciéndole una seña, el Papa se separó de Bernini y se retiró a la capilla que en su momento ocuparía la tumba de Alejandro VII.

—¿Ocurre algo?

—Simplemente quiero trasmitiros una noticia.

—¿Buena o mala?

—Ni lo uno ni lo otro.

—No me vengas con ambigüedades, Antonio. —En privado le tuteaba. El sobrino, no obstante, mantenía distancias: el papado era mucho para ceder a confianzas, y como éste permaneciera en silencio, el Papa le instó a que hablara.

—El padre Guardi…

—No recuerdo.

—Un jesuita protegido de los Médicis.

—Si es jesuita me interesa —el Papa se había educado entre ellos—, y si el asunto viene de los Médicis, más aún.

Hizo una seña al sobrino para que le siguiese y callara, salieron de la Iglesia y se introdujeron en el palacio. Atravesaron galerías y salas y se introdujeron en la de *La disputa del santísimo sacramento* que pintara Rafael de Sanzio *el Divino*, donde, al parecer, fue interrogado Galileo durante el juicio. El Papa tomó asiento, y a su lado lo hizo el sobrino, el cardenal Antonio Barberini.

—Me explicaré: este padre Guardi al que yo conozco hace tiempo y que recibe apoyo especial de *madama* Cristina…

—Ya sé, ya sé. Esa loba medicea…

—Me ha venido con una embajada un tanto peregrina…

—No me extraña si se trata de los Médicis.

—No precisamente, pero sí está relacionado con ellos, dada la jurisdicción que sobre la Toscana ostenta el Gran Duque.

—Ese Gran Duque, pese a su pomposo título, no lo es tanto. Claro que para eso está la abuela.

—Por eso el asunto resulta sumamente interesante, y más para vuestra Santidad, ya que se trata de la fe: el padre Guardi, pese a la protección que recibe de la familia, me lo ha comunicado en absoluta primicia.

—¿De veras estáis seguro que lo sea? La mayor parte de las primicias no son tales. Y bien, ¿de qué va?

—De Galileo.

El Papa dio un respingo:

—Ni me lo mentéis: quisiera olvidar de una vez ese enojoso asunto.

—Si eso es lo que vuestra Santidad desea... —El sobrino que bien le conocía, entre otras cosas por estar versado en las mismas prácticas, hizo ademán de levantarse y dar por zanjado el asunto.

102 —Quieto, Antonio: no te he dicho que te vayas. —El sobrino volvió a sentarse y sonrió para su capote—. Esta bien, dímelo. Tal vez sea mejor no hacer ascos. ¿Qué es lo que ocurre con ese diablo de Galileo que se ha empeñado en quitarme la paz?

Algo de razón tenía el pontífice: en un principio había sido un entusiasta del maestro toscano, hasta el punto de escribir una oda en su honor. Recordaba estrofa por estrofa el poema, como si lo acabara de escribir:

> Cuando la Luna brilla y despliega
> su procesión dorada y sus fulgores
> en su órbita serena,
> un extraño placer nos embarga y arroba.
> (...)
> No siempre se hace la claridad,
> más allá del resplandor que brilla
> observamos los oscuros defectos solares,
> (¿quién lo creería?)
> gracias a vuestro arte, Galileo.

Le había alabado y recibido, distinguido con la amistad de un discípulo ferviente —le gustaban las matemáticas y la astronomía—, y sin embargo... ¡Ay! Había sido traicionado, ridiculizado por el mismo Galileo. Mal pago le había dado el maestro a cambio de su afecto. ¿Por qué en aquel maldito libro, en aquel *Diálogo* tan traído y llevado, le había hecho pasar por *Simplicio o Simplicissimus*, por aquel ignorante estúpido que no sabía nada? Galileo había negado que bajo ese personaje se escondiera el Papa, pero él estaba bien seguro. El haberle ocultado bajo el personaje de *Simplicio* era una afrenta demasiado terrible, sobre todo si quien la recibe te ha distinguido en amistad, y más después de aquella poesía y todas las públicas alabanzas, tan extendidas y celebradas. Maffeo Barberini, en el asunto Galileo, había actuado no sólo como Papa, sino también como individuo humillado, vilipendiado; y si el pontífice había movido su mano como tal en contra de una teoría que no podía comprobarse y de dudosa ortodoxia, el particular que llevaba dentro, el resentido, el humillado, había movido los hilos en particular venganza. ¿Hasta qué punto Urbano VIII había sido imparcial en sus juicios, o se había dejado llevar por el rencor de un Maffeo Barberini traicionado como amigo y como hombre? Ése era el dilema interno y el que a veces le martirizaba: si en el asunto había pesado más el particular que el pontífice, si su resentimiento íntimo había sobrepasado a su celo de papa, si se había dejado llevar más por la venganza de una amistad traicionada que por la más estricta justicia.

—Vuestra Santidad recordará que el maestro tenía tres hijos, dos hembras y un varón, de una cortesana de Venecia, una tal Marina con la que no llegó a casarse. Las niñas, en edad temprana, profesaron en las clarisas, en el convento de San Matteo en Arcetri, justamente donde cumple reclusión el maestro.

»Teniendo esto en cuenta, además de su edad, se le concedió como gracia especial que permaneciera allí. Pero los detractores de la condena siguen insistiendo sobre la crueldad de la misma.

—El caso es que la mayor de las hijas, nacida Virginia y profesada con el nombre de sor María Celeste...

—¡Qué hermoso nombre!

—Sí, en consideración a su padre. —El cardenal Antonio Barberini empezaba a impacientarse con tantas dilaciones a las que le sometía el Papa—. Pues bien, la dicha sor María Celeste falleció ha poco y otra hermana, todo siguiendo lo dicho por el padre Guardi, descubrió en su celda cartas que Galileo dirigió a su hija junto a otros papeles, al parecer comprometedores.

—¿En qué sentido comprometedores?

—Parece ser que se reafirma en la teoría copernicana.

—Lo sabía. Tenía la completa seguridad de que su abjuración era un engaño, una manera de verse libre de tortura o de mayor pena. Pero a mí no me engañó nunca, Antonio. Galileo está convencido de que es la Tierra la que gira en torno al Sol y no al revés, pasando por alto la inconmovible fijación de los cielos de la que habla la Biblia.

—Pero lo más curioso es que su hija, y sigo abundando en lo dicho por Guardi, también parece acatar esa teoría.

—¿La monja?¿Esa sor María Celeste?

Antonio Barberini asintió.

—Y es más: al parecer en uno de esos escritos insiste a su padre para que no abjure de sus teorías, que no se deje abatir por el miedo y la soledad, y como ejemplo le pone a Giordano Bruno.

—¿A ese hereje? ¡Pero querido Antonio estamos, por lo que me cuentas, ante un evidente foco herético!

El sobrino volvió a asentir.

—Y esos papeles, ¿dónde están? ¿Los tiene acaso Guardi?

—Pues ahí está el problema, Santidad. Esos papeles iban a ser entregados a Guardi por el confesor de la monja que los descubrió, un tal padre Ambroggio, pero la joven ha caído con una apoplejía que, si no muerta, la tiene fuera del mundo, y los papeles han desaparecido: no se encuentran por parte alguna.

—Pero ¿es seguro que existen? ¿No será alguna de esas historias que circulan cuando alguien alcanza notoriedad o cae en desgracia?

—Existir parece que existen, pero, desgraciadamente, se han volatilizado. ¡Y sería tan importante hacerse con ellos! Su Santidad es el más indicado para poseerlos: en primer lugar porque sois el supremo jefe de la cristiandad y en segundo porque tienen un valor testimonial para profundizar en la sentencia y en la verdad del propio Galileo; también, ¡a qué negarlo!, como documento histórico de primera mano que enriquecería sobremanera los fondos de nuestra biblioteca.

—Entonces ya sabes lo que tienes que hacer, querido Antonio: ponte inmediatamente a su búsqueda. Tú sabes cómo hacerlo. No quiero errores ni pasos en falso. Y sobre todo que no se entere esa Mesalina de la Pamphili.

12

*P*ero Olimpia Maidalchini Pamphili, más conocida como La loba del *stadio* por tener su palacio junto a los restos de uno romano, donde más tarde se levantaría la plaza Navona, o Mesalina Pamphili, o La Cleopatra del Vaticano durante el papado de su cuñado y amante Inocencio X, ya estaba al tanto. El padre Ambroggio no estaba dispuesto a dejar pasar los acontecimientos. Conocía a Olimpia y sabía que si ella, que poseía el control de media Roma y que podía levantar hasta las piedras del pavimento de Florencia con sólo quererlo, no encontraba los papeles, no los encontraría nadie. Para Olimpia Phampili no había secretos: intrigante, resolutiva y viuda por fin de un hombre que le llevaba treinta años y al que había dominado tanto en la administración de sus bienes como en el lecho, ejercía sin cortapisas el control dentro y fuera de su palacio. Roma se le había rendido: unas veces era por las dádivas, escasas, tenía fama de tacaña, y las más por la extorsión. Hasta las meretrices de Roma, las llamadas antaño *pecatrices*, la temían y le pagaban su tributo para que las dejara ejercer y poder pasear libremente por sus calles, como si en vez de una mujer Olimpia fuera el macho por el que ellas se prostituían. Para esta advenediza que controlaba desde la baja estofa hasta a ilustres miembros del colegio cardenalicio, entre ellos su propio cuñado, Roma era una extensa y productiva casa de lenocinio de la que provenían no sólo ganancias —que no eran pocas, ya que llegó a ser más rica que muchos reyes— sino algo más importante aún para hacer valer su poder: chismes, informaciones, secretos… ¿Qué familia no tiene en su haber algo que ocultar? Criados, parteras, adivinadoras, meretrices y alcahuetas iban esparciendo secretos, algunos terribles, de ésos que dan al traste con el honor de un individuo o familia, y vendiéndolos al mejor postor, que casi siempre era Olimpia. Su palacio, prácticamente al lado de lo que sería Santa Inés de Borromini, era, ante todo, una oficina de empleo en la que se barajaban negocios dudosos y clientelismo en general y en la que ella ejercía activamente y a la vez como jefe, secretario, administrador y hombre de leyes. Pocas cosas dejaba en manos de otros: sólo aquellos asuntos que requerían extorsión, fuerza y violencia física. Sus manos no se habían manchado con sangre, pero fue en muchos casos inductora de su derramamiento. Era en su trato directa y poco distante, lo que pese a todo le proporcionaba partidarios y simpatizantes sobre todo entre los humildes, que la veían como alguien cercano y asequible, pero esta proximidad no se debía a generosidad o a verdadera llaneza, sino a interés: para *madama* Olimpia no había enemigo pequeño ni ganancia despreciable, y por este credo recibía a todos, y no despreciaba ningún ingreso por pequeño que fuera. Todo le servía para su desmesurada ambición: desde la moneda ínfima hasta la joya deslumbrante, y no consideraba irrelevante o mezquino nada que la acercara a sus propósitos.

Por esa misma filosofía, tan pragmática, recibió al padre Ambroggio y le hizo sentar a su lado como si fueran iguales. El confesor de San Matteo hacía tiempo que no la veía aunque la conocía desde los tiempos de Viterbo, cuando ella estaba casada con un viejo rico, el primero de los dos maridos que había tenido, y era una joven ambiciosa, delgada y seductora. Ahora que Olimpia Pamphili había entrado en carnes y madurez, le recordaba al padre Ambroggio a la Gran Duquesa de Florencia, *madama* Cristina, aunque Olimpia se mostrara todavía sugerente: era de esas mujeres que a pesar de la edad no pierden por completo su atractivo. Vestía, al igual que la *madama* Médicis, tocas de viuda, pues Olimpia lo era por dos veces, y aunque con un sesgo más mundano y menos monjil, trasmitía la misma resolución que había podido observar en la otra. El padre Ambroggio pensó que mujeres como éstas, que estaban destinadas a imponerse y a mandar en su destino, tenían que ser viudas a la fuerza, pues ningún hombre podía sobrevivirlas, ni ellas soportarlo.

107

Después de los saludos de rigor y de recordar aquel tiempo en que los dos eran jóvenes y ambiciosos, ambición casi colmada en ella, no en él, Ambroggio soltó en pocas palabras su embajada, que la Pamphili no gustaba de perder el tiempo en rodeos ni circunloquios. Cuando terminó, proclamando la casi segura herejía que rezumaban aquellos desaparecidos papeles para estimular la curiosidad de ella, Olimpia, apoyando la mano derecha en el brazo izquierdo del confesor en evidente gesto de confianza, le dijo:

—Lo que diga o haga Galileo no me preocupa ni me interesa. Las cuestiones de dogma no son mi fuerte, y eso que tengo en mi haber mucha gente de Iglesia. —Entre otros, su cuñado Giambattista Pamphili, con el que según todos se acostaba y continuaría haciéndolo cuando le nombrasen Papa—. ¿Qué más me da a mí que sea el Sol el que gire en torno a la Tierra o al revés, si de una forma u otra la vida es la misma y Roma va a seguir siendo Roma de todas formas? ¿Por qué ese empeño del Papa y los teólogos?

—Dice la Biblia…

—La Biblia se escribió hace mucho.

—La Biblia es palabra sagrada y Dios es el mismo siempre.

—Y los hombres también, padre Ambroggio, los hombres también. Y la Biblia está escrita por hombres.

—Pero inspirada por Dios, no lo olvide su excelencia. —La llamaba excelencia sin saber a ciencia cierta qué título darle, pero Olimpia, bien fuera éste apropiado o no, ni se inmutó.

—¿Y cómo estar segura de esa inspiración?

—¡Cuidado señora con lo que decís!

Olimpia se echó a reír:

—¿Vais a acusarme? Ya sabéis que el miedo no es mi fuerte. —De eso estaba seguro el padre Ambroggio: Olimpia nunca pareció tenerlo. Ella sí levantaba miedos y temores—. Os recuerdo que tengo demasiados teólogos a mi alrededor para asustarme. —Y tras una pausa en la que el sacerdote acabó por sonreír—: No, padre Ambroggio, no me interesan esas cuestiones. A mí sólo me importa la vida y el vivirla lo mejor posible, y si me decido a buscar esos papeles no será más que por la posibilidad de un buen negocio. —Luego, mirándolo entre recelosa y suspicaz, añadió—: Decidme, ¿qué queréis a cambio?, porque nadie da información por nada.

Si su interlocutor hubiese sido otro, el padre Ambroggio se hubiera deshecho en disculpas y melindres, y tal vez habría añadido un toque de indignación, pero con Olimpia Pamphili, que mercadeaba con truhanes y prostitutas, el fingimiento no era de recibo; así pues, fue claro y directo:

—Un puesto aquí, en Roma.

—¡Alto picáis!, pero lo tendré en cuenta… —Y poniendo especial énfasis en lo siguiente que dijo—: Aunque primero tendré que encontrar esos papeles…

—La noticia, por sí misma, bien vale una compensación.

Suavizando lo más posible el tono, Olimpia se mantuvo firme y resuelta, que a negociadora, le ganaban pocos:

—Yo no premio puras hipótesis, y mientras no vea esos papeles, no pasan de serlo. Y os recuerdo que, mientras tanto, vos sois el deudor y no yo: estoy pendiente del cobro de las capellanías que os proporcioné.

Y sonriendo —Olimpia Phampili procuraba sonreír hasta en las más severas sentencias— extendió la mano en actitud mendicante, pero el capellán, que también era hábil, la cambió de posición para besársela, como no dándose por enterado. Sin embargo, *madama* Olimpia, más hábil aún, volvió a colocarla en la posición anterior, y el capellán tuvo que retirar la vista como deudor avergonzado. Era una pena, pensaba el cura, no haber podido ultimar con los Médicis: los grandes señores no exigían más favores a cambio que la fidelidad. *Madama* Olimpia, no era una verdadera señora ni lo sería nunca, pese a su posesiones y su mucho poder adquirido, no por sus humildes orígenes, sino por plantear las cuestiones con la desvergüenza y el ansia económica de una meretriz. Y cuando Ambroggio se retiró, con la mirada de ella clavada en su nuca, tuvo la desagradable impresión de haber ido por lana y salido trasquilado.

A partir de entonces, todos, la Gran Duquesa, *madama* Maddalena, Olimpia Pamphili y el propio Urbano VIII a través de sus sobrinos Antonio y Francesco, además del padre Ambroggio, que convertiría el asunto de los papeles de Galileo en la razón de su vida, se pusieron en empeñada búsqueda, y aunque por diferentes caminos y con distintas estrategias, con parecido afán. *Madonna* Caterina fue la única que desistió, y como el asunto le inquietaba el ánimo, prefería darlos por perdidos, y aún por inexistentes.

Poco imaginaban las inocentes monjitas de San Matteo que su convento se había convertido, tras la muerte de sor María Celeste, en punto de mira y objetivo de poderosos y especuladores, dispuestos a vender la piel del oso antes de cazarlo.

SEGUNDA PARTE

Sor Arcángela

1

*L*a traían entre dos arrastrándola, sujetándola bien, porque temían las atacara o mordiera. Sor Arcángela era la viva imagen del desorden: los hábitos descolocados y la toca casi arrancada, hasta el punto que se le podía ver el pelo, un cabello oscuro en el que veteaban algunas canas. *Madonna* Caterina observaba la escena con serenidad, pero como sor Arcángela insistiera en sus gritos e improperios, intervino:

—No puede su caridad organizar este escándalo. Cualquiera diría que está poseída.

—Ha roto —dijo sor Bernardetta, la que se había hecho cargo de la botica y de la enfermería tras la muerte de sor María Celeste— todos los frascos que encontró a mano.

—¿Es eso cierto, sor Arcángela? —Y sin esperar contestación—: Mal hecho. Con su acción ha privado a sus hermanas y a usted misma de beneficiosas pócimas, muchas de ellas elaboradas por su difunta y santa hermana sor María Celeste.

—¡No ose nombrar a mi hermana!

La abadesa pasó por alto el exabrupto y volvió a preguntar:

—Diga, sor, ¿por qué nos ha privado de esos beneficios medicinales?

—Nada vale —contestó sor Arcángela.

—¿Cómo dice, hermana?

—Que nada vale.

—¿Va a negar el poder benéfico de los medicamentos?

—Le repito, *madonna* que nada vale. Todo es inútil.

—¿Qué me quiere decir?

—Que no hay remedio. Al menos, para mí.

—Y lo peor —era otra vez sor Bernardetta— es que pretendía desnudarse.

—Desnudarme no, reverenda madre: sólo quería quitarme las tocas.

—¡Arrancárselas, más bien, *madonna*! ¡Arrancárselas, que lo hacía con una furia!

Madonna Caterina volvió a mirar a sor Arcángela con severidad:

—¿Es cierto lo que dice nuestra hermana?

Sor Arcángela no contestó. Sólo pensaba en el día que le cortaron el pelo, su pelo castaño, largo y sedoso, y le pusieron el hábito.

—Le he hecho una pregunta, hermana. —Y como ésta insistiera en su mudez—: Vamos, no sea testaruda. Si empezamos con las extravagancias no tendré más remedio que encerrarla.

—¿Más todavía?

Madonna Caterina calló: era absurdo y hasta perjudicial alentar aquel diálogo.

—Veamos, sor —dijo atrayéndola, al mismo tiempo que hacía un gesto para que las otras hermanas se retiraran.

—¿Va a quedarse *madonna* a solas con ella? —La abadesa asintió—. ¿Según está? —Volvió a asentir—. Puede pegarle y hasta morderle, como intentó con nosotras.

—No hará tal cosa, ¿verdad, sor Arcángela? —Y como las otras no se movieran, añadió—: He dicho que se vayan.

—¡Por Dios, *madonna*!, ¿y si está endemoniada? ¿No sería conveniente llamar al padre Ambroggio?

—¡No digan simplezas sus caridades! Sor Arcángela no está endemoniada, y en cuanto al padre Ambroggio mejor será no alertarle.

Las hermanas salieron. *Madonna* Caterina y sor Arcángela se miraron. La abadesa carraspeó dispuesta a medir sus palabras:

—Veamos, sor, a vuestra superiora no debéis engañarla. ¿Cuál es vuestro mal?

—Yo misma, reverenda madre.

—¿En qué os basáis para afirmar semejante cosa?

Sor Arcángela no contestó. Volvió a pensar en el día en que

le cortaron el pelo y le pusieron el hábito; ese hábito que sentía como una coraza.

—Empecemos de nuevo, sor: ¿por qué quería desprenderse de las tocas?

Sor Arcángela seguía en silencio. Parecía escuchar de nuevo aquel ruido de las tijeras y los mechones cayendo a ambos lados de su cuerpo, como triste cascada.

—Contestad: ¿por qué?

—El hábito me abrasa. Me impide respirar.

—Eso no es más que histeria. Algo que la razón debe desechar.

—Ya le he dicho, reverenda madre, que el mal está en mí.

—No volvamos a lo mismo.

—Es que es y siempre será lo mismo. Vuestra caridad no tiene la culpa. Ni las hermanas. El mal, repito, está en mí, por no comprenderlas ni comprenderme. Cuando mi pobre hermana vivía, me auxiliaba y aliviaba en mis momentos de desesperación. Pero ahora que ha muerto, ¿quién va a hacerlo? La muerte de mi hermana me ha dejado totalmente huérfana.

—No lo estáis: tenéis un padre, sor Arcángela.

—Un padre que no se preocupa por mí.

Madonna la miró con ojos cargados de piedad.

—Eso no es cierto, pero si lo fuera, para eso estamos las hermanas en el Señor y vos misma me llamáis madre, porque en madre vuestra me he convertido.

Sor Arcángela, ante el reclamo de la compasión, se arrodilló a los pies de la abadesa y, sobre su tosca halda, empezó a derramar abundantes lágrimas.

—Eso está bien. Llore y desahóguese, hermana. El pecado se diluye con las lágrimas.

—¿Qué pecado, madre?

—La desesperación es también un pecado.

Sor Arcángela se fue calmando. No obstante, la abadesa pensó que no estaría de más que Ronconi la visitara.

En un principio, Livia Galileo no fue consciente de lo que el convento significaba. Le parecía novedad, una especie de juego,

¡era todo tan distinto de su casa!, y como tal jugaba con las hermanas como hubiera podido hacerlo con sus tías, las hermanas de su padre, de las que Virginia y ella heredaron los nombres. Tampoco fue consciente, al menos no del todo, cuando profesó: todo le parecía episódico y ajeno a su persona, como si su hermana y ella fueran elementos de un juego más: unas se casaban; otras entraban en religión. Sólo adivinó por un momento lo que sería su futuro cuando le cortaron el pelo, ese gesto que la transformó en otra de la que había sido. Sin embargo, mientras Virginia, luego sor María Celeste, se integró en la vida monástica hasta ser una más, Livia, sor Arcángela después, empezó a considerar su nueva vida como un encierro y el convento su cárcel. No soportaba los continuos e interminables rezos, el silencio, la austeridad de las celdas, la parquedad de la comida, las horas de costura y esa monotonía exasperante que todo lo invadía. En vano trataba de adivinar la calle, en vano buscaba la conversación de los de fuera corriendo tras la hermana tornera, y más en vano soñaba con trajes y atavíos, con todo lo que rodeaba la vida mundana y que ella había intuido y visto en su estancia en Venecia. En sus crisis de desesperación, su hermana trataba de consolarla: «Es voluntad de Dios y de nuestro padre que permanezcamos aquí, y cuanto antes lo admitas mejor te irá». Pero ahora su hermana había muerto y ya no era posible ese consuelo. Entonces, ¿por qué había tomado hábitos, por qué no se había negado a continuar en el convento? Pero ¿cómo podía negarse con tan corta edad, si de nada sabía? Había aceptado su destino en parte por desconocimiento y ante la impotencia que suponía enfrentarse a la decisión paterna, y en parte porque, en su fuero interno, en su mentalidad casi infantil, pensaba que su estancia en el convento no sería para siempre, que se trataría de un simple episodio, de un tiempo que no acabaría con la muerte, que un día cualquier acontecimiento la sacaría de allí y que así como otras profesaban después de viudas o malcasadas, ella abandonaría el encierro por algún acontecimiento imprevisible, por voluntad de su mismo padre o porque algún desconocido y amante caballero la rescataría como había oído contar en las leyendas. Alentando vagas esperanzas habían pasado días y años hasta que le llegó el convencimiento de que de allí no saldría nunca, y con él aparecieron las crisis, los miedos y las enfermedades, las reales y las imaginarias. Pero allí estaba su hermana, ese equilibrio, ese sostén de su existencia, ese bálsamo para su angustia. Gracias a ella y a sus permanentes cuidados sor Arcángela volvía a recuperarse y a seguir esperando. Esperando, ¿el qué? Porque nada acontecía, y ahora que su hermana había muerto sólo le quedaba desesperanza. Y así, tras haber gritado, llorado, blasfemado y aullado por su muerte —sí, eso dijeron las hermanas, «sor Arcangela más que llorar, aúlla»— se precipitó en el silencio, un silencio profundo, insondable, más peligroso aún. Los testimonios de las monjitas así lo confirmaban: «se diría que está ida», «parece ausente de este mundo», «anda perdida, sin norte». Comía poco, dormía menos. Vagaba por pasillos y galerías con aire ausente, y cuando pasaba ante la celda que había sido de su hermana rezaba; sólo entonces. Llegó incluso a ingerir una pócima de la enfermería que las hermanas consideraban peligrosa, y cuando la abadesa le recriminó sus propósitos de suicidio, sor Arcángela dijo que aquella droga sólo contenía adormidera y que con ella intentaba conciliar el sueño. Y en ese estado de total abatimiento, ausente de todo lo que la rodeaba, la encontró Ronconi cuando la visitó en su celda.

Cuando la abadesa le preguntó al médico por sor Arcángela, éste hizo un gesto de impotencia.

—Poco podemos hacer, reverenda madre: su mal no es del cuerpo.

—Eso ya lo sé, Ronconi. No me toméis por necia.

—La muerte de su hermana ha sido un duro golpe.

—Eso también lo sé, pero como médico espero que me digáis algo más.

—Estos males son impredecibles y, por tanto, difícilmente curables, ya que están alojados en lo más oscuro de la mente. El morbo físico se ve; éste, por el contrario, es invisible, pero ataca con igual o mayor virulencia. Tal vez sor Arcángela mejorara con un cambio.

—¿Me estáis pidiendo su traslado?

—Creo que no me he expresado bien: no se trata de lugar,

sino de ambiente. Otro convento no aliviaría su situación y estaría más lejos de su padre.

—¿Qué solución me da entonces?

—Podría dispensarla de sus votos atendiendo a trastorno en el juicio.

—¿Eso es lo único que me propone? ¡Cómo se ve, Ronconi, que desconoce las normas! Cuando se profesa, y le recuerdo que tanto su hermana como ella lo hicieron por propia voluntad, es como un matrimonio: sólo se acaba con la muerte.

—¿Qué voluntad se puede esperar a una edad tan temprana? ¿Qué sabían las pobres niñas del mundo? Mal puede rechazarse lo que se desconoce.

Se hizo un silencio. La abadesa parecía absorta en las cuentas de su rosario.

—¿Y qué puedo hacer yo? —dijo al fin—. Sus razonamientos están muy bien pero no valen. En cuestiones de fe cuenta muy poco la razón, y en mi mano no está darles solución.

—Se han dado casos de dispensa.

—Contados. ¡Si estuviera loca!, pero sor Arcángela no lo está. Y es más, le diría que en muchos de sus juicios demuestra una gran clarividencia.

—Muchos trastornados también, las pocas veces que están lúcidos.

—Pero vos mismo decís que no está loca.

—Y no lo está.

—¡Entonces!

Se extendió un silencio. Los dos cavilaban en torno a la misma idea, perdiéndose en ella.

—Mire, Ronconi, ni en su mano ni en la mía está la solución al ánimo de sor Arcángela. El único que podría dispensarla de sus obligaciones, sería el Papa, y no creo que Urbano VIII, se la concediera tratándose de la hija de Galileo. ¿Alguna cosa más?

—Sea condescendiente con ella, reverenda madre.

—¿Piensa que no lo soy?

—Es importante que esté ocupada, que tenga algún cometido de su interés.

—¿Como cuál?

—Tengo entendido que le gustan el canto y la pintura.

—Se niega a cantar. En cuanto a la pintura…

—Oblíguela.

—Me acaba de pedir que sea condescendiente. ¿Cómo puedo obligarla en algo que no desea? No se engañe, Ronconi: sor Arcángela está empeñada en renunciar a sí misma. Todos los intentos por estimularla han sido vanos. Durante un tiempo se la instó a cantar en el coro y le divertía estropear los cantos desafinando adrede. También es cierto que dibujó, lo que se le daba muy bien: pintó el claustro y copió dos cuadros de la sacristía, pero de la noche a la mañana y cuando más alabábamos su labor, los hizo trizas y arrojó al fuego su cuaderno de apuntes.

Ronconi parecía desolado y miraba a *madonna* Caterina con las tornas cambiadas, como si ella fuera el médico y no él.

—Como ve, querido amigo, no hay nada que hacer. O al menos, muy poco. Todo queda en manos del Altísimo.

Y la vida siguió para sor Arcángela en la oscuridad y en el silencio. Ni siquiera los sucesos que vivió el convento tras la muerte de sor María Celeste, que fueron muchos y conmocionaron a la comunidad, parecieron sacarla de su postración: la noche del 12 de julio la biblioteca y la sala capitular fueron asaltadas y arrojados de sus vitrinas y anaqueles todos sus libros y documentos. Las monjas, alarmadas, salieron de sus celdas y todo el convento se llenó de voces y gritos, muchos de ellos histéricos, que las hermanas creyeron llegado el fin de su virtud y de sus días. Aunque el susto fue grande, las monjas resultaron intactas, pues aquellos hombres no buscaban mujeres ni objetos valiosos, sino papeles, y se limitaron a revolver entre los que encontraron. Algunas hermanas, bien porque fuera cierto o porque lo imaginaran, dijeron que los asaltantes preguntaban por sor Arcángela y que la buscaron entre las celdas, de lo cual podía derivarse que no fue sólo el robo de documentos lo pretendido, sino el secuestro de la monja. Pero sor Arcángela no estaba en su celda aquella noche. Velaba, esperando reconciliarse con la fe y su destino en una pequeña capilla que utilizaban las monjas enfermas y desde la que podía verse el altar mayor. Gustaba mucho sor Arcángela de aquel recinto, casi tan recoleto como un confesonario, y en él se encontraba en paz, como si el Dios que permanecía en aquel pequeño altar y de cuya presencia daba cuenta la lamparilla del Sagrario, fuera más benévolo y misericordioso que el que sentía en otros lugares del convento, incluida la iglesia. Al oír gritos y voces, algunas de hombres, se asustó y permaneció allí, en aquel cobijo que encontraba siempre, y acurrucada en él, se quedó dormida.

—Buscan, buscan y no encuentran. Pero lo que buscan no lo encontrarán —se congratulaba la madre abadesa.

El padre Ambroggio la miraba entonces entre la furia y el recelo, y ella reía para sus adentros.

Un día le hizo este mismo comentario a sor Arcángela:

—¿Se ha dado cuenta, sor? Todos buscan sin encontrar.

—¿Y qué es lo que buscan Reverenda Madre?

—A vos, sor Arcángela.

—¿A mí?

—Mientras vos sigáis viva, seguirán buscando.

Pero antes de que se produjera el asalto a la biblioteca, el convento recibió varias e inusitadas visitas: las hubo de importancia, como la de Cristina de Lorena, abuela del Gran Duque Ferdinando, y otras del más variado pelaje, pero todas, fueran cuales fuesen sus motivos, se empeñaban en ver a sor Ancángela. La menor de las hijas de Galileo, tan desconocida, tan anónima, parecía haber adquirido, de pronto, un súbito interés. Todos decían ser fieles seguidores de Galileo, contrarios a la sentencia y valedores de su obra, y todos, también, le hacían parecidas o similares preguntas sobre si conservaba algún documento de su padre y la instaban a que se los entregara con el fin de preservar y venerar su memoria.

No fue éste el caso de la Gran Duquesa Cristina de Lorena. Cuando sor Arcángela fue convocada a su presencia estaba la Médicis sentada en el despacho de la abadesa, frente a ésta, que se mantenía de pie; las sedas y bordados de su negro vestido desparramados por los brazos del sillón de caoba, ése que *madonna* reservaba para las visitas de importancia; en su mano derecha, un abanico de nácar, y en la otra, a modo de pulsera, un rosario de azabache. Su imagen resultaba magnífica y no obstante molesta: algo en el aspecto de *madama* Cristina desagradaba a la par que imponía.

—Inclínese, hermana, ante nuestra protectora —le instó la madre abadesa. Y sor Arcángela lo hizo.

La Gran Duquesa se la quedó mirando con unos ojos de rapiña que atravesaban.

—De manera que ésta es la hija menor del maestro... —Mientras lo decía miraba a la monja de arriba abajo, desde la punta del pie hasta el ligero pico que formaba la toca.

—Sí, nuestra querida sor María Celeste, que Dios tenga con él, murió en abril.

—Tengo entendido que era una santa.

—Lo era, sí.

—Bueno, ahora le queda otra.

—Pero yo no soy santa, excelencia —osó decir sor Arcángela.

—Nadie le ha pedido opinión —intervino molesta la abadesa.

—Déjela, déjela, que se exprese, reverenda madre. Tiene, sin duda, a quién parecerse en la rapidez de respuesta. —Y luego, dirigiéndose a ella—: Vuestro padre, aunque equivocado, es un hombre eminente.

Sor Arcángela no replicó.

—No lo digo yo. Lo opinan otros muchos más entendidos. —Hizo una pausa, quizás a la espera de una intervención de sor Arcángela, pero ésta continuó en silencio—. Hace años, cuando el Santo Oficio empezó a desconfiar de sus teorías, me escribió una carta ¿lo sabíais?

—No, no sé nada.

—Una extensa carta llena de alabanzas y explicaciones, muchas de ellas pienso que innecesarias, *explicatio non petita*... en la que insistía en su fe y en su ortodoxia católica con el fin de que yo intercediera. Lo hice, pero resultó inútil: a la larga, como sabéis, hubo proceso y sentencia. Que conste que lo lamenté: Toscana ha dado grandes hombres pero pocos le superan en sabiduría.

La abadesa miraba a una y otra con temor: a saber dónde podría llegar aquel diálogo. Sin embargo sor Arcángela seguía imperturbable.

—Decidme, hermana, ¿sois de la misma opinión? —Estaba claro que *madama* quería tirarle de la lengua.

—¿Sobre qué, excelencia?

—Que vuestro padre es un hombre eminente, aunque equivocado.

—Si los entendidos lo dicen, así será.

—No sólo lo dicen: hay pruebas que lo confirman.

—No suelo discutir lo que no sé, y de mi padre bien poco conozco. —Luego, dirigiéndose a la abadesa, preguntó—: ¿Puedo ya retirarme, reverenda madre?

La abadesa miró a la dama como solicitando su permiso, y ésta lo dio con un gesto. Antes de salir *madama* Cristina extendió la mano a sor Arcángela para que se la besara, pero ésta, como si no hubiese reparado en el ofrecimiento, se limitó a una reverencia; de haberle cogido la mano, en vez de besársela tal vez la habría mordido.

Ya en la puerta pudo oír algunas palabras de la Médicis:

—… no, no, no lo creo. Esta hermana zafia e ignorante no puede tenerlos. Imposible.

Esas mismas palabras, ignorante y zafia, volvió a emplear la Gran Duquesa cuando ya en el Pitti le comentó a *madama* Maddalena su entrevista con sor Arcángela.

Pero la visita que más desazonó a sor Arcángela fue la de una extraña mujer que dijo ir de parte de una tal Olimpia. Llevaba el cabello teñido de rojo y ocultaba sus ojos tras unos historiados lentes, como si de un antifaz se tratara. Iba vestida lujosamente de damasco rojo y negro, y mientras observaba a sor Arcángela le hacía llegar los parabienes de su protectora con voz profunda y cadenciosa, tan profunda que no parecía de mujer. Mientras lo decía, hecha toda halagos, el perfume que despedía su persona era tan intenso que sor Arcángela estuvo a punto de marearse.

—¿Cómo es posible que no hayáis oído hablar de Olimpia Pamphili, la excelsa cuñada del cardenal? —preguntó de forma un tanto empalagosa.

—Os aseguro que no conozco ni sé nada de vuestra amiga.

—Es una gran dama de Roma que vela por vos y está dispuesta a protegeros.

—¿Protegerme? ¿A mí? ¿En virtud de qué?

—Os acechan peligros.

Sor Arcángela sonrió escéptica:

—¿Qué más peligro que yo misma?

Por un momento, la dama pareció desconcertarse ante aquella respuesta. Luego, como si no la tomara en cuenta, insistió:

—Creedme: los hay mayores.

—¿Y cuál es el motivo de ese interés?

—Mi señora no puede permitir que la hija de alguien tan ilustre como Galileo lleve una vida miserable.

Ahora era ella, sor Arcángela quien observaba a la visitante.

—Y a cambio de ese interés, ¿qué pide vuestra señora?

—Noticias de vuestro padre.

—Habéis equivocado el destino: yo nada sé de mi padre, excepto que pena por injusticia y enfermedad.

—Sin embargo se comenta que sois depositaria de parte de su legado.

—Volvéis a errar: mi padre jamás se confiaría a mí.

—Pensáoslo, querida amiga: si decidís aportar cualquier dato valioso o nos decís dónde podemos hallar las cartas que en su día escribió a vuestra hermana, la todopoderosa Olimpia estaría dispuesta a remediar en lo posible los males de vuestro padre y a sacaros del convento.

Hubo un silencio. Por un momento se le pasaron por la cabeza a sor Arcángela aquellos sueños adolescentes en los que imaginaba su rescate. ¿Había llegado tal vez la hora? ¿Era verdad que por fin se produciría su ansiada liberación? ¿Era ésa la

123

dama, que en lugar del caballero acudiría en su ayuda? Sin embargo, ya no era tan crédula como antaño. Ya sabía que las cosas no sucedían porque sí, que todo conllevaba un interés. Nadie hacía nada por nadie. ¿Por qué la dama?

—¿Por qué pensáis que deseo librarme del convento?

—No hay más que veros: sois hermosa.

—¿Es que no puede haber monjas hermosas?

—A no ser que sean muy pobres, cosa que no es vuestro caso, las hermosas profesan después y no antes.

—¿Después de qué?

—De haber gustado y aborrecido el mundo. —La mujer teñida de rojo la observaba tras su rico y ostentoso antifaz—. Bien, ¿qué decís?

Mas sor Arcángela seguía quieta, sin respuesta.

—¿Qué garantías tendría de salir con bien del convento?

—Bajo la tutela de la todopoderosa Olimpia, toda Roma estaría a vuestros pies. —La dama de rojo tuvo la imprudencia de sonreír de extraña e impúdica manera; tanto que sor Arcángela se alertó.

—¿En qué prostíbulo?

La de rojo rió mostrando a las claras las cartas de su juego.

—Todo lo que nos rodea es prostíbulo. Hasta este convento. Se mercadean otros artículos, eso sí, pero se mercadea como en todas partes. Pensadlo y si os decidís a proporcionarle a mi señora lo que busca no tenéis más que avisarme. —Y en rápido movimiento, para que la hermana que acompañaba a sor Arcángela y esperaba al fondo del locutorio no lo viera, extendió su enguantada mano tras las rejas para entregarle un billete.

Sor Arcángela la miró sin moverse, petrificada. El papel, blanco, resaltaba entre los dedos de seda negra y propiciaba la tentación. Aquella, aunque no fuera la ocasión que había esperado desde niña, era en sí misma toda una aventura. ¡Roma! ¡La mítica y eterna Roma! ¡Tan lejos y tan cerca en aquellos momentos! ¡Roma! No obstante sor Arcángela seguía quieta; el billete esperando como ofrenda en la mano enguantada. Y por un momento, tal vez de manera involuntaria, sin ser siquiera consciente de ello, los dedos de sor Arcángela se acercaron a los otros y a punto estuvieron de tocarlos, pero enseguida los retiró, como si aquella mano y el papel que portaba, quemasen.

—Comunicadle a vuestra señora Olimpia que si desea librarme del convento que lo haga por pura caridad, que caridad sería, pero que no me exija nada a cambio, porque nada puedo darle.

Sin embargo, aquella noche sor Arcángela no pudo conciliar el sueño y la hora del descanso se confundió con la de los rezos. Se veía libre de aquellos muros, libre por fin, y por un momento se arrepintió de haber rechazado la oferta. Durante muchas noches, cuando lograba dormir, volvía a ver su mano cerca de esa otra enguantada, tan tentadora, y a oír aquella voz profunda y al mismo tiempo cadenciosa y casi tan cantarina como la de un *castrati*; pero en el sueño e incluso en la vigilia, siempre, siempre, cogía el papel.

Cuando la dama de rojo y negro, en realidad un travestido, le llevó a Olimpia la respuesta, ésta posaba para un retrato que como nueva y opulenta Ester le estaba haciendo Artemisia Gentileschi, hija del famoso pintor Horacio Gestileschi y famosa ella también.

—Como una tumba. Nada dijo y nada pude averiguar.

—¿Y mi oferta? ¿La pusisteis bien al corriente de mi oferta?

—La despreció como si hubiera venido de una prostituta.

Olimpia en vez de ofenderse, rió:

—No creía yo que fueran tan sagaces las monjitas. —Se quedó un momento pensativa. La Gentileschi la incomodaba respecto a la postura:

—No, así no. No miréis tan fijamente, bajad un poco los ojos… Debéis mostrar un aire resignado —decía la pintora.

—¿Resignación? Me pedís imposibles, Artemisia. La resignación no se ha hecho para ninguna de nosotras: ni para vos ni para mí. —Y luego dirigiéndose nuevamente al travestido—: Entonces, ¿nada?

—Lo que os digo: impasible. Como una roca.

—Y vos, por lo que veo, bien poco convincente... estáis perdiendo facultades. ¡En fin! —Suspiró y añadió—: Habrá que pensar en otra cosa.

Mientras Olimpia posaba y seguía maquinando, también lo hacía la Gentileschi: ella, tan fiel en cuanto a parecidos, tenía que conseguir que *madama* Olimpia apareciera en aquel retrato como una gran y digna señora y no como la gran meretriz de toda Roma.

2

$\mathcal{A}$quella noche, tras la sesión de posado de Olimpia y de envolverse en la capa para no ser reconocida, Artemisia, a quien apodaban por su padre La Gentileschi, ordenó a su cochero que la llevara a los barrios de placer de Roma.

Era en la ciudad papal casi tan conocida como la retratada Pamphili, no ya por su arte sino porque el escándalo y la violencia la habían acompañado desde niña. Tenía apenas seis años cuando con sus propios ojos y a hombros de su padre contempló la ejecución de Beatriz de Cenci, de apenas dieciocho, víctima de la lascivia paterna y del rigor papal. Pese a su corta edad Artemisia recordaba, como si lo estuviera viendo, la imagen de Beatriz camino del patíbulo, su hermoso y pálido rostro y luego, tras el golpe del verdugo, rodar la hermosa cabeza, con los ojos entornados y la boca entreabierta. El acontecimiento inspiró a muchos pintores que contemplaban la escena, entre ellos el mismo Caravaggio, quien se inspiró en Beatriz para su *Santa Catalina* y *Judit y Holofernes*. El impacto de este hecho debió de ser enorme en Artemisia, pues el motivo de la decapitación, y de manera particularmente violenta, estaría presente en sus más famosas obras. Para colmo, ya adolescente, sufrió en propias carnes la violencia cuando Agostino Tassi, el preceptor que le buscó su padre para iniciarla en los secretos de la pintura, la violó. El asunto se vio en los tribunales y el proceso, que duró siete meses, significó una serie de humillaciones y vejaciones para la joven, que tuvo que dar todos y cada uno de los detalles de la agresión por escabrosos que fueran, y hasta describir el pene de Tassi y dónde le había mordido, para justificar su defensa. Se la sometió también a tortura, para comprobar si lo dicho era cierto, y aun sabiendo que ejercía el arte de la pintura, o tal vez por ello, se le apretaron los dedos con cordeles, lo que podría haber supuesto quebranto o amputación de algunos de ellos. Sin embargo, aunque cuestionada su honra y puesto en peligro su futuro, Artemisia no se dio por vencida, y cuando alguien de su entorno, incluido su propio padre, le habló de la posibilidad de entrar en un convento, ella lo rechazó. Quería ser pintora y lo sería. La experiencia la serviría de provecho y no para desgracia. Fruto sin duda de ella fue su célebre y para muchos obra maestra, *Judit decapitando a Holofernes*, que pintó a los pocos meses del proceso. En el cuadro Artemisia se retrataba como Judit mientras que Holofernes era el propio Agostino, su violador. Sus cuadros, como los de Caravaggio, estaban llenos de hermosos contrastes de luz y color, y también de fuerza y violencia, esa misma que ella recibió en su cuerpo y en su memoria. Artemisia hizo de su mal un bien. Por eso tenía razón Olimpia al decir que no estaba hecha para la resignación.

El coche dejó atrás el circo Máximo y las termas que se levantaban como majestuoso sudario, y se introdujo por una red de callejuelas estrechas y mal empedradas. Paró ante una casa con la puerta de rojo con llamativo aldabón. En un poyo lateral, un pene de cerámica coloreada recordaba los antiguos prostíbulos de la vieja Roma. Un mestizo con turbante abrió la puerta y Artemisia, decidida, entró:

—Dígale a Antonella que quiero verla.

—Antonella no está.

—¿Calipso tampoco?

El mestizo sonrió con picardía.

—Veremos… Tal vez Calipso…

El hombre del turbante desapareció por un pasillo pintado de rojo al igual que la puerta. Al fondo del mismo se adivinaba un jardín. La noche era cálida e invitaba a salir al fresco. Tras una puerta se oían discretas voces; tras otra, risas, también apagadas, junto con susurros. Todo parecía discreto y de buen tono. El mestizo del turbante volvió salir:

—Calipso dice que la espere.

La condujo a un pequeño vestíbulo pero ella señaló el jardín. Una vez allí, sentada entre rosas, geranios y penetrantes jazmines cuyas sombras se proyectaban a la luz de unas velas sobre una hermosa pared de piedra estucada, el sirviente le ofreció refrescos y dulces. Artemisia suspiró con abandono mientras paladeaba unas uvas confitadas y bebía ambrosía, que era como llamaban en las casas de placer a las bebidas espiritosas. Se sentía cansada; más que del cuerpo, del espíritu. Las jornadas de pintura no se le antojaban tan livianas como antes y pintar a la Pamphili no era asunto fácil. Bajo su aparente cordialidad, todo eran problemas. A Olimpia nada parecía satisfacerla excepto el dinero. Hasta el presupuesto que le diera para el retrato le había sido cuestionado y rebajado unas cuantas veces. ¿Por qué entonces la pintaba? No tenía más remedio: tenía una hija a quien proteger y desde que se había separado de su marido vivía sola. No, no quería ningún hombre bajo su techo, a lo más ocasionales amantes, ésos que ella podía invitar o despedir cuando le conviniera; por eso necesitaba hacer aquel odioso retrato de la exigente Pamphili. Ya no era la de antes, aquella Gentileschi que protegió Cosme II, ésa que se codeara con sabios y artistas tan famosos como el mismísimo Miguel Ángel y Galileo. Su fama decaía y pintar a la Pamphili constituía un prestigio, aunque fuera una mujer sin honor. Roma, para Artemisia Gentileschi, se acababa. Iría a Nápoles, a esa tierra de arte y de sol, a solicitar los favores de aquella pequeña corte que protegía a los pintores y, tal vez desde allí, dados sus vínculos con España, solicitar los de Felipe IV, ese monarca amante de las artes.

129

Se adormilaba Artemisia cuando Calipso, que no era otra que la mujer de rojo con quien hablara sor Arcángela, hizo su aparición en el jardín. Su verdadero nombre era Silvio Antonelli, y aunque todos le conocían como La Antonella él se hacía llamar Calipso y en algunas ocasiones y según con quién, Ariadna. Silvio-Antonella se dirigió a Artemisia haciendo muchos aspavientos y aparentando contento.

—¡Me congratulo de veros, querida amiga!

—También me visteis esta mañana y apenas si me dirigisteis un saludo.

—Mejor que *madama* no sepa que nos conocemos. Con ella, nunca se está seguro. ¿Y qué os trae por aquí?

—Hablar.

Antonella la miró receloso:

—Hablar, ¿de qué?

—De los tejemanejes que te traes con Olimpia.

—¡Ah, no, no, no! Yo no me traigo nada con esa bruja, que entre otras cosas me protege.

—No mientas. Por lo que he podido adivinar, estás de correveidile de conventos.

—¡Dios me valga! ¿Yo?

—Sí, tú.

La Antonella se sintió pillada y bajo la vista. Luego rió.

—¡Bah, cosas sin importancia!

—Entonces cuéntamelas.

—¿En virtud de qué?

—De nuestra vieja amistad. ¿O ya no te acuerdas de cuando posabas para mí y comías de mi pan?

—Sé lo que te debo, pero nuestra vieja amistad ya no puede nada y *madama* sí. A ella debo esta hermosa casa. Porque no me negarás que es hermosa. —Hizo una pausa e hizo un ademán como si ahuyentara de sí un mal pensamiento—. No, no puedo: ¡*madama* me despellejaría viva si te lo cuento!

Pero se le veía con ganas de hacerlo, que, aparte de encantarle los chismes, parecía desear vengarse de la Pamphili a saber por qué. *La Antonella* se reclinó junto a Artemisia, bebió un poco de su bebida espiritosa y bajó la voz.

—Os juro que me mata. Si se entera, me mata. Es vengativa y terrible… Pero quizá no importe, que ya vi todo lo que tenía que ver.

—No empieces con filosofías y suelta.

—Al parecer alguien le ha dicho a la Pamphili que en el convento de San Matteo de Arcetri, un pueblecito cerca de Florencia…

—Déjate de descripciones. Lo conozco. De sobras sabes que viví en Florencia mucho tiempo.

—… se esconden unos papeles anónimos de Galileo que, según dicen, son comprometedores.

—¿Todavía más? ¿Qué más quieren del pobre Galileo?

—Como se sospecha de su hija menor (la otra ha muerto), lo que pretende muy astutamente *madama* Olimpia es que esa pobre monjita, tan olvidada del mundo, se los haga llegar.

—¿A cambio de qué?

—¿Qué se le puede ofrecer a una monja olvidada del lujo y los placeres?

—¿La inmortalidad acaso, como Calipso a Ulises?

—La libertad.

—¿La libertad, dices? ¿A una profesa de la clausura?

—Esa hija de Galileo está allí contra su voluntad, todo el mundo lo sabe. Sufre de *tedium vitae* cuando no de desesperación, y pasa más en la enfermería que en su celda.

—De todas formas, dudo mucho que esa libertad que Olimpia le ofrece sea mejor que el convento...

—Eso ya escapa a mi competencia. Yo sólo intenté convencerla, pero inútilmente, pues apenas me escuchó. Pero Olimpia no abandonará. Lo intentará por otros medios. Nada se le pone por delante y hará cualquier cosa por hacerse con esos papeles. —Calló por un momento y volvió a beber de la copa de Artemisia. Luego prosiguió—. Además, tiene prisa. Sabe, y aquí está lo más sustancioso del asunto, que no es la única en buscarlos... También están tras ellos el mismo Papa y hasta las *madamas* Médicis. Pero hasta ahora todo ha resultado inútil. —Se quedó un momento quieto, como dudando. Luego se decidió—: Si me prometéis discreción os comentaré una primicia: sé de buena tinta que Urbano VIII, decepcionado de anteriores gestiones, va a enviar al maestro Bernini a Florencia en delicadísima misión diplomática.

—¿Al maestro Bernini?

—Al mismo. Y entre su cometido, está el de visitar a la monja. Pero ya no os puedo decir más porque nada más sé.

—Y dime: ¿cómo es ella? Te lo pregunto porque durante mi estancia en Florencia yo fui amiga de Galileo. Es un gran hombre y una vergüenza esa persecución a la que se le somete, y en virtud de esa amistad tampoco desearía ningún mal para su hija.

—Olvídate de esa amistad: ha caído en desgracia.

131

—¿La monjita también?

—Los pecados de los padres caen sobre los hijos. Eso dicen.

—¡No me hables así, Silvio Antonelli!

—¡Calipso, querida, Calipso! Y no me regañes que yo también he puesto en el asunto mi granito de arena, no ya por lo que te he contado sino porque mi representación como dama liberadora no resultó nada convincente.

Rieron los dos y Artemisia, después de darle las gracias, le dejó allí tumbado, en mitad del oloroso jardín. Antes de salir le hizo una seña de despedida. Silvio Antonelli, Calipso en su jerga de guerra, le correspondió con una mano que perdía tersura y una extraña sonrisa en sus pintados labios. A Artemisia le pareció por un momento que aquel gesto de patético abandono, encerraba el convencimiento de un adiós definitivo.

A los dos días de esta conversación, el cadáver de Silvio Antonelli, alias La Antonella, Calipso y Ariadna, apareció flotando sobre el Tíber, y su casa de la puerta roja y el falo de cerámica fue precintada. Aunque se echaba la culpa del suceso a uno de sus efebos, uno que se hacía llamar Antinoo o el Ángel de Génova, muchos sospecharon que Olimpia Pamphili estaba detrás. Alertada por la noticia, Artemisia Gentileschi anticipó su marcha a Nápoles, pero antes de partir fue a ver a Bernini y, dadas las circunstancias, fue explícita y breve.

—Querido amigo, aunque me lo neguéis, sé que los Barberini, incluido el Santo Padre, os han mandado en misión especial a Florencia con el objeto de haceros con unos papeles de nuestro muy estimado Galileo y en vuestro cometido se incluye la visita al convento en el que se encuentra la hija del maestro. Aunque los artistas dependamos de la protección de los políticos, y el Papa y sus sobrinos lo son, es también nuestra obligación defendernos de ellos. Vuestro deber está ahora más cerca del maestro y de su hija que de los Barberini y hasta del mismo Papa.

Y como Bernini objetara que todo, presente y futuro, se lo debía a ellos, Artemisia añadió:

—Tenedlo presente. Los hombres del espíritu formamos

una comunidad a la que debemos ser leales. Si no lo hacéis, todas las grandezas conseguidas y por conseguir, que espero serán muchas y variadas, os terminarán pesando como una losa. Galileo y su obra vivirán por encima de todos los Barberini y los papas del mundo. Es vuestro deber proteger la obra de un sabio.

Dicho esto se despidió, dejándole pensativo.

Con la huida de Artemisia a Nápoles, el retrato de Olimpia Pamphili quedó sin acabar. De todas formas, tanto para Artemisia como para la retratada, el cuadro era un proyecto equivocado: nunca una mujer del temple de Olimpia podría pasar por la bíblica y resignada Ester.

3

*G*ian Lorenzo Bernini se sentía cansado y malhumorado; pero sobre todo cansado. Era, como diría Rubens, el esclavo mejor pagado de Europa, y aquella misiva le contrariaba. De no ser por ella estaría disfrutando del mar y no en aquella recalentada y maloliente Florencia del verano. Por supuesto que había sido gozoso volver a pisar San Lorenzo y ver algunas obras del gran Miguel Ángel, sobre todo las tumbas mediceas, y extasiarse ante la expresión de Lorenzo *Il pensieroso*, aunque él personalmente gustaba más de Giuliano. Entre el pensamiento y la acción, Gian Lorenzo prefería la acción ante todo, y el cuerpo en movimiento era uno de los principales logros de su obra: ahí estaban para demostrarlo su *Apolo y Dafne* o el *David*. También era gozoso estar en el Pitti, pasear por el Bóboli y disfrutar de aquel delicioso banquete en el también delicioso cenador, rodeado de olorosas plantas, refrescantes fuentes, músicos y cantores, componiendo una escena digna de los pinceles del Veronés. Pero pese al lujo, los agasajos y el ambiente, y a que el Gran Duque Ferdinando le había recibido con suma deferencia y esplendidez, Bernini reconocía no estar demasiado expresivo, y si esto podía permitírselo como artista, de ningún modo como enviado del papa Urbano en la corte de Toscana. Mas no sólo era el cansancio y el deseo del campo y la naturaleza: también le habían solivian tado las palabras de la Gentileschi. ¿Cómo podía ponerse él en contra del Papa? ¿Qué sería entonces de sus múltiples proyectos sobre el embellecimiento de Roma? ¿Y sus sepulcros y su columnata? Ante todo, más que a Galileo, Bernini se debía a su arte, y ése debía ser el comportamiento de un verdadero artista: el arte ante todo; si perdía el favor de Urbano

134

toda su sabiduría, su creatividad, aquella grandiosidad que le bullía en la cabeza no verían la luz. Los Médicis fueron para Miguel Ángel lo que los Barberini para él. Necesitaba al Papa tanto como éste le necesitaba a él. Sus megalomanías se complementaban. Sin embargo esa energía que ponía en sus obras hasta dejarle exhausto, no las reconocía en sus palabras, y sus proposiciones al Gran Duque y a las grandes duquesas salían de su boca sin suficiente convencimiento, como dichas por otro:

—… su santidad os asegura que si esos papeles del maestro Galileo le fueran entregados, se prestaría a hablar sobre el ducado de Urbino…

—¿Sólo hablar? —era *madama* Cristina.

—Hablar es ya un principio, señora.

—Tengo que decir que aunque sigo reclamando los derechos sobre el ducado que nos fueron injustamente arrebatados, cualquier cosa que pertenezca al maestro Galileo la valoro hasta tal punto que no veo posibilidad de mercadeos. La política y el derecho son una cosa, querido Bernini; la cultura y el arte, otra. —Habló el Gran Duque Ferdinando, reproduciendo poco más o menos, aunque con otras palabras, el mensaje de Artemisia Gentileschi.

Madama Cristina miró a su nieto con severidad.

—Querido Ferdinando, la política nos enseña de continuo que todas las transacciones son posibles, y que muy bien valdrían los papeles de Galileo a cambio de nuestros irrenunciables derechos… —Luego, dirigiéndose a Bernini—: Lo malo es que si esos papeles existen, cosa que empiezo a poner en duda, no están en nuestro poder. De manera que si Su Santidad quiere hablar del asunto de Urbino, lo que me parece justo y deseable, tendrá que hacerlo sin la exigencia de esa condición.

—No obstante, el Papa está seguro de que obran en vuestro poder.

—Qué más hubiera querido que tenerlos conmigo —habló nuevamente Ferdinando—, pero desgraciadamente es cierto lo que dice mi querida abuela: no sólo no los tenemos sino que dudo yo también de que existan.

—¿Cómo puedo convencer de la veracidad de vuestras palabras al Santo Padre?

135

—De un Médicis no se puede dudar, como tampoco de un príncipe de la Iglesia —dijo un tanto severamente el Gran Duque.

—Eso sería lo deseable, querido Ferdinando, pero ambos sabemos que la verdad no suele anidar en los palacios —comentó *madama* Maddalena.

—Y más, conociendo la proverbial astucia de los Médicis...
—Bernini reconoció haberse aventurado en exceso, pero si el Gran Duque frunció por un momento el gesto, las *madamas* parecieron acoger sus palabras con naturalidad.

—Tampoco en los del Vaticano: si uno no puede fiarse de los Médicis, tampoco de los papas, que papas dio esta familia.

La ocurrencia de *madama* Cristina les hizo reír y aflojó los ánimos. La conversación derivó por otros derroteros y en asuntos más ligeros. En vano intentó Bernini volver al terreno anteriormente explorado, pero siempre que lo intentaba, de alguna forma le disuadían de su propósito. *Madama* Cristina, conocedora del ego de los artistas, no en vano había tratado a más de uno, le condujo definitivamente a la trampa.

136 —Y decidme, maestro, ¿qué os traéis ahora entre manos?
—De sobra lo sabía aunque jugara a ignorarlo, y para dejar bien claro que se refería al trabajo y no a otra cosa, añadió—: me refiero a vuestro divino arte. —Empezó a preguntarle por *Apolo y Dafne*—. Dicen que es maravilla lo que habéis hecho con el mármol para diferenciar la textura de la piel de Dafne de las partes de su cuerpo convertidas en laurel... Del *David*, por el contrario, se oyen dispares opiniones: algunos lo celebran y otros critican la aparente vulgaridad de la figura.

—Es que eso es precisamente lo que he pretendido. ¿Cómo podía yo emular la belleza apolínea del de Miguel Ángel o la gracia del de Donatello o del Verrochio? Tenía que optar por algo distinto. Todos los maestros representaban a David antes de enfrentarse a Goliat o después de cortarle la cabeza. Yo elegí el momento de la acción; no el del pensamiento o el reposo: la acción; David lanzando la piedra que acabará abatiendo al gigante.

—Pero ¿por qué como un simple pastor y no como un rey?

—Nuestro tiempo ama el realismo y David en el momento de atacar a Goliat era un pastor, un hombre vulgar.

—Corriente, tal vez; vulgar, no.

—Decís verdad, señora: David no pudo ser nunca vulgar.

—Pues eso es lo que os reprochan: su aspecto no es altivo, sino vulgar. Ese gesto de la boca…

—Insisto: realismo. Nadie que está haciendo un esfuerzo supremo puede mantener el rostro inalterable. Esta excesiva idealización es lo que se le reprocha al famoso discóbolo, que se muestra impasible.

—Pero ¿por qué descender a la realidad? Los artistas deben esforzarse por expresar el espíritu.

—El cuerpo es el vehículo del espíritu, *madama*, no lo olvidéis. El espíritu se mueve y vive a través de él.

—Me dejáis sin respuesta, maestro.

—Difícil conseguirlo de tan buenas conversadoras.

El Gran Duque Ferdinando miró atónito a su abuela: ¿por qué ese empeño en que Bernini no hablara de lo que sin duda había venido a hablar? ¿Por qué no meterse a fondo en el asunto de Urbino, que era lo que interesaba?

—Si tan tempranamente habéis hecho esas maravillas es de esperar que las realicéis aún mayores… ¿De qué se trata ahora? Decidnos algo, si esto no va contra los acuerdos establecidos con el Santo Padre…

—Me interesan los éxtasis místicos —dijo Bernini visiblemente halagado—. Me gustaría plasmar los de Santa Teresa tal y como ella los describe en sus *Moradas*. Pero el proyecto no parece interesarle a Su Santidad: teme que haga un éxtasis místico demasiado carnal.

—No me extraña: todos se hacen lenguas de la sensualidad de vuestras representaciones femeninas.

—Necesitaría, además, una modelo que no encuentro.

—¿Pensáis acaso seducir a alguna monja? ¿Convertiros por un tiempo en visitador de conventos?

—De todo sería capaz por una hermosa escultura.

El Gran Duque se impacientaba. ¿Por qué hablar de monjas cuando era preciso tratar de Urbino? Pero las señoras parecían divertidas y Bernini aún más. Los artistas eran así: epicúreos, sentimentales y hasta frívolos. No obstante, los admiraba: el mundo sería insoportable sin ellos, pero había un tiempo para el arte y otro para el trabajo, y en aquellos momentos se trataba de rescatar el ducado de las garras del Papa. Finalmente se aventuró:

—Y decidme, Bernini, ¿Su Santidad estaría dispuesto a establecer un calendario de conversaciones? Me sentiría muy honrado y vería como un gesto buena voluntad que se aviniera a ello. El litigio entre el Sumo Pontífice y los Médicis no debe continuar.

—Las palabras, Ferdinando, nada pueden sin la fuerza de los hechos —volvió a hablar su abuela—, y en estos momentos no podemos ofrecer los que Su Santidad reclama.

Abuela y nieto empezaron a dar vuelta sobre el asunto sin que Bernini, el enviado para tal cuestión, pudiera intervenir. La pelota quedó en el campo mediceo. Bernini se sintió por un momento apabullado, invadido por ese cansancio que proporciona el desánimo: como artista era grande, tan grande quizá como el Buonarotti; como diplomático había pedido la batalla. Todavía le quedaba, eso sí, para no admitir su total derrota, la visita a San Matteo.

138

Pero tampoco le fue mejor en el convento: parecía como si toda Florencia recelara del Papa. En vano insistió Bernini ante la abadesa de que a Urbano VIII y a sus ilustres sobrinos Francesco y Antonio Barberini sólo les movía el amor a la ciencia en su intento de hacerse con aquellos buscados papeles.

—La Biblioteca Vaticana se honraría de poseer toda la obra de Galileo: la conocida y la inédita. Las razones que mueven a Su Santidad no son otras que su aprecio por el maestro, gloria de nuestra época, y la seguridad de su legado: el Vaticano no está expuesto a los peligros de cualquier particular o de un convento. Si no han sido falsos los rumores hace muy poco, apenas unos días, vuestra comunidad sufrió el ataque de unos desaprensivos.

—Ciertos son pero, afortunadamente, no echamos nada en falta. El susto sí fue muy grande y creímos que había llegado nuestra hora.

—Si no tuvierais nada de valor tampoco tendríais nada que perder.

—Y nada de valor tenemos, maestro; al menos no eso que se nos supone.

—Pues suposición fundada debe de haber cuando se hizo…

Bernini dejó la frase en el aire para que la rumiara la abadesa. Ésta se limitó a callar.

—Creedme y confiad, *madonna* —añadió el artista—. Muy pocos lugares son seguros. Ni siquiera la casa de Galileo lo es. Tampoco el Pitti: sólo el Vaticano puede ofrecer esa seguridad.

—Os recuerdo que el Gran Duque tiene tantos soldados como el Papa.

—No tantos, y, sobre todo, muchos menos aliados: la prueba es que no se atreve a enfrentársele aunque el ducado de Urbino sea suficiente motivo… —*Madonna* Caterina le escuchó con aparente docilidad, entregada al parecer a la evidencia de sus palabras. Bernini continuó—: Además no se trata únicamente de fuerza, sino de fidelidad, y el Pitti es una guarida de traidores. El Gran Duque Ferdinando, en su bondadosa ingenuidad, los alienta…

Madonna, pese a los argumentos del mensajero, volvió a la carga:

—Tal vez en lo que se refiere a seguridad tengáis razón: ningún sitio parece tan seguro como el Vaticano y su biblioteca para guardar cualquier documento que se precie, pero en cuanto a lo primero…

Bernini se echó a temblar: siempre le quedaba algún cabo suelto.

—¿Qué es lo primero, reverenda madre?

—El aprecio que Su Santidad siente por el maestro…

—Su Santidad siempre lo apreció, hasta el punto de dedicarle una oda, como supongo sabréis…

—Sí, ya, ¡la famosa oda!, pero eso fue hace mucho tiempo, antes de la publicación del controvertido *Diálogo*, si no recuerdo mal. Durante el proceso que siguió después Su Santidad no se mostró en exceso amigable…

—¿Qué podía hacer contra una sentencia? Y sobre todo, ¿qué podía hacer ante el empecinamiento del maestro sino lamentarlo? Porque según tengo entendido, Galileo se empecinó…

139

—La ciencia siempre fue tenaz; de lo contrario no hubiera sido ciencia, sino fuego de artificio.

—¿Acaso disentís de la sentencia?

—Yo no soy quién para juzgar: doctores tiene la Iglesia, como suele decirse, pero lo que es evidente es que si Su Santidad sintió en algún momento amistad por Galileo, ya no la siente.

—Aun admitiendo este punto, una cosa no tiene que ver con la otra: uno puede estar en desacuerdo con un artista o un sabio y, no obstante, admirar su obra. Ahí tenéis el ejemplo de Caravaggio: fue perseguido por la justicia, pero su obra está en los altares. Galileo puede sufrir sentencia y castigo pero la Iglesia conservar su obra.

—Os recuerdo que su obra está prohibida.

—Pero no destruida, y mientras los doctores y el tiempo decidan sobre ella, el sitio donde debe estar es la Biblioteca Vaticana. No hay destino mejor. Pensad en ello, reverenda madre, y si colaboráis en el asunto y lográis sacar a la luz esos papeles que se nos ocultan, San Matteo gozará de la especial protección del Papa.

Hubo una pausa. *Madonna* Caterina se pasó la mano por la frente. Parecía cansada y abrumada por la insistencia de unos y otros sobre el asunto; un asunto que la sobrepasaba.

—¡Qué más quisiera, maestro Bernini, que acabar con esto de una vez, y qué más desearía que la ayuda papal! Mis hermanas en Cristo carecen de todo y padecen por ello enfermedad y hasta hambre. No me quejo, no. Elegimos voluntariamente la pobreza, pero la enfermedad, el verlas declinar día a día, es peor que la muerte. Unos y otros buscan, lo sé, unos papeles que tal vez existieron, pero que yo no he visto ni han aparecido por parte alguna, hasta el punto de que empiezo a dudar de su existencia. Pero tanto se busca, tanto me interrogan, tanto estamos en el punto de mira de tantas ambiciones, que mi cargo de abadesa ha llegado a resultarme pesado y hasta insoportable. Os aseguro que tan agotada estoy de este asunto, que si esos papeles llegaran a mis manos no dudéis de que os los haría llegar, pero esto escapa a mi control. He convocado a las hermanas, hemos celebrado un capítulo de culpas especial, y la única que podía aportar alguna luz sobre ellos es una pobre sierva en el

Señor que sobrevive en el más absoluto de los limbos y que nada ni a nadie reconoce. Ante tal situación, ¿qué puedo hacer si todo parece indicarme que vivo y vivimos sobre un polvorín que permanece oculto?

Bernini no dijo nada. La abadesa parecía sincera, hasta pesarosa al no poderle satisfacer en sus peticiones. En realidad algo de eso pasaba por la mente de *madonna* Caterina: el cansancio iba haciendo mella en su fortaleza y quebrantando su salud… Ella, que nunca quiso saber de aquellas cartas y del misterioso cuaderno, los hubiera entregado en aquel momento para conseguir la paz. Era tal su abatimiento que Bernini no pudo por menos que excusarse:

—Siento haberos causado preocupación, reverenda madre.

—No más que otros, maestro Bernini, no más que otros, pero es cierto que el hecho de saberos enviado del Papa y no poder obedecerle me ha causado honda preocupación y disgusto en sumo grado.

Bernini comprendió que era en esos momentos en los que el enemigo se muestra acabado y vencido cuando no se puede cejar, cuando hay que empezar con el verdadero ataque, pero él no se sentía con fuerzas para atacar en aquellos instantes a esa pobre mujer. Y eso le perdía. Lo que fallaba en él, lo que le había hecho fallar también ante el Gran Duque y las duquesas, es que había abandonado sin atacar: es cierto que había ofrecido un buen bocado, pero no había amenazado y había dejado la batalla a medio ganar. Ofrecimiento y amenaza eran las bazas de toda diplomacia, pero él no entraba en ese juego de los grandes compromisos, de las batallas de mesa: él no era más que un enviado, un mensajero equivocado para este fin. Le faltaba astucia, lo que les sobraba a los grandes de las negociaciones, ésos que se alzan con la victoria a través de un simple gesto o una insinuación. Él, Gian Lorenzo Bernini, era capaz de sonreír, de mostrar un rostro amigable, de ofrecer, en suma, pero no llegaba a apretar las tuercas, esa voluntad con la que se ganan las batallas en los despachos de todas las cortes. Ofrecer y amenazar. Pero ¿cómo podía él, un artista sensible y compasivo, amenazar a esa pobre monja? En plena retirada sólo pudo decir:

—¿Podríais concederme un pequeño favor?

—Si está en mi mano…

—Desearía hablar con sor Arcángela.

—Poder, podéis, pero os advierto que es mujer de pocas palabras —Y como respondiendo a una pregunta no formulada—: Desengañaos: no tiene los papeles. Si los tuviera ya lo habríamos descubierto. Una comunidad tan estrecha como la nuestra no puede mantener secretos por mucho tiempo. Si el convento es vulnerable, ¿cuánto no lo será una pobre monja que además desvaría?

Aunque la abadesa puso a sor Arcángela en antecedentes sobre la importancia de Bernini añadiendo que venía de parte del Papa —o tal vez por esto, pues la figura de Urbano VIII no parecía provocarle simpatía—y la acompañó ante tan ilustre huésped para hacer más relevante la visita, la monja se mostró con el artista tan displicente y distante como con cualquier otro:

—Si a lo que venís es a lo que han venido otros muchos, os diré que jamás recibí mensaje o misiva alguna de mi padre y, por tanto, nada tengo que conservar que venga de él, excepto mi propio ser y la vida. Y es más, os diré —Bernini la contemplaba atónito, pues la joven no le dejaba meter baza— que en el caso de que tuviera algo de lo que supongo buscáis, vos seríais el último en recibirlo: el Papa es enemigo de mi padre y por culpa suya padece injusta sentencia.

La abadesa escuchaba atónita: ¡tratar así al maestro Bernini, al enviado del Papa!

Bernini calló. En realidad apenas si había podido hablar. Sor Arcángela lo decía todo con clara y decidida elocuencia. La reverenda madre se había equivocado al decir que desvariaba, y si lo hacía no era de continuo, pues en aquellos momentos parecía actuar con total lucidez. Sin embargo no fue sólo aquella rotundidad lo que le dejó mudo: miró aquel rostro, aquellas facciones, aquella decisión entre la palidez de una tez impecable, y quedó perplejo: era eso, ¡eso!, lo que buscaba.

—¿No tenéis nada que decir, que replicar? —le espetó la monja.

—Todo, hermana, lo decís vos. —Sus palabras salieron mecánicamente, sin que él pusiera empeño ni conciencia: seguía quieto, fijo en aquellos ojos y en aquella boca insinuante y pálida.

—¿Qué demonios miráis?

Bernini la oyó estupefacto: ¿era aquella expresión propia de una monja? Y continuó quieto, absorto, dibujando en mente, ya que no podía hacerlo de otra forma, la despejada frente, las ojeras violáceas, el rictus de la boca…

—Si no tenéis nada más que hablar, podéis retiraros. O lo haré yo. —Hizo ademán de dejarle plantado, pero el gesto de la madre abadesa la contuvo.

—No, no; un segundo sólo. —Y mientras suplicaba, Bernini recorría la fina línea de las cejas, el óvalo, la nariz, esa nariz un poco grande pero casi perfecta. No, no podía dejar que se fuera: Sor Arcángela era la idónea, el modelo que estaba buscando.

—¿A qué debo esperar?

—A que al menos hagáis una pequeña alabanza sobre mi obra…

—Ni la conozco ni me interesa.

—Hacéis mal. Alguien me ha dicho de vos que sois artista y todos los artistas deben tratarse cordialmente, pues formamos hermandad.

—No cuando se traen misivas del Papa contra los intereses de mi padre.

—También os traigo los saludos y el interés de una gran artista y una gran pintora que se interesa por vos.

—¿Y quién es ella?

—Artemisia Gentileschi, hija del gran Horacio, grande ella también y amiga de vuestro padre…

—Si es amiga de mi padre y se interesa por mí, bienvenidos sean sus saludos.

Sor Arcángela calló y sus ojos se dulcificaron.

—Así, así…

—¿Cómo decís?

—Esos ojos, bajadlos…

—¿A santo de qué?

—No son tan implacables.

Se hizo un silencio. Bernini ejecutaba aunque no hubiera papel ni lápiz de por medio.

—¿Y decís que esa señora, la Gentileschi, se interesó por mí…?

—Y tanto. Por eso estoy ante vos.

—¿Y qué ha hecho de mérito?

—Hermosos cuadros, y sobre todo uno muy famoso: *Judit y Holofernes*. ¿Lo conocéis?

—Nada del mundo conozco.

—Me han dicho que vos también pintáis.

—Lo hacía.

—¿Como el beato Angélico?

—No. Yo no pintaría como él. Para hacerlo como él hay que estar en paz.

—¿Qué pintaríais vos? —Bernini empezaba a divertirse; tanto que casi no se acordaba de los famosos papeles.

—El mundo y ese infierno que hay en él.

La abadesa, al fondo, se santiguaba.

—¡Pero si desconocéis el mundo!

—Eso es el infierno: la ignorancia.

144 Bernini guardó silencio otra vez. Seguía anotando en su mente, casi de manera febril.

—No en vano lo sois.

—¿El qué?

—Hija de vuestro padre. Os parecéis sin duda a él.

—La que se parecía era mi pobre hermana sor María Celeste. Yo me parezco a ella.

—¿A quién?

—A mi madre, a la que perdí.

—Pero vos, insisto, os parecéis a vuestro padre. —Y como ella negara—: Hay muchas formas de parecerse: él también habló del infierno de la ignorancia.

Por fin sor Arcángela sonrió, muy débilmente, como si le costara, pero sonrió. Antes de despedirse le dio recuerdos para la Gentileschi.

—No creo que pueda verla —dijo el maestro.

—¿Y eso?

—Tuvo que huir. Roma también forma parte del infierno.

Υ

Y así fue como Bernini volvió a Roma con las manos vacías, sin ninguna respuesta que le permitiera considerar satisfactoria su misión. ¿Qué le diría al Papa?, ¿que le habían callado la astucia, la humildad y el despego de tres mujeres, ¡de tres insignificantes mujeres!? No, la Gran Duquesa no era insignificante, sino un duro oponente, ¡pero las otras dos!... No, tampoco era insignificante la abadesa, sino que había sido vencida ya; menos, sor Arcángela. Pero aunque sus oponentes no fueran triviales, estaba claro: él no servía para esas misiones. Él sólo servía para levantar muros y embellecerlos, para construir hermosos monumentos y logradas esculturas, tan logradas como las del gran Miguel Ángel o aquellas que dio al mundo la civilización grecorromana. Sin embargo, el viaje no había sido tan en vano. Lo único que a Gian Lorenzo Bernini le hacía reconciliarse consigo mismo era el rostro de aquella distante y antipática monja, que sin saberlo, ni siquiera sospecharlo, le había hecho avanzar por los caminos de la creación. Sí, ella era la Santa Teresa buscada, el rostro de los éxtasis místicos. Su misión no había sido en vano: si bien no había logrado hacerse con los papeles ni podido saber dónde se hallaban, algo le había sustraído a esa impertinente e impenetrable sor Arcángela: unos rasgos, un gesto, un rostro en suma, la propia efigie... Ahí estaban, en su mente y ya sobre el papel, en claro boceto, sin que ella pudiera sospecharlo.

Y en eso consistía la satisfacción y la venganza del fracasado diplomático pero no decepcionado artista. Era tal la sensación que tenía de haber arrebatado a la hija del maestro algo tan íntimo y propio, que cuando pasó por delante de *Il Gioiello*, la casa donde Galileo vivía su último tiempo, lo hizo rápido, sin detenerse, para no ser visto. Como un ladrón.

145

4

$\mathcal{A}$l mes siguiente, cuando las hermanas aún no estaban repuestas del asalto a la biblioteca, San Matteo recibió la visita de unos familiares de la Inquisición con el propósito de investigar un brote herético. ¿Era casualidad o todo encajaba en aquella sarta de acontecimientos? ¿Quién enviaba a aquellos inquisidores que pusieron silenciosa y pausadamente el convento patas arriba? Desde el 15 de agosto, conmemoración de Nuestra Señora hasta el 27, día de Santa Mónica, allí permanecieron aquellos cuervos revolviendo todo, muebles y enseres. En vano *madonna* intentó convencerles de que San Matteo era la imagen misma de la ortodoxia y del papismo: los familiares buscaron por todas partes: registraron celdas, dependencias y ni siquiera los establos se salvaron de la inspección. Hasta el último rincón fue cuestionado y los libros que durante el asalto habían sido sacados de sus anaqueles, fueron revisados página por página. Las hermanas fueron sacadas de sus celdas, puestas en fila e interrogadas, y algunas, apartadas y recluidas en la sala capitular o en alguna celda destinada *ex profeso*. Ni siquiera sor Luisa se salvó del interrogatorio. La llevaron ante el improvisado tribunal entre cuatro hermanas en unas parihuelas, pues continuaba inmóvil, de cuerpo y espíritu. Los familiares la rodearon y, mientras ella los miraba atónita, sin comprender, como niño asustadizo unas veces y otras como si viera maravillas, ellos no cesaban de hacerle preguntas; e incluso para ver si era verdad su estado o lo fingía, hablaron de la posibilidad de aplicarle tortura. Sor Luisa ni parpadeó al escucharles. Se limitó a sonreír con el gesto de los que, aún vivos, han abandonado ya este mundo, y decía incoherencias de niña de pecho. En vano *madonna* Caterina protestaba, se quejaba de aquel atropello contra sus inocentes hijas: «¡Que hasta se atrevan con esta pobre monja! ¡Déjenme vuestras señorías a esta pobre alma, que más participa ya del otro mundo que del nuestro!». Los familiares seguían imperturbables, en su silencioso y siniestro ir y venir, en sus impertinentes preguntas, en sus veladas amenazas, y como no podía ser menos, también le tocó el turno a sor Arcángela:

—¿Es cierto, hermana, que sois de nacida Livia Galileo y que profesasteis con el nombre de sor Arcángela?

—Cierto es.

—¿Pertenecéis a la Santa Madre Iglesia?

—Que a ella pertenezco es evidente, puesto que estoy aquí.

—Esa insolencia sobra y en cuanto a la evidencia, es preciso desconfiar: hay mucho monje renegado. Ahí tenéis como muestra el ejemplo de Lutero. —Sor Arcángela calló—. Habéis oído hablar de él, supongo.

—¿Quién no ha oído hablar de Lutero?

Ante tan ambigua y retadora respuesta, una avalancha de preguntas cayó sobre ella como tromba de granizo:

—¿Habéis renegado alguna vez de las enseñanzas de la Iglesia? ¿Os consideráis una verdadera y devota hija de la misma? ¿Habéis tenido tentaciones de desobediencia hacia el Papa? ¿Creéis en la infalibilidad del Santo Padre y en la jerarquía eclesiástica? ¿En los sacramentos? ¿Qué pensáis del libre examen? ¿Es el hombre verdaderamente libre o está predestinado? ¿Creéis que sólo la fe en Cristo puede salvarnos?

Sor Arcángela los miraba en silencio: eran tan similares, tan calcados unos de otros —las mismas ropas, los mismos ademanes, la misma voz, idénticos gestos— que parecían gemelos, réplicas anodinas de un mismo molde.

—Decidnos de una vez si habéis abrigado tentaciones luteranas.

—¿A quién pueden importarle mis tentaciones excepto al demonio?

—No juguéis al equívoco ni nombréis al demonio, no vaya a ser que se interfiera en vuestras palabras... Tampoco juguéis con nuestra benignidad y nuestra paciencia, no vaya a ser que os suceda lo que a vuestro padre...

—No oséis hablar de mi padre.

—Al parecer, y aunque se retractó, no está arrepentido. Se habla de unas cartas que os escribió y en las que abunda en su error.

—Ni yo escribo a mi padre ni él me escribe.

—No son ésas nuestras noticias. Sabemos de buena fuente que guardáis de él abundante correspondencia.

—Era mi hermana, muerta este abril.

—Pero si ella ha muerto, alguien tendrá esas cartas…

—Lo desconozco. Pero no creo que para vuestras señorías tengan interés alguno: sólo se hablaba en ellas de cuestiones domésticas.

—De algo más hablarían.

—Lo ignoro. Nunca las leí. Mi padre se limitaba a mandarme sus saludos y yo hacía otro tanto.

—Si nunca las leísteis, ¿cómo podéis saber lo que decían?

—Por mi hermana.

—Ella os pudo ocultar…

—Mi hermana era todo lo contrario a la ocultación.

—Pero su amor filial pudo confundirla…

—No era fácil. Tenía una mente diáfana y una inteligencia fuera de lo común.

—Ahí, precisamente, sor Arcángela, está el peligro: en aquellos que se consideran por encima de cualquier designio. ¡La soberbia, hermana, la soberbia! El gran pecado de Luzbel. ¿Estáis segura de que nunca os leyó algo comprometido?

—Mi hermana era una santa.

—Permitidnos que dudemos de su santidad, si estaba, como parece ser, tan vinculada a vuestro padre… La herejía y la heterodoxia son sumamente contagiosas…

—Estoy tan segura de la santidad de mi hermana como de la existencia de Dios.

—¡Cuidad vuestras palabras! Lo que acabáis de decir puede volverse en vuestra contra: alguien podría interpretar que habéis querido decir lo contrario de lo que habéis dicho.

—He dicho lo que he dicho. Vuestra será la culpa si entráis en cábalas, y buscáis donde no hay.

Los familiares intentaron no perder la calma, y las preguntas continuaron como surgidas de maquinaria implacable.

—Y decidnos, ¿quién tiene razón: vuestro padre al afirmar que es la Tierra la que gira en torno al Sol, o la Iglesia al defender que la Tierra es el centro del Universo y permanece quieta?

—Mi padre ya está juzgado y sentenciado. ¿No les vale? ¿Qué más desean vuestras señorías contra él?

Se inició otro revuelo sofocado al instante: ¿cómo podía aquella monja hablar con semejante insolencia? No era propia de una sierva del Señor, por muy hija de Galileo que fuese.

—Os advierto que vuestra fidelidad a la Iglesia debe prevalecer sobre vuestro deber filial.

—¿Qué queréis decir?

—Está claro, Livia Galileo: ¿quién tiene razón: la Iglesia o vuestro padre?

—Mal puedo opinar debido a mi ignorancia.

—¿Ignoráis también que los herejes siguen publicando y difundiendo las obras que ha prohibido la Iglesia? ¿Cómo interpretáis semejante gesto?

—Les repito que nada sé.

—¡Mentís! —Se alzaron varias voces al unísono.

—Creed lo que os parezca.

—No olvidéis que hay muchos medios para disuadiros... para haceros hablar...

—Pueden sus señorías ponerme grilletes y someterme a tormento, que nada diré porque nada sé. —Los miró una vez más retadora. No les tenía miedo—. Pero si lo que queréis es castigarme por ser hija de quién soy, no tenéis más que empezar, pues si otras cosas pueden ser discutidas y discutibles, ésta es la pura evidencia.

Al decirlo sintió una extraña e íntima satisfacción, tal vez idéntica a la de los primitivos mártires cristianos al declarar su fe: al ser cuestionada por ser hija de Galileo y sometida a similares preguntas, se sintió más hija suya que nunca; mucho más, incluso, que aquella sor María Celeste tan amada.

Tan entera y tan valiente la vieron, ellos que iban sembrando el temor, que tras varias horas de encierro la soltaron.

149

Υ

Las monjitas siguieron desfilando entre el horror y la mansedumbre. Ante las continuas preguntas y las veladas o no tan veladas amenazas, unas lloraban, otras suplicaban, las más ponían a Dios por testigo de su inocencia. *Madonna* Caterina no veía el fin de aquella desgracia que había caído sobre su convento y estaba sumida en la contradicción: las garras de los poderosos parecían cernirse sobre él, pero también le protegían: ¿qué sería del convento sin la ayuda de los poderosos? Ni siquiera, en sus tribulaciones, podía contar con el apoyo del padre Ambroggio, quien parecía disfrutar con aquellas pesquisas y ser uno más de la cohorte inquisitorial; menos, con el de sor Arcángela que se movía a su aire, displicente y extraña, como si nada de todo aquello la concerniese. «Y sin embargo —se decía la abadesa—, es por ella. Todo lo que está ocurriendo es por ella. Todos siguen como perros su rastro. Ella y nada más que ella es la causa de todo este alboroto.» Y se lamentaba de no haber prestado más atención a las palabras de Ronconi cuando recomendó su traslado. Sin embargo dentro de su disgusto y ofuscación, se felicitaba ante la búsqueda inútil.

Por el contrario, el padre Ambroggio consideraba que todo lo que le sucediera al convento se lo tenía bien merecido, por encubridor. Tan convencido estaba de que los papeles no habían salido de allí, que sospechaba y recelaba de todas y cada una de las hermanas, especialmente de sor Arcángela, y en sus sospechas incluía también a la abadesa. Perdido el favor del padre Guardi, su valedor ante las *madamas* Médicis, que le tildaba de embustero, receloso de la protección de la Pamphili, no le importaba ya que otros descubrieran los papeles si con ello el convento sufría. En su íntima venganza deseaba la humillación de las monjas, esas cómplices de la conspiración, y ver en el infierno a sor Arcángela y a *madonna* Caterina, quien sistemáticamente se oponía a sus planes. Por su culpa, los dichosos papeles no estaban ya en su mano. Si por él hubiera sido, hasta hubiera exhumado el cadáver de sor María Celeste por ver si encontraba en él alguna pista o la clave misma del secreto, pero la abadesa se oponía a ese tipo de medidas —en particular a la «exhumación de esa santa»—; por eso el padre Ambroggio se alegraba viéndola atribulada y enferma. Si cambiaba la dirección del convento quizás hubiera una oportunidad para él, pues *madonna* Caterina, aunque flexible y tolerante en algunas cuestiones de interpretación y hasta de fe, que casi parecía luterana, era estricta y combativa como loba respecto al orden del convento y el sosiego de sus hijas. Por ello, el padre Ambroggio se alegraba y cobraba nuevas fuerzas cuando contemplaba las profundas ojeras y la palidez de la abadesa, y agazapado como un zorro, esperaba su momento entre aquel desorden que, como inmisericorde temporal, azotaba el convento.

Pero como siempre ocurre, después de la tempestad vino la calma. Aquellos familiares que decían estar a la búsqueda de un brote luterano fueron el último episodio de aquella descarada investigación, como si un gran cansancio se hubiera apoderado de los protagonistas, o como si otros intereses, quizá mayores, hubieran hecho su aparición distrayéndoles de su objetivo. Sin embargo, *madonna* Caterina desconfiaba, y creía ver en aquella bonanza una nueva forma de insistencia, más discreta y sutil: «No, no han cejado. Eso parece, pero no paran de buscar. Sólo que las aguas circulan por debajo, mucho más mansas, casi sin notarse, pero no dejan de fluir, y así continuarán haciéndolo hasta que nos inunden…». Mas fuera lo que fuese, el convento iba recuperando la calma, la rutina y el anonimato. Aquellos personajes más o menos ilustres que sembraron el convento de intrigas y sospechas no volvieron a aparecer. Todo fue de nuevo envuelto por la sombra de la costumbre, por la opacidad de lo cotidiano. Los comienzos del otoño contribuyeron a esta impresión: las primeras lluvias borraron las huellas de aquel verano polvoriento y exaltado; la caída de las hojas, la luz más tenue, las noches más largas, ayudaron a amortiguar las violentas sensaciones. «¡Loado sea Dios! Parece que se olvidan de nosotras!», se decía la priora, y todas, excepto sor Arcángela, quien nunca rezaba con excesivo fervor, elevaban sus plegarias para que la bonanza y la paz continuaran de por vida.

También, como si quisiera cerrar el capítulo que de manera inconsciente había provocado, murió sor Luisa. Pasó la pobre monja de ese limbo en el que se encontraba al gran arcano, suavemente, en plácida transición. La comunidad rezó por ella como era habitual en estos casos, pero quizá sin poner tanto énfasis, pues desde aquel día aciago en que encontrara en la celda de sor María Celeste aquellos papeles y el padre Ambroggio le negara la absolución, sor Luisa ya no vivía. Su muerte se asemejaba a la de un inocente animalito o a la de un tierno infante que abandona este mundo sin llegar a articular palabra.

La paz, la bendita paz, volvió a instalarse y con ella el asunto de los papeles pareció entrar en el olvido. Se recogieron las uvas, se celebró la vendimia, se festejó la Navidad y se sacrificaron los cerdos; los campos se llenaron de reposo y la paz continuó. Sor Arcángela regresó a ese anonimato en el que siempre había vivido. Nadie del mundo exterior volvió a conturbarla ni a solicitar su presencia. No hubo más llamadas al locutorio. Todos los que la solicitaron y se interesaron por ella tras la muerte de su hermana, la Gran Duquesa de Toscana el maestro Bernini, los familiares de la Inquisición, la extraña dama del pelo rojo que le ofreciera la libertad, no volvieron a aparecer; tampoco aquellos que decían ir de parte de unos y otros… Nadie le hacía preguntas. Sólo el padre Ambroggio parecía vigilarla.

Y en aquella especie de penumbra permaneció la monja hasta que apareció Giuseppina.

5

Guiseppina venía huyendo de un triste presente. Pobre y huérfana, buscó refugio en el convento ante la amenaza de los libidinosos deseos de su tutor, un tío de su madre viejo, avaro y destemplado. *Madonna* Caterina, no obstante, le habló de los rigores de la vida conventual, asegurándole que de su elección tampoco podía esperar un futuro halagüeño.

—Es precisa la vocación. Demasiada, para ver liberación en este encierro.

Pero Giuseppina seguía en sus trece y contestaba:

—Sólo deseo paz.

—Malo es, hija mía que en el convento sólo busques paz. La religión debe ser siempre guía, no refugio. Has estado en el mundo y tal vez debas seguir en él, pues para la vida monástica se necesita aún una mayor fortaleza.

Pero la naturaleza plácida de Giuseppina, aterrada por lo vivido y por lo que suponía que podía volver a vivir, no razonaba, ni pensaba siquiera. Quería arrojarse al convento como esos que se precipitan al vacío por huir del fuego. Y así lo hizo: cogió sus cuatro cosas, el pequeño legado que una hermana de su madre le había dejado, y lo ofreció como dote.

Pese a la dureza de su vida y de no haber gozado ni de un solo día de felicidad, Giuseppina era amable, reidora y alegre, como si de la vida sólo hubiera recibido bondades: a todas ayudaba, a todo condescendía y las hermanas, ante su gratificante presencia, empezaron a llamarla «el ángel del convento».

Como dicen que los contrarios se atraen, enseguida congenió con sor Arcángela, pese a ser ésta tan reservada y desigual en su trato, y a todas horas se las veía juntas en rezos y labores.

Pero aquella amistad, por considerarla quizá demasiado dulce, no gustaba al padre Ambroggio: se veían demasiados casos en los conventos de esas extrañas afinidades, de esa peligrosa intimidad.

—Esas intimidades son peligrosas y a saber si concupiscentes —le decía el confesor.

—¿Qué mal puede haber en un afecto?

—Examinad vuestra conciencia y arrepentíos de vuestra asiduidad. Si no es así, no podré absolveros.

—Perdón, padre, me arrepiento.

Pero no; sor Arcángela no se arrepentía. Arrepentirse, ¿de qué? ¿De amar a otra hermana, de buscar su compañía, de refugiarse en ella? Pero sí, quizá tuviera algo de razón el padre Ambroggio, porque no sólo deseaba estar con Giuseppina, sentarse a su lado mientras cosían, reír con sus palabras en los breves momentos del recreo, sino también cogerle las manos, besarla, abrazarla entre las tocas. Así pues, ¿era amor carnal lo que sentía por su compañera? ¿Era ese el amor carnal del que tanto hablaban y denigraban la Iglesia y el confesor? Pero si lo era, no era tan malo entonces: proporcionaba alivio, mucho más que cualquier pócima, y gracias a él, a esa dulce zozobra que experimentaba junto a Giuseppina, iba saliendo del pozo en el que había estado inmersa, y veía la vida y hasta el propio convento de manera mucho más soportable. Por aquella amistad se le dulcificó el carácter. Se dirigía con más amabilidad a las hermanas, obedecía con prontitud las órdenes y ya no soltaba tantos exabruptos como antaño. También sus crisis cesaron y se la veía obsequiosa, sumisa, alegre incluso. Las monjitas comentaban: «¿Habéis observado el cambio de sor Arcángela? ¡Cualquiera diría que la han puesto del revés!», y *madonna* Caterina asentía complacida de aquel cambio, que parecía compensarle de los pasados incidentes. Entonces, si el amor carnal curaba y aliviaba, si llegaba a mejorar y a hacer salir lo mejor de uno, no podía ser malo dijera lo que dijese el padre Ambroggio, y quizá ni siquiera pecado. Sin lugar a dudas, el cura se equivocaba: el amor que sentía por Giuseppina no podía ser el mismo que debía sentirse por los del otro sexo, ese fuerte instinto que movía contra viento y marea a humanos y a animales. Los confesores se hacían lenguas de lo te-

154

rrible de la pasión carnal: por ella las gentes cambiaban su rumbo, abandonaban credos y familia, se aventuraban, se arriesgaban, se proscribían… Por ella, tan malsana como oculto veneno, hombres y mujeres arriesgaban su vida y perdían la terrena y la eterna. Pero los sentimientos de sor Arcángela no se correspondían con aquella tumultuosa descripción: ella sólo deseaba aquel dulce contacto, aquella paz de la que Giuseppina y ella gozaban incluso en el silencio. No, no había arrebatos sino una extraña debilidad, una dejación, una gustosa laxitud… No, no podía ser lo mismo. El padre Ambroggio tenía que equivocarse. Aquel sentimiento, sería, como mucho, un reflejo, un engañoso espejismo de ese otro que se le había negado, ese otro que, por sus circunstancias, no podría sentir.

Sin embargo, ¡a qué negarlo!, a veces concebía locuras y pensaba lo imposible: se veía huyendo del convento junto a Giuseppina, emprendiendo las dos una vida libre, recorriendo juntas calles y mercados, cantando en los teatros o en plazas públicas, viviendo a la intemperie, si era menester. No le asustaba la pobreza: el convento era una buena escuela. No le asustaba nada. Trabajaría y pediría por Giuseppina, si era preciso, y la protegería de todo mal, como una madre. Pero también se imaginaba en la opulencia, las dos en Venecia, porque si lograban escapar se irían a Venecia, esa ciudad a la que amó, vistiendo con sedas y brocados que realzarían su delicada y rubia belleza, como aquellas que envolvían la corpulenta figura de la Gran Duquesa de Toscana, adornada con joyas, exhalando perfumes… Si Giuseppina ya era hermosa con aquellas pobres tocas, ¿cuánto no lo sería con aquellos adornos? Las dos en aquella hermosa plaza que se engalanó para su padre, cuando Galileo era tan importante como el Dux y el Senado juntos. Se acordaba una y otra vez de aquel día en que vistió sus mejores galas y sus tías la levantaron orgullosas: «¡ésta es la pequeña, la pequeña Livia Galileo!», y las mujeres, arremolinadas en torno a ella, alabaron su belleza, el brillo de sus ojos, la hermosura de su pelo… y algunas, maliciosas, añadieron: «se parece a su madre». Sí, Giuseppina y ella en Venecia, rememorando eternamente aquel día, asomadas a los hermosos y engalanados balcones, secándose las largas cabelleras —¡largos cabellos, larguísimos al fin!— al sol, asomando los pechos por encima de los generosos escotes: más rotundos y morenos los suyos; pálidos como la porcelana y pequeños los de Giuseppina. Volverían las dos a ese tiempo feliz de la infancia para empezar de nuevo, y los años del convento, ese particular exilio de la vida, no serían más que polvo y sueño. Pensando en todo aquello y considerándolo factible, escudriñaba, aunque a veces de manera inconsciente, todas las salidas y los accesos del convento, sus puntos más vulnerables y accesibles. ¿Sería capaz de huir? ¿La seguiría Giuseppina? Pero aunque soñaba con ello y se veía escalando aquellos muros, nunca se atrevió a proponérselo: Giuseppina parecía contenta viviendo en aquella penumbra, como si más que vivir deseara pasar la vida, esquinarla, sin sufrirla ni padecerla, como había observado en tantas hermanas. Cuando una vez le preguntó qué haría de verse libre, Giuseppina contestó con desesperanza:

—¿Dónde iba a ir si a nadie tengo?

—¿No sentís curiosidad?

—Curiosidad, ¿de qué?

—De ver el mundo.

—¡Era tan poco grato ese que ya viví!

Y aquellas palabras, tan sencillas como elocuentes, apearon a sor Arcángela de sus fantasías; de nuevo, como otras veces, se le acabaron los deseos de huir.

Porque no era la primera vez que lo pensaba, y siempre sus proyectos acababan en nada, quizá por cobardía y porque no se atrevía a intentarlo sola. Una vez se lo propuso a su hermana, y ésta se la quedó mirando sorprendida: «¿Estás loca? ¿Adónde quieres ir?». Livia contestó que a Venecia. Siempre, en sus planes, estaba Venecia. Luego, con dulzura, sor María Celeste la había atraído hacia sí tranquilizándola. Nunca más volvió a proponérselo. Otra vez se lo dijo al confesor, un bondadoso viejecito que murió:

—Padre, no podéis absolverme. Ni siquiera merezco vuestra amabilidad: no soy una buena monja.

—¿Por qué lo decís?

—Porque sólo pienso en escapar.

—Escapar, ¿adónde, hija mía?

—Al mundo.

El sacerdote tardó en contestar.

—Creo que haríais mala elección, pero os comprendo. Yo también quise escapar, pero me temo que vuestra suerte está tan echada como la mía. —Y acto seguido, como si quisiera no seguir oyendo, que no quería alentar en su penitente lo que en tiempos habían sido sus deseos, la bendijo—: *Ego te absolvo…*

También en una de aquellas crisis que padecía, sor Arcángela se lo suplicó a Ronconi:

—¡Sáqueme de aquí, su caridad, por lo que más quiera! ¡De lo contrario me volveré loca! Tan loca que me escaparé.

Fue entonces cuando Ronconi habló con la abadesa sobre la conveniencia de liberar a sor Arcángela de la clausura y de sus votos, pero las circunstancias, como le explicó *madonna* Caterina, eran adversas, dada la situación de Galileo respecto al Papa y a la sentencia que pesaba sobre él. «Ni la hija ni el padre se beneficiarían de acción semejante.» Y Ronconi desistió.

Tras aquellos accesos, que la misma sor Arcángela calificaba como «sus furias», venía la postración, la calma, el silencio. Sor María Celeste, la abadesa y toda la comunidad lo sabían, y se limitaban a esperar.

Pero aunque Giuseppina hubiera accedido a escapar, todo hubiera quedado en palabras debido a su salud. Giuseppina era un ángel, pero un ángel enfermo, y el convento agravó y precipitó su mal; y tal vez fue la enfermedad lo que las aproximó, porque si Giuseppina padecía del cuerpo, concretamente del mal de pulmón, sor Arcángela lo hacía del espíritu, complementando e intercambiando sus carencias. En un principio, a poco de llegar al convento y cuando la dolencia aún no se había manifestado, Giuseppina sirvió de gran ayuda a sor Arcángela, atemperando, al igual que hiciera sor María Celeste, sus accesos y nervios; después, cuando la enfermedad se apoderó de Giuseppina, fue sor Arcángela quien cuidó y veló de ella, como sor Luisa cuidó y veló de sor María Celeste.

Cuando empezaron la fiebre y los vómitos, la hija de Galileo atendió a su amiga: la incorporaba para aliviar sus ahogos, le frotaba los helados pies, le suministraba los caldos, le limpiaba las sábanas ensangrentadas, le quitaba el sudor... Luchaba tanto por la salud de Giuseppina, con tanto desespero, que inconscientemente mejoraba la suya al despreocuparse de ella. Rezaba como lo hizo por su hermana y exigía a Dios aquella curación imposible, pues se veía perdida definitivamente ante aquella nueva muerte. En vano suplicaba a la abadesa y a Ronconi: «Tienen que sacarla de aquí, sacarla del convento... ». Pero en sus palabras ya no alentaba deseos de marcha, de emprender nuevas vidas: sólo deseaba la salud de Giuseppina, aunque para ello tuviera que quedarse sin ella. «¡Sáquenla del convento, por Dios!» La priora le repitió casi las mismas palabras que con anterioridad le dijera la enferma: «¿Dónde va a ir la desgraciada si no tiene a nadie, ni tan siquiera bienes?».

Un día, sor Arcángela encontró a Giuseppina tan fría que se metió con ella en la cama. Las hermanas la vieron, el padre Ambroggio se enteró y la recriminó con dureza por ello.

—¿Qué pretendéis? ¿Conturbar con vuestras pecaminosas y nefandas inclinaciones el ánimo de una moribunda?

—Sólo quería darle calor.

—El único calor que le conviene es el de la reconciliación con Cristo, de quien vos la habéis apartado.

—Lo que necesita mi pobre hermana es abrigo y buenos alimentos.

—Los médicos del cuerpo y sobre todo los del espíritu, sabemos muy bien lo que necesita esa pobre alma. Dada la precaria situación en la que se halla su salud, os prohíbo os acerquéis a ella.

—¡Por Dios, padre, no me lo impidáis!

—Como padre espiritual vuestro que soy, os lo prohíbo. —Sin embargo se quedó un momento en suspenso, como dudando, como si hubiera encontrado sobre el asunto una resolución mejor—: A no ser...

Sor Arcángela esperaba.

—... a no ser —repitió— que seáis conmigo una buena y obediente hija.

—¿A qué os referís?

El padre Ambroggio carraspeó:

158

—Desde que vuestra santa hermana murió, muchos buscan lo mismo que yo: ellos por el mal del maestro; yo por su bien.

—No sé de qué me habláis.

—No os hagáis la ignorante. Por vuestra culpa han caído sobre el convento las siete plagas, y a saber las que caerán mientras el secreto no salga a la luz… Si vos tuvierais a bien proporcionarme esas cartas o me ayudarais en su búsqueda, yo sería con vos sumamente indulgente… tanto, que no vería en vuestras inclinaciones más que caridad…

Sor Arcángela miró al padre Ambroggio con el mismo desacato y desprecio con los que se dirigió a los familiares.

—El bien y el mal son tan evidentes en sí mismos que no pueden someterse a conveniencia.

Desde que sor Arcángela pronunciara esas palabras y por expreso deseo del padre Ambroggio, se le prohibió visitar a Giuseppina bajo la sospecha de pecado nefando e inclinación contra natura: «Hay que lograr que esa pobre alma que pronto se verá ante su Creador esté libre de cualquier tentación pecaminosa». Sor Arcángela paseó su indignación por todo el convento. Apelaba a unos y otros para que la permitieran verla. Suplicaba a la abadesa, a Ronconi, a la hermana Bernardetta; golpeó puertas, demandó a gritos y armó tal alboroto que temieron que sufriera alguna de sus crisis. No dejó de rezar: nunca desde la enfermedad de su hermana había rezado tanto y con tanto fervor. «¡Dios mío, no permitas que muera, no te la lleves! ¡No me dejes sin ella!», suplicaba sor Arcángela una y otra vez, y cuando lo decía creía notar en el amor por la novicia el resumen de todos sus amores, pues por ella sentía hasta el de madre, que en cierto modo y por la edad que las separaba también la consideraba como hija. Pero ninguna súplica fue suficiente ante el avance del mal.

Cuando Giuseppina murió, sor Arcángela volvió a sus manías, excentricidades y desesperaciones, pues de excéntrica y hasta de blasfema la tacharon porque en su angustia dijo no perdonar a Dios. Las monjitas se santiguaron escandalizadas; la única que mantuvo la mesura fue *madonna*, pero para colmo de desgracias, ella también murió poco después: aquella zozobra que recorrió el convento a partir de la muerte de sor María Celeste había minado mortalmente su salud.

Sor Arcángela, sin Giuseppina y sin la protección de la abadesa, quedó totalmente indefensa. La sombra del padre Ambroggio se cernía sobre ella. Ante el vacío dejado por *madonna* Caterina las huérfanas hermanas, que huérfanas se consideraban, eligieron a sor Margaretta, decana del convento, optando más por una solución de compromiso que por verdadera convicción: sor Margaretta debido a su avanzada edad no pasaría de ser un paréntesis. Pese a ello y algún que otro achaque, la nueva abadesa resistía, y el padre Ambroggio empezaba a impacientarse ante una dirección que se prolongaba más de lo previsto y poco inclinada a sus pretensiones, que la nueva priora estaba bien lejos de simpatizar con él.

Era sor Margaretta una anciana noble y bondadosa. Ejercía el cargo con una magnanimidad y tolerancia no exenta de despreocupación, y como no había perdido el aire mundano al que por nacimiento estaba acostumbrada, el refectorio volvió a abrirse a viajeros e ilustres huéspedes, haciendo la clausura menos estricta, lo cual fue criticado por los sectores más tradiciones del claustro y del padre Ambroggio. La administración cayó en las manos eficaces de sor Clara, quien *de facto* intentó actuar como abadesa; procedente de una familia de comerciantes de la Apulia, enérgica y resolutiva, era lo más contrario a sor Margaretta. Sin embargo, aunque la priora la dejaba administrar a su antojo, era sor Margaretta quien regía las normas y costumbres del convento, lo que, unido a su bondad y tolerancia, compensaba la mano de hierro que sor Clara y el padre Ambroggio estaban dispuestos a cernir sobre el convento.

Sor Arcángela que tras la muerte de Giuseppina había caído de nuevo en postración, permanecía ajena a todas estas intrigas y luchas domésticas, aislada en su particular universo; y en sumo abatimiento, enemistada con Dios y con el mundo, se la encontró Viviani.

160

6

Corría el año 1639, cuando Vincenzo Viviani, llegó a il Gioiello. Contaba el nuevo ayudante con apenas diecisiete años, había nacido en Florencia en 1622 y desde entonces fue el compañero perfecto para el Galileo de los últimos años. ¡Qué regalo le hizo el Gran Duque al enviárselo! Viviani leía y escribía lo que Galileo ya no podía leer ni escribir ya que estaba casi ciego, le estimulaba en sus ideas y trabajos, le ayudaba a soportar sus crisis de enfermedad y, sobre todo, le daba esa inmensa dádiva de la compañía generosa cuando se ha caído en la desgracia y en la más profunda de las soledades. Viviani fue para Galileo ese hijo perfecto que el maestro no llegó a tener, y aunque la difícil relación con el suyo, el otro Vincenzo, mejoró en los últimos años hasta el punto de estar presente en sus postreros momentos, la veneración del discípulo continuaría más allá de la muerte. Vincenzo Viviani fue en realidad el recopilador del último Galileo, el albacea de su obra, un hijo del espíritu, y aquella amistad, tan dispar en edades, significó para el maestro el bálsamo que suaviza las heridas de la decepción y la lealtad en el abandono: podía confiar en Viviani tanto como en sí mismo:

— Ya me veis aquí, querido Vincenzo, arrestado, preso en mi propia casa, alejado de mis amigos y benefactores, prohibidos mis libros… Si mis teorías son falsas, cosa no probada…

— Tampoco se han probado que sean ciertas…

— Cierto, Vincenzo, tenéis razón. Ni mis detractores ni yo podemos probar nada, pero yo estoy aquí, sentenciado, y ellos libres… Pero insisto, si mis teorías son falsas, entonces que se me condene como hombre de ciencia y hasta que se me ridiculice por mi osadía, pero nunca como cristiano, pues lo soy y ferviente: siempre intenté, a través de todas mis investigaciones, la verdad, y la verdad no puede ofender a Dios ya que Él es la verdad misma.

—No os atormentéis, maestro. El tiempo os dará la razón y os compensará debidamente.

—¿Cómo decís? —Se inclinaba hacia el discípulo, haciéndole repetir sus palabras y adelantando la oreja hacia los labios de Viviani, que además de ciego también se estaba quedando sordo.

—Que no os atormentéis...

Pero Galileo continuaba inmerso en un monólogo en el que él se hacía a la vez pregunta y respuesta; y en él intercalaba frases de su abjuración, repitiéndolas pausadamente, haciendo hincapié en alguna de ellas como si estuviera nuevamente ante sus jueces o quizá como si pretendiera no olvidarlas y en esa memoria llevara la penitencia por lo abjurado:

—«Yo, Galileo, hijo de Vincenzo Galileo, de Florencia, a la edad de setenta años, interrogado personalmente en juicio y postrado ante vosotros, eminentísimos y reverendísimos cardenales... Teniendo ante mi vista los sacrosantos Evangelios que toco con la mano...» —Paraba un instante para regresar a Vincenzo o a ese interlocutor que era él mismo—. Pero ¿y si pese a todo mis logros son echados al olvido? Eso es lo que Urbano Barberini desea para mí: el olvido. No le basta con la abjuración, y al incluir mis libros en la lista de los prohibidos ya me están castigando a ser borrado de la memoria.

En vano Viviani alegaba que en muchos lugares de Europa sus obras seguían publicándose, y que *Dos nuevas ciencias*, la última de ellas, iba a ser editada en Holanda.

—¡Pero no aquí, en Italia, en mi propia patria! Ni siquiera Venecia quiere saber de mí!

Y continuaba con su discurso, que se había aprendido el documento de su retractación palabra por palabra:

—«... soy juzgado por este Santo Oficio vehementemente sospechoso de herejía...» ¡Vehementemente sospechoso de herejía!... ¿Has oído, Viviani? «Yo, Galileo, he abjurado, jurado y prometido y me he obligado... Yo, Galileo, he abjurado por propia voluntad y certifico que con mi propia mano he escrito la presente cédula de mi abjuración... » ¿Has oído, me estás escuchando? ¡Con mi propia mano! «Y he abjurado por propia voluntad....» ¡Por propia voluntad!

Esta última frase solía salirle con la voz más temblona de lo habitual, como si estuviera conteniendo algún sollozo o entregado a la vergüenza de sí mismo, para volver de nuevo al Papa:

—¡Primero aquellas alabanzas, aquella oda que me dedicó, no muy buena por cierto, pero oda al fin y al cabo, y luego la enemistad! Desde el principio sabía que actuaría en mi contra, y eso que estaba muy entretenido con aquel baldaquino que algunos juzgaban de extravagancia y otros de monstruosidad «lo que no hicieron los bárbaros lo hicieron los Barberini» se decía entonces... Muchos me insistieron para que humildemente solicitara la clemencia papal. Lo pensé, no obstante, que la carne es débil y más en la tribulación, pero mi hija sor María Celeste, tan lúcida siempre, me lo desaconsejó... No; no hubiera conseguido nada pidiendo clemencia. Urbano es cruel y no perdona. Cuentan que al astrólogo que vaticinó su pronta muerte, a todas luces errónea como podéis comprobar, lo mandó encarcelar de por vida, y cuando perdió el sueño por la preocupación que le motivó el enfrentamiento entre Francia y España (él siempre fue partidario de Francia), mandó matar a todos los pájaros de los jardines para que no alteraran su sueño. Decidme, ¿qué se puede esperar de un hombre que manda eliminar a esos inocentes y felices seres? ¡Los pájaros! ¡Otra cosa que no puedo ver! —dejaba vagar sus ciegos ojos en una especie de vacío—. ¡Ya ves, Vincenzo qué contradicción la mía! Yo que vi más allá que cualquier mortal, que vi con precisión satélites y estrellas, no acierto a contemplar el pequeño mundo que me rodea... Por no ver, ni siquiera puedo distinguir vuestro rostro amigo.

E insistía que cuando muriera, quería ser enterrado en Santa Croce:

—No habléis de la muerte, maestro.

—Sí, porque está cercana. Tenéis que enterrarme en Santa Croce; en ningún otro sitio.

¡Siempre, siempre Santa Croce! Y el discípulo lo anotaba

en mente, como notario ante testamento, que testamento era para Viviani aunque Galileo no se lo hubiera mandado escribir.

Otra de sus obsesiones era Roma:

—Recuerdo cuando fui llamado, aquel infausto año de 1630, de terrible memoria: la condena ya pendía sobre mí y Roma estaba cercada por la peste. Fueron horribles aquellos meses de trámites para la publicación del *Diálogo*... Se me exigían correcciones, pequeños e insignificantes cambios, eso decían, y yo me consumía en aquella espera llena de falsas amabilidades, buenas palabras y ninguna voluntad. Estaba enfermo, y el calor de Roma, ese calor pegajoso del Tíber y el olor de sus miasmas, se me hacían insoportables. Abandoné la ciudad a finales de junio sin ver publicado el libro, tardaría aún dos años, pero no podía seguir allí: Roma era una tumba; también para mí. Un tumba preparada por Urbano tras el terrible duelo. Porque se trataba de un duelo, Viviani, un duelo dispar entre el pontífice y yo y Roma era el lugar del encuentro. Uno de los dos, por fuerza, saldría maltrecho, y el vencido, el aniquilado era yo.

—No sufráis, maestro: lo prohibido hoy será la luz de mañana, y vuestra obra reivindicada y eterna. ¡Eterna, maestro! El Papa morirá. Vos, nunca.

Pero no siempre Galileo hablaba de enfermedad, condena o muerte: también lo hacía de los días felices de su infancia y de los años de Padua:

—Allí, en su universidad, conocí a Campanella y a Giordano Bruno, ambos perseguidos por la Inquisición... Quien se llevó la peor parte fue Giordano, que murió en la hoguera; claro, él no se retractó...

Siempre se entristecía y avergonzaba al hablar de Giordano.

—También en Padua colaboré en la construcción de barcos y en obras de ingeniería, pero enseguida me interesó la astronomía, esa ciencia tan oculta y controvertida, y para poder observar los cielos empecé a fabricar lentes de mayor alcance cada vez.

Era apasionante introducirse en el cielo a través de ellas, ver cómo esa inmensa bóveda celeste se te iba revelando, y cómo podían apreciarse con nitidez, casi al alcance de la mano, cosas nunca vistas… Debía de correr el año cuatro o cinco cuando un tal Altobelli me comunicó que había visto una estrella nueva en la constelación de Sagitario; el asunto fue apasionándome cada vez más. Pero fue en 1609, lo recuerdo muy bien, cuando me llegó la noticia de que estaba en Venecia un holandés para mostrar al Dux el invento de una lente con la cual podían verse los objetos más lejanos como si estuvieran cerca…

Cambiaba entonces de tema diciendo que Venecia le hacía acordarse de Marina:

—¡Qué hermosa era Marina! ¡Qué entusiasmo despertó en mí aquella mujer! Mi hija menor, sor Arcángela, me la recuerda. ¿Quién me la presentó, Sagredo o Sarpi?… Creo que fue Sagredo… ¡Qué gran amigo! Con él compartí los mejores años. Era muy rico y como muchos de ellos, excéntrico. Tenía una casa, un antiguo palacio gótico a orillas del Gran Canal lleno de animales exóticos que le habían costado una fortuna. En aquella casa que todos apodábamos *El Arca de Noé* celebraba fiestas y bailes y las cortesanas acudían gozosas en tropel, y el color de sus vestidos y adornos competía y se confundía con el variado plumaje de los pájaros…

165

—Y decidme —le preguntó Viviani—, ¿qué pasó con la lente, esa que hicisteis para epatar a aquel óptico holandés?

—¡La lente!… —decía por lo bajo y quedaba en suspenso, como si tuviera que estarla buscando, rastreando en la memoria—: Trabajé apresuradamente, como si me fuera en ello la vida, y cuando tuve el artilugio terminado, un bello telescopio forrado de cuero, Sarpi logró que el Dux me recibiera. Todos los miembros del Senado veneciano me acompañaron hasta el *campanille* de la plaza de San Marcos… ¡Qué gran día aquel! para Venecia y para mí. Aquel invento me convirtió en una personalidad, y logré que me duplicaran el sueldo… Pero yo seguía esperando más…

Y se lamentaba por su decisión de dejar Venecia.

—¡Quizá si hubiera continuado allí, como me aconsejaron todos! Pero yo era ambicioso, el Gran Duque Cosme II me ofrecía su apoyo y un sueldo que era una fortuna: nada menos que mil coronas anuales. Todo, en aquellos momentos me sonreía. Pero tuve que seguir investigando los cielos…! ¡Si al menos no me hubiera empeñado en difundir mi teoría!… Por aquel entonces ya había divisado las manchas solares, los accidentes de la Luna, observado el planeta Saturno… Pero fue el descubrimiento de los satélites de Júpiter lo que me hizo pensar que podían ser un modelo del Sistema Solar. La teoría aristotélica basada en la quietud e imperturbabilidad del universo, en esas órbitas de cristal que decía el filósofo, me parecía por completo equivocada, pues por el contrario todo se movía; más equivocado me parecía aún que todos los astros, incluido el Sol, lo hicieran en torno a la Tierra, como la gran mayoría de los astrónomos aseguraban. Empecé a sospechar que Copérnico tenía razón; también lo pensaba así Kleper, que me ofreció su apoyo, pero topé con la Iglesia, querido Vincenzo… La Iglesia se apoyaba para explicar la armonía del universo en determinados pasajes bíblicos más épicos y religiosos que científicos. Pero su criterio fue el que prevaleció y el veredicto fue el de «vehemente sospecha de herejía». Mi pesadilla empezó con el *Siderius Nuncius*… ¿o con el *Diálogo*?

Se debatía entonces en inútiles disquisiciones sobre cuál de sus obras le había traído la desgracia y a enredarse con cualquier asunto puntual o doméstico; pero luego, cuando Vincenzo creía que había archivado el recuerdo, volvía a retomarlo en el punto justo donde lo dejó.

—Bien, fuera con el *Siderius* o con el *Diálogo*, el resultado fue el mismo. Algunos sectores eclesiásticos me apoyaron, no obstante. El cardenal Bellarmino, por ejemplo, alegó en mi defensa que yo sólo había formulado hipótesis y no teoría, pero todo fue en vano. El Papa, ofendido por el tratamiento que según él le había dado en el *Diálogo* se puso en mi contra y todos o casi todos con él. Lo demás, querido Vincenzo, ya lo sabes, que me has conocido en la desgracia…

Aunque siempre acababa concluyendo que Florencia le había traído la desgracia, también hablaba de los tiempos felices, de Bellosguardo, la casa que alquiló y en cuya azotea colocó un telescopio, del palacio que tenía su amigo Salviati a treinta kilómetros de Florencia y desde donde veían muchos días amanecer:

—Allí, precisamente, conocí a Artemisia Gentileschi, pintora de mérito y de temperamento singular… Su padre siempre temía por ella. Los padres siempre tememos más por las hijas que por los varones porque en ellas el mal es más temido y perdurable.

¿Por eso quizá, había Galileo enviado a las suyas a un convento? ¿Qué le había motivado en aquella decisión: el miedo, la despreocupación o ambas cosas? Por el contrario, a Vincenzo, lo había educado para el mundo.

También sacaba a colación algunos de sus amores, desconocidos los más y de aquel último y ya imposible por Alessandra Bocchierini, treinta años más joven, esa a quien escribía a través de Viviani: «Mi muy dilecta y recordada amiga…», «cuánto se os echa de menos aquí, en Arcetri, y más desde que esta desgracia ha caído sobre mí…», «tan sólo han pasado seis años desde que nos conocimos en aquel venturoso agosto y ya me parece una eternidad; más porque posiblemente no vuelva a veros…»

Pero siempre, dijera lo que dijera o hablara de lo que hablara, terminaba haciéndolo de sor María Celeste, su sostén y fortaleza en los tiempos de desgracia y se lamentaba de continuo por no poder verla. ¡Siempre sor María Celeste en sus pensamientos! ¡Siempre la hija amada!; sin embargo, de la otra, de esa sor Arcángela recluida también en San Matteo, apenas si hablaba, lo que producía extrañeza y curiosidad en Viviani. ¿Cómo sería, esa sor Arcángela tan silenciada? ¿Se correspondería lo imaginado con la realidad?, porque, inconscientemente el discípulo iba confeccionando una imagen particular y bien distinta de la que tenía de sor María Celeste; y un día, aún a costa de parecer indiscreto, le dijo al maestro:

—Nunca me habláis de sor Arcángela.

Galileo se quedó un momento en suspenso, mirándole con extrañeza y luego, como si más que a Viviani se lo dijera así mismo, contestó:

—¿Y qué os puedo decir? ¡Sé en realidad tan poco de mi propia hija!... Siempre se mantuvo ajena, como si su existencia transcurriera al margen de la nuestra. —Calló un momento, como si meditara—: Pero no siempre fue así. De niña era muy alegre, una muchachita llena de vida. Ha sido el convento, Viviani, ha sido el convento... Sor María Celeste encontró en él la paz, pero esta hija mía no ha encontrado su sitio... —Paró un momento y se limpió los ciegos ojos—. A veces me siento culpable por aquella decisión. Quizás me comporté egoístamente: su madre se desentendió y yo no vi otro futuro para ellas que la clausura. ¡Yo que me abrí a los cielos, que no veía límites, decidí para ellas una vida de encierro! ¡Mi pobre Livia! —la llamó esta vez por su nombre de pila, y al hacerlo se le quebró la voz—. De niña quería dedicarse al arte como Sofonisba o La Tintoretta! ¡No, no creo que pueda perdonarme!

Tan pesaroso y afectado le vio el discípulo, que no volvió a hablarle del asunto. Sin embargo por lo dicho y sobre todo por lo silenciado, sor Arcángela seguía presente en la mente de Viviani y era tal su arrebato por conocerla, que una mañana, sin apenas pensarlo ni proponérselo, se vio camino de San Matteo.

7

$\mathcal{M}$ientras descendía hacia el convento y ensayaba lo que iba a decir, el discípulo trataba de convencerse de que aquella visita se debía más a los deseos de un Galileo ansioso de las noticias de su hija que a los suyos, y que más que representante o mensajero de sí mismo lo era del maestro.

Cuando golpeó la aldaba de la pesada puerta, el corazón le latía como si fuera un párvulo en su primer día de clase, y cuando la hermana tornera le hizo pasar a la penumbra refrescante del locutorio tras haber preguntado por sor Arcángela y dicho que venía de parte de Galileo, Viviani temió no poder articular palabra. A la espera de la monja, Viviani intentaba recordar las palabras dichas a la tornera:

—Soy Vincenzo Viviani, ayudante del maestro Galileo, y desearía ver a sor Arcángela para transmitirle sus noticias. —¿Dijo eso o quizá?—: Vengo de parte del maestro Galileo y desearía ver a sor Arcángela. Soy su ayudante. —O—: Soy ayudante de Galileo y desearía ver a sor Arcángela.

¿Qué le dijo a la tornera? Lo traía muy bien ensayado, pero cuando ésta abrió la puerta las palabras salieron en desorden de su boca, sin que fuera capaz de controlarlas, y no sabía cuál de las tres versiones había dicho o si habían sido las tres a la vez en manifiesto alboroto; pero dijera lo que dijese, lo cierto es que la tornera, nada más oír el nombre de Galileo, le dejó pasar.

Se debatía todavía Viviani en estos asuntos, cuando, apareció sor Ancárgela con paso rápido y gesto adusto, y después de saludarle y preguntarle por su padre, como era de rigor, se sentó en un banco frailuno que había contra la pared. La luz de la mañana le daba de soslayo, e iluminaba rostro y figura entre aquella penumbra como si se tratara de un retrato de ésos que Leonardo llamó «de la mente» y que tan de moda estuvieron durante el siglo anterior y aún entonces, pues la efigie que le mostraba sor Arcángela no era meramente física sino de temperamento.

Le pareció alta y esbelta, de distantes y casi aristocráticos movimientos, ausente en su expresión aunque sus ojos, profundos y oscuros, se mostraran explícitos y cercanos. También, de hermoso rostro pese a la severidad de las tocas, y aunque de facciones ligeramente incorrectas para poder ser considerada una belleza clásica —la boca quizá demasiado grande, así como los dientes, mostrados en breve sonrisa cuando le saludó, y la nariz un tanto prominente para ser mujer— aquel conjunto, envuelto en una hermosa piel mate, resultaba atrayente y armónico.

Aunque se mostró en un principio recelosa y parca en palabras, tuvo Viviani la certeza de haber sido de su agrado y cuando se despidieron, ella le pidió que volviera y le tuviera al tanto de la salud de Galileo.

A partir de aquella visita surgieron otras, de manera que poco a poco empezó a establecerse un nexo entre ese mundo cerrado en el que se había convertido il Gioiello y ese otro, más hermético aún, de San Matteo.

Elegía el discípulo para sus visitas las horas después de la *tertia* —ese tiempo en el que las monjas atendían a sus labores no religiosas— o después del almuerzo, aprovechando el breve recreo del que disponían las hermanas, aunque por ser Viviani ayudante y representante de Galileo se tenía con su persona particular atención.

Al principio de aquellas visitas, sor Arcángela apenas si hablaba, limitándose a contestar con monosílabos o a preguntar por su padre, de manera que de vuelta a il Gioiello, el ayudante poco o nada tenía que decir al maestro; mas poco a poco fue tomando confianza y las protocolarias conversaciones se transformaron en algo más íntimo y coloquial. Hablaba Viviani de múltiples cosas, algunas mundanas, lo que ella parecía agradecer, pues dulcificaba su adusto gesto y hasta sonreía, mostrando entonces unos dientes iguales y perfectos, cosa rara a su edad. La imaginaba entonces lejos del convento, desprovista de la severidad de las tocas, como una mujer a la moda, con ricos brocados y luciendo amplio escote, el pelo, trenzado, de un rubio cobrizo, los oscuros y penetrantes ojos pintados de malaquita y de bermellón los carnosos labios, contrastando con la palidez marfileña de su cutis. Se la imaginaba también cantando por conocidos teatros y salones, envuelta en joyas y perfumes, y se le antojaba tan hermosa esta Livia que sor Arcángela ocultaba, que no podía por menos que recordarle el hermoso retrato de Tiziano, que tituló *La bella* para ocultar la verdadera personalidad de la duquesa de Urbino:

—¿Sabéis, sor Arcángela? Me recordáis una hermosa pintura del maestro Tiziano. ¿Conocéis el retrato de *La bella*? —Y como ella negara—: Lástima. Se trata de una obra maestra y de una hermosa dama. Un retrato hecho con sabiduría y amor. Y tras vuestras tocas, me parece estar viéndola.

Sor Arcángela se ruborizaba pero sonreía:

—No digáis eso de esta pobre monja.

—Monja sí, pero no pobre.

—Pobre soy por mi orden y por ser una más entre las hermanas.

—Pero sois hija del maestro Galileo y estáis llena de cualidades.

—¿Cualidades? ¿Qué cualidades puedo yo tener?

—Según vuestro padre, el canto y la pintura.

—Todo se olvida aquí, dentro de estos muros.

Y como Viviani insistiera, sor Arcángela ponía fin a la conversación: no era de su agrado hablar de sí misma.

Gustaba Viviani comentar de lo que pasaba y se chismorreaba en Florencia, de sus fiestas, de los Médicis y del Gran Duque Ferdinando —tan tímido en apariencia, pero tan valeroso y compasivo, como lo demostró en el terrible año de la peste, cuando se quedó en Florencia para auxiliar y consolar a sus súbditos—, de cómo Pietro de Cortona estaba pintando los techos de las galerías que, por encima del Arno y de muchas de las calles de la ciudad, ponían en comunicación el viejo palazzo Vecchio con el nuevo adquirido a los Pitti.

Era tan premioso y tan insistente a veces, que la monjita que acompañaba a sor Arcángela, oyendo todo eso se dormía.

—¿Sabéis que Los Médicis se pasean por encima de las casas y las cabezas de los florentinos?...

—¿Cómo es posible? —Sor Arcángela reía al creer que Viviani bromeaba.

—Mediante el corredor vasariano, ¡no me digáis que no habéis oído hablar de él! Dicho corredor es una galería que Cosme I de Médicis hizo construir a Giorgio Vasari en cinco meses para unir sus residencias palaciegas, el palacio Pitti y el antiguo Vecchio, con el de los Uffizi.

—¿Y eso?

—No deseaba mezclarse con sus conciudadanos. Había decaído su popularidad y temía un atentado. Los Médicis siempre temieron las venganzas porque ellos hicieron mucho uso de la violencia para llegar al poder y mantenerse en él.

—¿Y decís que el corredor sobrevuela Florencia?

—En parte sí. Arranca de la antigua residencia medicea del palacio Vecchio, y sobre la Via della Ninna entra en el palacio de los Uffizi, pasa por el viejo puente Vecchio sobre el Arno, gira en torno a la torre Mannelli, pasa por encima de la iglesia de Santa Felicita (donde los Médicis mandaron construir un balcón para poder seguir las celebraciones religiosas sin mezclarse con la masa, de la que quizás saliera alguna conjura), sigue a la izquierda de la Grotta del Buontalenti y desemboca en el Pitti, la nueva residencia. —Al mismo tiempo que hablaba, para que sor Arcángela comprendiera mejor el itinerario, Viviani dibujó sobre un papel un pequeño plano.

—¡Rodear toda una ciudad para no enfrentarse a esa misma ciudad!

—Sí, el corredor ha cambiado la fisonomía de Florencia e incluso sus costumbres: por ejemplo, el viejo mercado de la carne, que desde antiguo se situaba en el puente Vecchio, se cambió por el de los orfebres para que al duque no pudiera llegarle su olor.

Sor Arcángela, al oírle, esparcía la vista en derredor como si anduviera por el corredor vasariano, y hasta ampliaba con gesto de desagrado los orificios de su nariz, esa nariz un poco grande, como si hasta ella llegara aquel olor que podía desagradar a Cosme de Médicis. Viviani, con sus palabras, lograba sacarla fuera del convento y pasearla no ya por Florencia, sino más allá de sus confines.

Sor Anunciatta, la monjita acompañante, casi roncaba.

—¡Lo que es el poder y la fortuna! —decía extasiada sor Arcángela como si contemplase todo aquello.

—Exacto: los Médicis empezaron con la fortuna, pero no se contentaron con ella y ahora ya forman parte de las coronas europeas… Ésa fue su ambición: no conformarse con la simple riqueza.

—¡Qué exigencias las de los poderosos! Todo gira en torno a su capricho…

—Pero al menos los Médicis aman la belleza y todo este corredor, surgido como bien decís del capricho y también del temor, no olvidéis ese detalle, ¡del temor!, pueden andarlo rodeados de arte, pues esas galerías están adornadas de hermosas esculturas, algunas de ellas clásicas, y de pinturas de Leonardo, Rafael Parmigianino, Allori y tantos otros… Ahora, por si fuera poco, pueden mirar al techo y asombrarse también con lo que les está pintando Pietro Barretini, el de Cortona, el mismo que ha pintado para el Papa. —Pero a sor Arcángela no parecía interesarle el Papa ni sus afanes artísticos. Bajando un tanto la voz confesó a Viviani que no simpatizaba con él.

—¿Cómo podéis decir algo así? ¿Sois acaso luterana? —le reprochó Viviani divertido.

—Los llamados luteranos no encuentran escandalosas las teorías de mi padre, y no sólo no las condenan, sino que además las publican.

Extrañó a Viviani este comentario de la monja, en el que, por primera vez, parecía congraciarse con su padre y hasta con los luteranos por publicar sus obras, más que con el Papa.

—Pero vos, por vuestra condición, debéis al Papa la mayor obediencia.

—Obediencia, sí. Simpatía, ninguna. Él ha sido, entre otros, el mayor enemigo de mi padre.

—Me seguís sorprendiendo, sor Arcángela: nunca os creí defensora de vuestro padre.

173

—Soy, aunque me pese, hija de Galileo. Que él haya sido injusto conmigo no quiere decir que esté de acuerdo con el tratamiento que se le ha dispensado. Mi padre es un sabio, y la sabiduría debe estar fuera de toda culpa. Si el sabio no opina, ¿quién entonces puede opinar?

Viviani iba de sorpresa en sorpresa: ¿de dónde habían sacado algunos que sor Arcángela era necia y su hermetismo se debía a no tener nada que decir?

—Y vos, ¿qué opináis vos?

—Yo no soy sabia.

—Quizá más de lo que pensáis.

—Si yo fuese libre… pero no es el caso.

—¿Qué haríais si fueseis libre? —Ella no contestó, pero Viviani insistió—: Decidme, sor Arcángela, ¿qué harías si fueseis libre?

—¿Por qué tenéis ese empeño en saber lo imposible y lo que ni yo misma sé? Tal vez me iría a Venecia. Sí, Venecia es mi ciudad amada. Recorrería sus calles, sus canales, sus plazas tan hermosas… Me empaparía de aquella humedad que difumina sus contornos, pintaría aquellas brumas y el agua con sus reflejos de luz, y también a sus mujeres, tan bellas como lo fue mi madre, y me mantendría libre como ella, sin esposo…

—Olvidáis que vuestra madre se casó.

—Eso dicen, que se casó, pero yo no sé si es cierto o un comentario sin demasiado fundamento. Porque decidme, ¿con quién podría casarse después de haber conocido a alguien tan excelso como mi padre? ¿Por qué éste no la desposó y hasta le pareció bien que ella lo hiciera con ese Giovanni Bartoluzzi? Lo cierto es que nos abandonó. ¡Qué distinta hubiera sido nuestra vida si ella se hubiera encargado de nosotras!

—Distinta tal vez, pero no sé si mejor. A lo peor vuestro destino habría sido la mancebía…

Sor Arcángela quedó callada, como si sopesase aquella posibilidad y no supiera si, pese a lo que conllevaba, la desagradase del todo.

—¿En qué pensáis, sor Arcángela? —preguntó Viviani para sacarla de su ensimismamiento, pues continuaba absorta.

—En lo que me habéis dicho.

—¿Y cómo os parece, bien o mal?

—Mal puede saberse lo que no se ha visto. ¡Era tan joven cuando entré aquí y tan escasa idea tengo del mundo! De lo que sí creo estar segura es de que no hubiera deseado casarme.

—Todas las mujeres lo desean, sor Arcángela, aunque sólo sea para tener hijos.

—Tampoco deseé hijos. Sé que mi hermana en algún momento penó por esa causa: hubiera sido una excelente madre, y se desvivía por los de mi hermano como si fueran propios. Yo no. Yo lo único que echo en falta es la libertad. He nacido con un espíritu tan libre como mi padre, sólo que a él, por el hecho de ser hombre, todo se le ha permitido. Nacer mujer, amigo mío, es una desgracia, porque no nos dejan algo tan elemental como ser dueñas de nuestra vida.

Viviani la escuchaba cada vez más asombrado: a aquella olvidada hija de Galileo, aquella monja encerrada entre los muros de un convento, el destino de esas esposas y madres le parecía poco, limitado y hasta insípido. ¿Qué hubiera hecho aquella joven de haber gozado de libertad? ¿Cuál hubiera sido su vida? Como si le adivinara el pensamiento, sor Arcángela dijo:

—¿Sabéis? Yo podría estar en Roma. Y libre.

Y le contó aquella rara visita que tuvo de la mujer de rojo y de equívoca voz.

—¿Y por qué no accedisteis si en el fondo es vuestro deseo? —preguntó Viviani burlón y un tanto incrédulo, pues le parecía un tanto inverosímil aquella historia.

—No me fiaba.

Pero sor Arcángela tampoco se fiaba de Viviani; al menos, no del todo. Desde los acontecimientos de aquel verano tras la muerte de su hermana, no se fiaba de nadie. Por ello no le dijo lo que aquella mujer pretendía a cambio de su libertad. ¿No sería Viviani otro de aquellos que tras amables palabras buscaban hacerse con aquellos comprometedores papeles de su padre? ¿Quién le aseguraba que Viviani no albergara similares propósitos?

Quien no parecía desconfiar del joven ayudante e incluso se alegraba con su presencia era sor Margaretta, la nueva y anciana abadesa y a menudo, rehuyendo posibles obligaciones, acompañaba a sor Arcángela al locutorio para que Viviani le contara cosas de Florencia, pero sobre todo de Roma, pues *madonna* era romana.

—Os tiene embobada ese jovenzuelo —le recriminaba sor Clara—. Embobadas a las dos —añadía, extendiendo el adjetivo a una sor Arcángela que la miraba impertérrita.

Pero sor Margaretta, al oírlo, reía sin tomar en cuenta las palabras de su maestra de novicias y se sentía feliz pensando en el próximo encuentro con Viviani, tanto como el niño que espera una golosina o un cuento. Sor Margaretta, en su ancianidad, había regresado a la infancia, a una infancia gozosa en la que cualquier pequeña cosa parecía complacerla y mientras los problemas se los dejaba a sor Clara, ella vivía en su mundo particular de caprichos y extravagancias, en el que nada parecía resultarle luctuoso o desagradable.

—Habladme, habladme de Roma —le decía al joven Viviani—, de esa Roma que yo ya no veré y de todas esas construcciones que se están haciendo.

Viviani le hablaba del famoso baldaquino y de sus retorcidas columnas.

—¿Columnas retorcidas? —Sor Margaretta aplaudía y sus ojillos de codorniz se iluminaban.

—Es ése el ideal del nuevo gusto, que todos los elementos parezcan en tensión, en aparente movimiento, y que provoquen asombro, ¡eso tan teatral! Y Bernini al lograr el efecto contrario al de toda columna que debe ser la estabilidad, juega con la sorpresa. Y lo mismo hace el que se hace llamar Borromini, otro célebre arquitecto aunque menos afamado que concibe los monumentos con plantas mixtilíneas y cúpulas en espiral, lo que ya es el colmo de la audacia…

—¡Qué extravagancia!

—Así son las modas y el Papa parece seguirlas. Urbano está empeñado en superar a los césares y dejar constancia de la gloria de los Barberini, y hasta tal punto mima a Bernini que le está haciendo un extravagante, lleno de rarezas y caprichos. ¿Sabéis el último? —Las monjas negaron—: Se habla de un proyecto escandaloso que tiene en mente.

176

—¿Y cuál es? —preguntó sor Margaretta, que en aquel retroceder de su vida trocaba en mágico todo lo escandaloso.

—Esculpir monjas. Dicen que ha hecho unos bocetos sobre éxtasis místicos y que quiere plasmar los de Santa Teresa...

—¡Grande monja en verdad! Ella demostró que puede llevarse en el convento una vida útil —exclamó la abadesa como si lamentara ese estado de placentera pereza en el que había caído.

—A Bernini le gustaría que el tal proyecto lo financiara el Papa, pero éste se muestra reacio.

—¿Por qué?

—Según los que han podido verlos, los éxtasis del maestro Bernini están llenos de paganismo y más parecen carnales que místicos. —*Madonna* Margaretta soltó una risita—. Por eso el Papa se niega.

—No es de extrañar si es como vos decís... —Miró a Viviani con sus ojillos vivaces.

—Pero el maestro no ceja en su empeño. Algunos que han visto el secreto boceto dicen que efectivamente de místico tiene poco: aparece la santa con los ojos semicerrados, la boca entreabierta y todo su cuerpo desmayado, como si flotara... Y lo que es peor, dicen también que Bernini, para obtener en el dibujo el máximo realismo, contrató a una meretriz como modelo, la hizo gozar y tomó nota en el momento del trance.

Viviani miró entonces a sor Arcángela, que se ocultó tras la abadesa. Ésta, rió.

—¡Por Dios, Viviani, no comentéis esas cosas! —recriminó aunque complacida sor Margaretta, a quien encantaban los chismes aunque fueran picantes—. No, no lo creo: ¿cómo va a elegir el maestro Bernini para modelo de una santa a una meretriz?

—También lo hacía Caravaggio.

—Caravaggio quizá, que fue un perseguido y un maldito, pero no Bernini, tan protegido por el Papa.

—Por eso el Papa se niega a financiar el proyecto. —Y añadió, más en secreto aún—: Dicen que anda tras él la familia de los Cornaro para su capilla mortuoria de Santa Vitoria. ¿Habéis oído hablar de los Cornaro?

177

Sor Margaretta se avivó aún más:

—¡Naturalmente! ¿Quién no ha oído hablar de los Cornaro y de la famosa Caterina, reina de Chipre?

Como Viviani parecía ignorar quién era o no acordarse muy bien, sor Margaretta, toda excitada, habló de aquella mujer mítica que reinó en Chipre y Armenia, que en su viudez tuvo que soportar conjuras y levantamientos y a su regreso a Venecia se rodeó de una corte de intelectuales y artistas.

—… tanto fue su prestigio que el mismo Tintoretto y el Veronés inmortalizarían años después su entrada en la ciudad, como si fuera una nueva reina de Saba.

Muchas más cosas siguió contando en ininterrumpida arenga sor Margaretta sobre aquella Caterina de leyenda, y sor Arcángela la escuchó asombrada de que hubiera mujeres así, tan valerosas y ecuánimes como para defender ellas solas un reino. Como algo dijera a su priora sobre el particular, ésta le contestó que podía citar a muchas más, como la mismísima Catalina de Médicis, Isabel de Inglaterra o aquella de España que aunque con marido reorganizó todo un Estado y colaboró en el descubrimiento del Nuevo Mundo. Luego volvió a los Cornaro.

—Conocí a algunos miembros de la familia en mi juventud… Entre ellos a Alvise, hombre de espíritu elevado. Éste encargó a Palladio Villa Cornaro y a Falconetto un palacio en Padua, un hermoso palacio… Villa Cornaro fue un lugar de intrigas, amores y asesinatos por daga y veneno. Allí murió estrangulada por su celoso amante Cecilia Cornaro, hija secreta e incestuosa de Arístides Cornaro y de su media hermana Francesca. Cecilia no tenía ni diecisiete años cuando murió y durante mucho tiempo se dijo que se aparecía en las noches de primavera llorando su desgracia como sombra blanquecina; también así el espíritu de su desalmado amante, que tras su acción vaga loco y sin reposo. —Se detuvo un momento para tomar aire, pues había hablado de carrerilla, y luego añadió con picardía, como si guardara algún secreto—: ¡Los Cornaro! ¡Gente singular! Los conocí muy bien…

Sor Arcángela hubiera deseado que sor Margaretta siguiera hablando de ellos, pero la abadesa pareció caer en un estado de ensoñación y Viviani retomó el tema de Bernini y de los éxtasis:

—¿Vos habéis sentido alguna vez éxtasis? —La pregunta, no exenta de burla, iba dirigida a sor Margaretta, pero con los ojos se lo estaba preguntando a sor Arcángela.

Sor Margaretta le contestó en el mismo tono, alegando que ella nunca había sido suficientemente santa como para tenerlos. Luego se retiró de pronto, acuciada por necesidades fisiológicas.

Viviani y sor Arcángela se quedaron solos.

—¿Y vos?

—No creo en ellos —contestó la monja bajando los ojos.

—¿Sois monja y no creéis en los éxtasis? ¿Y por qué, hermana? Lo natural es que una monja crea en ellos. ¿No son una prueba de amor?

—Porque no creo en el misticismo que los provoca.

—Entonces, ¿cómo consideráis los de Santa Teresa, los que según sus propias palabras tuvo?

Sor Arcángela se encogió de hombros.

—Yo no conozco la ciencia médica. Eso debe corresponder a los físicos y a nadie más.

Viviani sonrió.

—De manera que, según vos, es un fenómeno físico.

—Pensad lo que gustéis.

—Así pues, ¿no sois mística?

Ella negó.

Volvió Viviani a sonreír: le divertía la tozudez con que sor Arcángela contestaba.

—Pues os doy un nuevo dato: al parecer no sólo le interesa al gran Bernini el éxtasis de la monja española, sino los de una más cercana a nosotros, la beata Ludovica Albertoni. Y también, haciendo uso de las palabras de quienes han podido ver el proyecto, mucho más secreto aún…

—No lo será tanto cuando vos lo conocéis.

—No hay nada, sor Arcángela, que se difunda más rápida y extensamente que los secretos… Como os decía, el maestro lo concibe con mucha más carnalidad que el de Santa Teresa: imagina a la Albertoni acostada y con crispadas manos sujetando su pecho… —Pero Viviani no pudo continuar: Sor Arcángela, visiblemente turbada, le dio la espalda y abandonó el locutorio.

Y

Sor Arcángela se negó durante días a recibir a Viviani pretextando jaquecas. No era el caso de *madonna* Margaretta, que acudía gozosa a su encuentro. Bromeaban los dos y cuando Viviani le preguntó el por qué de la ausencia de sor Arcángela, la abadesa le reprendió amablemente.

—Algo dijisteis que la conturbó.

Pero sor Arcángela no andaba lejos, y desde el claustro les oía charlar y reír, sobre todo reír. ¿Qué tendrían que decirse aquellos dos? Viviani, al parecer, poco echaba en falta su presencia y el enojo que la recorría por considerar inútil el castigo que se había propuesto infligirle, se estrellaba contra sor Margaretta: ¿cómo podía haber llegado a abadesa? ¡Qué diferencia del ponderado equilibrio de *madonna* Caterina! Si ahora hubieran hecho acto de presencia aquellos saqueadores o los inquisidores que las interrogaron, ¿cuál hubiera sido la suerte del convento?, ¿quién las hubiera defendido?... Sor Margaretta estaba loca, aunque su locura fuera amable. ¿Cómo podía, a su edad, divertirla un muchacho como Viviani? «Si no fuera porque es vieja, viejísima, diría que tienen los dos la misma edad! ¡Qué la misma edad! ¡Sor Margaretta es más joven, mucho más que Viviani, porque sigue siendo inocente!» ¡Inocente! Ésa era la verdad: la abadesa era inocente y bondadosa y cualquier cosa, el color de una flor o el canto de un pájaro, le levantaban ese entusiasmo sin contaminar de la infancia. Por esa misma inocencia sor Arcángela la perdonaba enseguida, e incluso le daba las gracias por la alegría que aportaba al convento. «Dicen que los santos son alegres e inocentes. Alegres, porque son inocentes e inocentes porque son alegres», se decía sor Arcángela. Desde Giuseppina no había habido nadie más alegre que sor Margaretta. Y por esa cualidad, tan escasa entre aquellos muros, ésa que también tuvo su hermana sor María Celeste y que ella había perdido, perdonaba a sor Margaretta aquella especie de infidelidad.

8

*S*or Arcángela volvió a recibirle con o sin la compañía de la abadesa y ante la decidida oposición de sor Clara, que veía en aquella asiduidad peligro y escándalo, hasta el punto de atreverse a reñir a la priora:

—Tiene su caridad que andarse con ojo, que no es la primera vez. Me refiero al escándalo. Acordaos del asunto de la pobre Giuseppina.

—Eso, ¡pobre! Que yo sepa no hubo tal asunto.

—… pero el padre Ambroggio decía…

—El padre Ambroggio habló de más, cosa en él bastante frecuente.

Sor Clara callaba de momento pero no se daba por vencida y enseguida volvía a la carga:

—Mimáis en exceso a ese joven y a sor Arcángela… Os comportáis como si fuerais su alcahueta.

—¡Válgame Dios!

—Sí, sí, santiguaos, pero a la larga ya veremos quién lleva razón. Hacedme caso: deberíais impedir tanta visita. Y menos a solas.

—Sor Anunciatta les acompaña.

—¡Menuda compañía! Sor Anunciatta se duerme. Y el silencio es una de las nuestras reglas… —espetó acusadora a la abadesa.

—Si lo que queréis decirme es que yo también la incumplo, lo sé. Y siempre que puedo… Creo que en lo del silencio no anduvo acertada nuestra fundadora: el silencio no es bueno, que tiende a enloquecer a quien lo sufre creándole fantasmas en el cerebro, y sor Arcángela necesita de esas conversaciones más que yo. *Madonna* Caterina, que en gloria esté y que era sabia, le concedió ciertas dispensas debido a su estado, y yo tengo el deber moral de continuarlas por respeto a su memoria, a Ronconi y al mismo Galileo.

—Pero el padre Ambroggio dice...

—Que diga misa, que es lo que tiene que decir.

Madonna Margaretta no disimulaba su rechazo al capellán, hasta el punto de que no se confesaba con él sino con el párroco de Arcetri, un venerable anciano «casi santo» que también visitaba a Galileo.

Desde el día que sor Margaretta hablara de Caterina Cornaro y de otras mujeres de especial valor, sor Arcángela puso un gran empeño en saber de ellas «con el fin de que pueda pensar que mi incapacidad se debe a mí misma y no a mi sexo»...

Viviani le hablaba de otras célebres, entre ellas de Barbara Strozzi o de la mismísima Caccini, que cantaba ópera y daba conciertos.

—¡La Caccini! Yo la admiraba mucho de niña y siempre quise parecerme a ella...

También de Sofonisba Anguissola, que pintó hermosos retratos y fue contratada por Felipe II, el poderoso rey de España; de Lavinia Fontana, que llegó a ser pintora de la corte de Clemente VIII y miembro de la Academia de Roma; o de Marieta Robusti, *la Tintoretta*, hija del gran Jacopo Robusti, *il Tintoretto*...

—Cuando vivía en Venecia vi un cuadro suyo: una hermosa mujer que descubría su pecho, que parecía de nácar... Decían que era su propio retrato.

—Ahora no os ruborizáis.

—¿Por qué habría de hacerlo?

—Por decir que su pecho parecía de nácar...

Y aunque hubo un silencio que Viviani atribuyó a azoramiento, sor Arcángela no se marchó y le preguntó a continuación por qué en vez de hablarle de reinas o de nobles lo hacía de pintoras o cantantes:

—Porque que yo sepa son vuestras dos aficiones.

—Lo eran.

—¿Ya no? —Y como ella negara—: Hacéis mal: el arte es un alimento y un consuelo. Ahí tenéis el ejemplo de Artemisia Gentileschi, una mujer marcada por la desgracia y a quien la pintura ha liberado.

Sor Arcángela iba a marcharse como hacía otras veces, cuando Viviani sacaba a colación sus aficiones, pero al oír este último nombre, se contuvo.

—¿Artemisia decís?

—¿La conocéis acaso?

—Tengo referencias de ella. ¿Por qué decís que está marcada?

Viviani contó a sor Arcángela la historia de Artemisia, tan llena de violencia y humillaciones; le habló de Tassi, su violador y de aquel proceso en el que ni siquiera se le ahorró la tortura:

—… y sin embargo, ¡ya veis!, aunque todo parecía ponerse en su contra, esta bella mujer, porque además de inteligente se dice que es bella, no se amilanó: un poco después del terrible proceso estaba pintando su famoso *Judit y Holofernes*, en el que se retrata a sí misma y al propio Tassi. Vuestro padre la conoció cuando estuvo en Florencia y gozó de su amistad. Ahora creo que está en Londres, en la corte de Carlos I.

—Creí que estaba en Nápoles y que tuvo que huir.

—Y vos, ¿cómo lo sabéis?

—Me lo dijo Bernini quien me hizo llegar sus saludos.

Ahora era Viviani el extrañado.

—¿Y qué tenía que hacer Bernini en el convento?

—Traerle los personales saludos del Papa a la madre abadesa. *Madonna* Caterina, que en paz descanse, gozaba de gran prestigio.

—Y a vos, ¿qué os dijo aparte de transmitiros los saludos de la Gentileschi?

—Nada. ¿Qué podía interesarle de mí?

Nuevamente omitió sor Arcángela el asunto de los papeles y acto seguido volvió a recordar a Viviani que las mujeres que habían alcanzado celebridad, podían contarse con los dedos de una mano.

Más éste no se daba por vencido y le trasmitía nuevos

ejemplos; unos reales y otros no tanto, pues a veces exageraba hasta tal punto, añadía tal dosis de invención, que aunque se tratase de mujeres reales resultaban totalmente irreconocibles para la verdadera historia. Así sucedió al hablarle de la soprano Lucrecia Bocherini, personaje al que Viviani convirtió en más ficticio que real adjudicándole belleza y juventud, cosas de las que carecía la auténtica Bocherini, quien sólo tenía o había tenido bella la voz y estaba a punto de retirarse.

También era motivo de su imaginación, y quizá también de su invención, una pintora, Loretta di Mello, discípula y modelo de Rafael, quien se enamoró perdida e inútilmente del Sodoma, discípulo del maestro, retratado en *La disputa del Santísimo Sacramento*, y en la famosa *Escuela de Atenas*, donde el Divino retrató a muchos de sus insignes contemporáneos, entre ellos, Miguel Ángel, Bramante y Leonardo. Fue tal el amor de Loretta por el Sodoma —al que al parecer no le gustaban las mujeres y sí los de su mismo sexo, cosa de la que presumía— que, desesperada por su fracaso, se precipitó desde un andamio de Villa Madama, donde Rafael pintaba unos techos, y murió con el cráneo destrozado.

—… Pero en realidad su muerte no fue más que física, pues Rafael la inmortalizó en muchas de sus *madonnas* y el Sodoma puso su rostro en la Roxana de su célebre fresco *Las nupcias de Alejandro* de la villa Farnesina.

Otra mujer célebre, musa, que no pintora, fue Margherita Luti, apodada la Fornarina. Viviani describió a la monja el célebre cuadro en el que ésta aparece semidesnuda, apenas tapada por un velo finísimo, con los pechos al descubierto, uno de ellos, el izquierdo, mostrado al espectador con su mano derecha.

—Casi todos la daban por la hija de un panadero, de ahí su apodo, pero otros aseguraban que fue una famosa cortesana y que la prematura muerte de Rafael, se debió a los excesos del amor practicados con ella. Cortesana o mujer del pueblo, lo cierto es que el Divino la quiso y admiró, retratándola incluso en sus pinturas sacras. ¡Cuántas prostitutas no habrán hecho de vírgenes! Cuando el de Urbino murió se dijo que Margarita andaba enamorada de Julio Romano, otro discípulo del maestro, y que éste la tomó por modelo en alguna de sus composiciones, entre ellas *El incendio del Borgo*, donde la retrató en dramática actitud, de rodillas y con los brazos extendidos, pero de espaldas, sin mostrar su rostro, por respeto a Rafael, y más tarde en las que realizó para el famoso palacio de Mantua, en la Isla del Té, adonde la llevaba y se regocijaba con ella por aquellos jardines, alamedas y fontanas que rodeaban la isleta privilegiada.

Pero no siempre eran artistas el objeto de su relato, sino también santas o beatas como Ludovica Albertona.

—… A su manera, es tan singular como la Gentileschi.

—¡Vais a comparar! ¡Seguro que en nada tienen que ver la una con la otra!

—La singularidad; eso es lo que las hermana y homologa. Santas y pecatrices se unen en ese especial don de la diferencia.

—¿Y en qué consiste esa singularidad de la Albertona? —preguntó sor Arcángela un tanto incrédula.

—En que dio un giro a su destino cuando, a los treinta y dos años, se quedó viuda.

—¡Siempre las viudas! ¿Os habéis fijado que son ellas las únicas que pueden hacer algo importante?

Viviani reconocía que en eso, como en otras muchas cosas, a sor Arcángela no le faltaba razón: la mujer se emancipaba de la tutela paterna al casarse para caer en la del esposo; sólo si quedaba viuda podía desembarazarse de ambas y alcanzar la independencia plena; y era cierto que la historia estaba llena de viudas emprendedoras e ilustres.

—¿Os hubiera gustado ser viuda? —preguntó el ayudante no exento de burla.

—Para ello hubiera tenido que casarme.

—Ya estáis casada con Cristo.

Sor Arcángela sonrió:

—Un esposo impuesto y eterno. Pero seguid hablándome de la Albertona.

—Ingresó entonces en la Tercera Orden de San Francisco, y

se dedicó a la oración y a la ayuda de los necesitados. En los terribles días del *sacco* de Roma, cuando las tropas del emperador Carlos arrasaron la ciudad a sangre y fuego, cuidó de los menesterosos con sus propios recursos, asistiéndoles donde se encontrasen, bien en los hospitales o en los más hediondos tugurios. Cuando murió fue depositada en la iglesia de San Francisco, en el Trastevere, que se convirtió en lugar de culto. Sus contemporáneos aseguraban que su generosidad para con los necesitados se vio compensada con los divinos dones de los éxtasis, y, como os comenté en otra ocasión, el maestro Bernini quiere plasmarlos y tiene hechos algunos bocetos. Pero el Papa es remiso a proteger bajo su mecenazgo estos proyectos, que pueden escandalizar a la cristiandad y a todo el colegio cardenalicio: conociendo la maestría y sensualidad que Bernini emplea en el cuerpo femenino, tanto Santa Teresa como la Albertona pueden parecer más mujeres en la gloriosa agonía del amor carnal que santas.

La monja se santiguó y Viviani se disculpó por su osadía.

186

—Quizá tenga razón el Papa: una cosa es jugar con la mitología y muy otra hacer paganismo con la santidad —dijo sor Arcángela.

—Entonces le dais razón al Papa y se la quitáis al arte.

—Al arte no. El arte es por sí mismo heterodoxo y todos los artistas lo practican.

—¿Entonces?

—De sobra sabéis que no creo en los éxtasis.

—¿En qué creéis entonces, sor Arcángela? —Como ella no contestara, Viviani insistió—: ¿Tampoco en la intervención divina?

—Dios no puede intervenir en tantas cosas como se le atribuyen.

—En verdad que vos sois también singular.

—¿Singular yo?

—Más de lo que suponéis.

Sor Arcángela hizo un gesto de impaciencia:

—No os equivoquéis, Viviani: yo nada tengo que ver con esas mujeres de las que habláis. Ni soy célebre por mi nacimiento, ni artista ni santa.

—Santa quizá no, que sois demasiado heterodoxa, pero célebre sí, por ser hija de Galileo y artista si quisierais. ¿Por qué os negáis a practicarlo?

—Iría más allá que Bernini y el mismo Caravaggio.

Y dicho esto se despidió, que empezaba la nona.

Aún a sabiendas de que no le gustaba hablar de su padre, Viviani le habló un día de los amores de Galileo por Alexandra Bochierini, la joven a la que él, en dictado, había dirigido más de una carta.

—¿Sabéis que una mujer joven y bella —Viviani estaba seguro de que lo era—anda enamorada de vuestro viejo padre?

Sor Arcángela le miró burlona.

—¡Imposible! ¿Cómo va a enamorarse una mujer joven y además bella, según decís, de mi achacoso padre?

—¿Por qué no?

—Admiración, puede que sienta, ¡pero amor!

—¿Y no es la admiración su principio? —Como ella fuera a interrumpirle, añadió—: En el amor todo es posible. ¿O lo dudáis?

—Parecéis olvidaros del elemento carnal, sin el cual es difícil que exista amor verdadero entre hombre y mujer, y mi padre poca carnalidad puede ofrecer.

—¿Pensáis entonces que un joven no puede enamorarse de alguien con mucha más edad?

Sor Arcángela asintió.

—Según eso, ¿yo no podría amaros?

Sor Arcángela tardó en contestar.

—Tal vez lo creyerais, pero no sería más que espejismo. ¿Habéis oído hablar de los espejismos, de esa confusión de los sentidos?

—Así pues, ¿no creéis en los amores del espíritu?

—Eso se llama amistad.

—¿Y por qué no amor?

—El amor se alimenta con algo más que con palabras, Viviani.

—¿Entonces lo de Dante por Beatriz?

—También había deseo, no lo olvidéis. ¿Hubiera sido el mismo amor si Beatriz fuera una vieja sin dientes?

Viviani rió, pero sor Arcángela permaneció grave.

—¿De manera que insistís en que no puedo amaros?

Sor Arcángela no contestó y se limitó a despedirse.

Había oído Viviani hablar de los amores desiguales o desparejos, no en fortuna y posición social, que también, sino en cuanto a edades, y si en la mayor parte de los casos era el hombre mayor, casi viejo, el que se enamoraba de la joven dando lugar a situaciones equívocas y burlescos comentarios, casi nunca se hablaba del caso inverso, en el que un joven se sintiera atraído por una mujer de más edad. Pero ¿por qué pensaba Viviani tanto en ello últimamente, si él, estaba seguro, no sentía amor por sor Arcángela? Y sin embargo, ¿por qué iba tan a menudo a San Matteo? ¿Por qué le gustaba enredarse en aquellas conversaciones?... ¿Por qué le contaba historias que a veces eran falsas o claramente manipuladas con el fin de estimular su fantasía? Esa simpatía, ese afecto que sentía por ella, ¿eran simplemente el reflejo del respeto, admiración y hasta veneración que sentía por todo lo que rodeaba a Galileo o algo más? ¿Se hubiera interesado lo mismo por sor Arcángela si ésta no hubiera sido hija de quien era? ¿O tal vez era piedad por aquella vida tan truncada, una piedad que podía resultar peligrosa? Cuando el maestro le dictaba sus cartas sin esperanza, sus últimas cartas de amor para esa Alexandra, casada y treinta años más joven, Viviani pensaba por qué no podía él sentir, como el maestro, un amor desigual e imprudente; un amor hacia una mujer veinte años mayor y además monja clarisa. ¿No encerraba aquella relación amistosa mucha más intimidad, mucho más conocimiento del que sintió el mismísimo Dante por Beatriz?

También sor Arcángela lo amaba, estaba seguro. A su manera, pero lo amaba. ¿Por qué, si no, parecía desagradarle la compañía de su hermano Vincenzo cuando con él iba a visitarla? Se mostraba entonces malhumorada, casi hostil, y permanecía sentada en el banco frailuno, tan distante y hermética como si el hermano fuera el extraño y no él. Era tan notorio su desapego que Vincenzo Galileo empezó a excusarse y a espaciar sus visitas. «Se diría que estorbo. No la entiendo y nunca la entendí. Siempre se comportó como una extraña, como si no fuera mi hermana. Si no fuera por las tocas y porque está en el convento, yo diría que ni siquiera es monja. Ni hermana ni monja.»

¡Qué distinto sin embargo cuando él aparecía solo! Sor Arcángela acudía a su encuentro con aire diligente, apremiando el paso y hasta empleando un trotecillo ligero; con los ojos luminosos, el rostro sonriente, arrebolado. Tanto parecía gozar de aquellas visitas que cuando Viviani se demoraba o tardaba en hacerlas sor Arcángela le recibía con gesto adusto y hasta le increpaba.

También en la soledad de su celda sor Arcángela se preguntaba qué sentía por el joven ayudante de su padre, y si aquel afecto era el tan cantado amor carnal. Notaba entonces una opresión en el pecho por lo imposible de todo aquello que casi la ahogaba, y acto seguido se negaba a sí misma tan dulce sentimiento, diciéndose, como le dijo a Viviani, que no podía ser más que espejismo. ¡Espejismo y locura! Y con la vehemencia propia de su temperamento, arrojaba de sí todas las tentaciones y hasta ganas le entraban de aplicarse el cilicio, pues el tiempo, ese tiempo del amor que intuyó con la dulce Giuseppina, estaba terminado para ella.

189

9

*E*vangelista Torricelli llegó a Arcetri el 10 de octubre de 1641. Tenía en aquel momento en el que se disponía a desempeñar el puesto de asistente de Galileo treinta y tres años. Lucía ya una figura un tanto plena, quizá por genética o falta de ejercicio, y en su cara de redondeadas mejillas exhibía perilla y un espeso bigote. El pelo, en melena, dejaba averiguar ya algunos claros, y poseía ese castaño deslucido y no muy preciso de los que en su infancia han sido rubios. Iba bien trajeado, y pese a su origen humilde —sus padres fueron modestos trabajadores textiles— aparentaba cierta distinción que procuraba mostrar mediante atavíos y ademanes. Galileo lo acogió con entusiasmo, no ya por los evidentes méritos de Torricelli —era profesor de la Sapienza de Roma y había escrito ya su *Obra Geométrica*— sino por ir recomendado por ese amigo entrañable que era Benedetto Castelli y del que Torricelli era eficaz secretario.

A Viviani, Torricelli no le gustó pese a la afabilidad mostrada por éste, y desde un primer momento lo consideró un oportunista que intentaba buscar fama a través de Galileo. Con la llegada de aquel segundo asistente, más reconocido, a Viviani se le rompió la armonía en que vivía, pues Galileo parecía dedicar más atención al recién llegado que a él. Maestro y asistente consumían las horas hablando de astronomía, de matemáticas, de la nueva obra de Galileo, dictada anteriormente a Viviani y ahora a Torricelli, de la perfección de las lentes, tanto las empleadas para microscopios como las destinadas a observar las estrellas, y sobre todo, del nuevo invento del recién llegado con el que probaba la presión atmosférica. A veces, y

190

como Galileo apenas si podía moverse de la cama, Torricelli acercaba a ésta la mesa de sus experimentos barométricos y allí mismo, para que el maestro pudiera contemplarlos, los llevaba a cabo. El maestro apenas si podía verlos, que estaba casi ciego, pero parecía fascinado por la voz y la entonación de Torricelli, empeñado en mostrar la nueva verdad científica, esto es, que el aire pesaba.

—Sí, mi querido maestro, el aire pesa: ya lo dice la Biblia: Job 28, 25…

—¡La Biblia! ¡Qué de controversias por la Biblia!

—Ya, ya sé, y aunque vuestra merced la ha desmentido en los asuntos que todos conocemos y la ciencia no tiene por qué seguirla fielmente, sino buscar sus propios caminos e indagaciones, aquí sin embargo, en este punto concreto, ha dicho verdad.

—¡La verdad! —Y Galileo asentía en silencio, pensando quizás en la injusta sentencia.

—Querido maestro: si vierto un poco de mercurio en un tubo de vidrio y coloco mi pulgar sobre un extremo, ¿caerá el líquido? ¡No! El mercurio permanecerá quieto, y todo porque entre mi pulgar y el mercurio se ha hecho el vacío…

—¡El vacío! ¡Decís que se ha hecho el vacío! —Galileo, sin mirar, entre otras cosas porque ya no veía, meditaba.

—… y de esta manera el pesado líquido se sostiene en su sitio. ¿Y todo esto por qué? Por la presión del aire exterior. Mirad, mirad, Viviani, acercaos y comprobadlo vos mismo…

191

Viviani se sentía celoso porque se veía relegado en méritos respecto a Torricelli, y también en amistad. Tanto era el entendimiento que parecían mostrar Galileo y el nuevo asistente que Viviani tenía la sensación de ser innecesario, y paseaba a veces por el jardín y por la casa como alma en pena. Le molestaba también la aparente jovialidad de Torricelli, que consideraba falsa, sin pena ni preocupación que le afligiera, y eso que poco antes de que llegara a Arcetri su madre había muerto, y se mostraba tan insultantemente seguro de sí mismo que llegaba a ofender. «Demasiada seguridad para ser cierta», pensaba Viviani, y más cuando uno se ha elevado desde la pobreza; demasiada amabilidad, una amabilidad dulzona, casi pegajosa y un tanto servil propia de aquellos que desde la nada buscan la fortuna. Por eso a Viviani le parecía Torricelli falso, y sobre todo, oportunista. Mediante su habilidad se había convertido en el amo de il Gioiello, de Galileo y de todo lo que le rodeaba, y cuando se dirigía a Viviani lo hacía con cierto tono de superioridad, de amabilidad distante, como si le dispensara y perdonara por su presencia. Aunque éste observaba aquella conducta con desconfianza, le reconocía algunos méritos, entre ellos haberse hecho con la voluntad de los inquisidores que revoloteaban en torno a la casa de Galileo como aves de presa dispuestos a abalanzarse sobre cualquier heterodoxia que observasen, lo cual era sin duda beneficioso para el maestro. Todo se movía, pues, en torno a Torricelli y a su batuta: cuándo y cómo había que atender al maestro —hasta Ronconi parecía plegado a su seducción—, las horas de trabajo y de descanso, lo que debía comerse y lo que no, y hasta el color del dosel de la cama. Quizás esto era un tanto exagerado, pensaba Viviani, pero lo cierto es que en aquella casa no se movía una hoja, tanto de papel como vegetal, sin que Torricelli dijera algo al respecto. Y lo peor de todo es que este sentimiento de desconfianza, que encerraba a la par otro de celos, generaba en el carácter generoso de Viviani una evidente sensación de culpa; tanto que a menudo no se reconocía a sí mismo. No; Vincenzo Viviani no podía ser aquel muchacho que miraba a su compañero de il Gioiello con evidente desconfianza; no, él no podía ser aquel muchacho que consumía su angustia y desvalimiento por los campos de Arcetri sintiéndose abandonado; él no podía ser aquel joven que sentía por el mérito de otro aquella mezquindad y aquellos celos. Él, Vincenzo Viviani, siempre había admirado el mérito, de ahí su devoción a Galileo, siempre había sido generoso con el valor de los demás, siempre había estado dispuesto al sacrificio por el mejor... Entonces, ¿qué le pasaba ahora? ¿Por qué no admitía que Torricelli era un hombre de mérito, de más mérito quizá —seguro— que él? Cuando se hacía estas preguntas se sentía mejor, porque era una forma de reconocer la valía del otro, pero no podía dejar de recelar de la sinceridad de Torricelli y, al dudar de ella, se sentía engañado y pospuesto injustamente. Él siempre estaría al servicio de Galileo, vivo o muerto, dispuesto a servir su memoria mientras le quedara un aliento de vida; y en este convencimiento tan rotundo, tan sin fisuras, se escondía y alentaba la pena de Viviani, por considerarse víctima de un afecto no correspondido. Para Torricelli, su estancia en Arcetri constituía simplemente un trabajo: continuaría allí mientras Galileo viviera y le necesitara, pero cuando éste dejara de existir se iría, desentendiéndose de todo, sin querer saber nada, sin preocuparse por los papeles del maestro o de si le enterraban o no en sagrado. A esta conclusión llegaba Viviani no ya por lo que observaba, sino por la propia trayectoria de Torricelli: ¿por qué, si era tan leal a Galileo, suspendió su correspondencia con éste —una correspondencia llena de elogios— cuando intervino la Inquisición y el maestro fue procesado? Tampoco fue mucho más leal con Castelli, a quien suplantaba en sus clases de la Sapienza cuando éste iba de viaje, o cuya correspondencia violentó para buscar en ella enlaces y amistades que pudieran serle favorables. Abuso de confianza, eso es lo que Torricelli había hecho con su mentor, y ahora, más que amanuense de Galileo, más que asistente de aquel hombre ciego, trataba de sacar provecho de aquella estancia en il Gioiello, y de extraer del maestro el secreto de la maravilla de sus lentes. Por todo ello Viviani, el discípulo fiel, sufría: por el aparente abandono que notaba y por la posible ingratitud de la que sería objeto aquel anciano venerado. Aunque trataba de alejar el sufrimiento, de borrarlo de su mente para centrarse en el trabajo, había perdido esa calma interior necesaria para cualquier aventura de la mente: los celos, ese sentimiento tan próximo al amor, eran ingobernables, no se podía luchar contra ellos por el mero hecho de ponerles voluntad, y aunque Viviani intentaba dominarlos, aparecían cuando menos lo esperaba, adueñándose y posesionándose de su ánimo. Cuando esto sucedía, presa del abatimiento y de un inexplicable furor, y como si tratara de infligir un castigo a todo lo que pertenecía a Galileo, descuidaba también a sor Arcángela, y durante un tiempo dejó de visitarla.

193

Y

Andaba Viviani entre sus soledades y recopilando antiguos escritos de Galileo cuando una carpeta de descoloridas tapas atada con una deshilachada cinta roja, despertó su interés. Contenía esta un cuaderno en el que ponía con infantil letra, Livia Galileo y estaba lleno de apuntes, bocetos y dibujos hechos con enérgicos trazos, a punta de sanguina, lápiz y carbón. En algunos, debajo, ponía la fecha y el lugar: «Venecia 1608, 1610; Florencia 1611», y en otros la persona retratada: «Tía Livia; mi querida hermana Virginia; Flora la jardinera; el perro *Nelo*»…

Se quedó mucho tiempo Viviani contemplando aquellos dibujos, como si a través de ellos pudiera penetrar en la infancia de sor Arcángela y descubrir o vislumbrar parte de su personalidad oculta. El hallazgo de aquella carpeta fue para Viviani una revelación: le pareció entonces que todo encajaba, que aquellas conversaciones mantenidas con sor Arcángela y la importancia que en ellas había tenido el arte, no habían sido dichas sin más y porque sí, y que lo que llamamos casualidad, y otros azar, no era más que el encuentro con el perdido o abandonado camino, ése que se nos tiene reservado por ser nuestro y no de otros. Sor Arcángela debía pues, reencontrar el suyo y dejar de transitar por caminos ajenos: él, Vincenzo Viviani haría todo lo posible para que aquella niña de singulares dotes, no se perdiera por completo.

Y aquella misma tarde, abandonando recelos, dudas y rencores, arrepentido de aquel abandono que injustamente le había dispensado, con la misma impaciencia con que lo hizo la primera vez que fuera a visitarla, se dirigió a San Matteo, carpeta bajo el brazo.

Le recibió una sor Arcángela de rostro desmejorado y tan delgada, que parecía casi incorpórea.

—¿Qué mal os ha afligido, sor Arcángela?

—He estado enferma.

—¿Y de qué?

—De vuestra ausencia —dijo mirándole a los ojos. Y Viviani, que no esperaba tal respuesta, bajó los suyos avergonzado.

194

Pero enseguida, y como si hubiera ido demasiado lejos, rectificó—: No me hagáis mucho caso, Viviani. A veces hablo por hablar y de forma inoportuna.

Le preguntó enseguida por su padre y Viviani no tuvo más remedio que comunicarle que se estaba muriendo.

—¿Acaso es inminente el desenlace?

—Inminente no sé, pero se nos muere.

—Lo mismo que yo.

Viviani la miró con alarma, más que por lo dicho por la expresión y el tono con los que lo había formulado.

—No deberíais decir eso, sor Arcángela. No tenéis motivos.

—¿Estáis seguro? —Lo miró de forma acusadora.

Viviani rehuyó la mirada.

—Deberíais hacer por vivir. Es una obligación de todos los mortales. Y vos la descuidáis.

—Es verdad. Pero ¿por qué decís que la descuido? ¿Cómo podéis saber lo que hago y lo que no? —soltó con indudable reproche.—: Y os pediría que no os sintáis obligado a visitarme mientras no tengáis nada nuevo que decirme.

Sor Arcángela le dio la espalda e iba a abandonar el locutorio cuando Viviani la llamó y ella volvió sobre sus pasos. Al contemplarla entonces, a punto de las lágrimas, Viviani, como un nuevo Saulo camino de Damasco, fue consciente de la importancia que para sor Arcángela tenían sus visitas, y también de que cuando él marchara, cosa que previsiblemente sucedería en breve teniendo en cuenta la precaria salud de Galileo, ella quedaría en una indefensión mayor que la de antes de conocerle.

Entonces, como ese mentor que después de habernos instruido nos da consejos para que acometamos con éxito ese futuro lejos de él, Viviani le dijo:

—Deberíais ocupar vuestro tiempo en algo que mantenga atento y animoso vuestro espíritu.

—¿Todavía más? Ya rezo en demasía.

—No me refería al rezo. ¿Por qué no volvéis a pintar, sor Arcángela?

—¿Por qué lo decís? ¿Acaso llegó la hora y queréis tenerme entretenida?

—¿La hora de qué?

195

—De vuestra marcha.

—No lo digo por eso, aunque también, porque un día u otro tendré que irme, sino porque estoy persuadido de vuestro talento; tanto que, si quisierais, podríais emular a la mismísima Gentileschi.

—¡No queráis embromar y reíros de una pobre monja!

—¿De veras creéis eso? En primer lugar no sois una pobre monja sino la hija de Galileo, y en segundo, y sobre todo, tenéis verdadero talento: poseéis un valioso y hermoso don, sor Arcángela, y es vuestra obligación aprovecharlo.

—¿Y cómo estáis tan seguro de ese talento que me adjudicáis?

—Por algo que encontré. —Y le tendió la carpeta.

Sor Arcángela parecía tan asombrada que no se atrevía a cogerla. La abrió con cuidado, con temblorosas manos, y contemplaba todo aquello extasiada, acariciándolo con los ojos, no como obra pictórica digna de examen, sino como pura estampa familiar.

—Ésta es mi tía Livia durmiendo en el jardín —dijo señalando un dibujo de muy suelta y no obstante precisa ejecución en el que una mujer, todavía joven, con la cabeza apoyada en el respaldo de su asiento abría la boca en despreocupado sueño—. Y ésta es mi abuela cosiendo… Mi abuela, la madre de mi padre, casi nos crió cuando mi madre se marchó… Este otro es un retrato de sor María Celeste, bueno, Virginia entonces, poco antes de que entráramos en el convento. —Señaló a una jovencita de respingona nariz y vivos ojos—. Y éste que veis aquí es mi primo Giambattista, que murió en Alemania a consecuencia de la peste…

—¿Y esta otra, sor Arcángela? —preguntó Viviani deteniéndose en un dibujo que le había llamado particularmente la atención, tanto por la belleza de la retratada como por su ejecución y que sor Arcángela parecía ignorar.

—Mi madre.

Tras detenerse un momento sobre aquel rostro en el que resaltaba la profunda mirada y en el que alguno de sus contornos estaban indefinidos o se habían difuminado volvió a sus comentarios familiares.

—... pero nada decís —comentó Viviani.

—¿De qué?

—De los dibujos.

—¿Acaso no os los estoy explicando?

—No me refiero al qué sino al cómo.

Sor Arcángela quedó pensativa.

—No sé. No sabría juzgarlos, tal vez por ser míos.

—Pero yo sí puedo, y os aseguro que tenéis condiciones y estáis dotada para ello.

—No niego que tal vez las tuviera.

—Lo que se aprende no se olvida y más cuando quien lo aprende está predestinado para ello. Decidme, ¿volveréis a intentarlo?

Hizo sor Arcángela un gesto ambiguo que lo mismo podía ser de afirmación o de duda, y se despidió llevando abrazada la carpeta contra el pecho; pero antes y en conmovido gesto, le dio las gracias y le besó las manos.

10

*R*onconi llamó aparte a Viviani:

—Desearía hablar con vos de un asunto privado y que atañe muy directamente a nuestro querido maestro.

A una señal del médico salieron de la casa. Se acercaba la Navidad, la mañana estaba fría y la tierra estaba endurecida por la escarcha.

—No voy a hablaros de su salud que de sobra conocéis, sino de otro asunto: ¿tenéis noticia de la existencia de unos papeles comprometedores del maestro?

—Cualquier papel suyo lo es.

—Tenéis razón, pero me estoy refiriendo a unas cartas que Galileo escribió a sor María Celeste y en particular a aquéllas que le dirigió durante su proceso. En ellas, al parecer, se expresaba con total libertad y no se retractaba de sus teorías.

—¿Estáis seguro? Dudo mucho de que el maestro escribiera a su hija cosas que pudieran comprometerla.

—Os lo digo porque alguien aparte de sor María Celeste las leyó.

—¿Quién fue?

—Sor Luisa, una monja de San Matteo.

—Y esa monja, ¿qué dice?

—Dijo, que ya murió, poco pero suficiente. Según su versión, las encontró junto con un cuaderno lleno de anotaciones, también heréticas según la monja, al morir sor María Celeste y cuando limpiaba su celda. Sor Luisa dio noticia del hecho a la abadesa, quien le ordenó destruirlas; posiblemente, para evitar el escándalo. Sin embargo, cuando sor Luisa regresó a la celda para hacer cumplimiento de la orden, los papeles habían desaparecido.

—¿Entonces?

—Ahí queda todo en el misterio, pues a las pocas horas del hallazgo esta monja sufrió un ataque de apoplejía que la dejó sin sentido y sin habla y murió sin haber recuperado la conciencia.

—¿No os parece demasiada coincidencia? Lo del ataque, me refiero.

—No lo pongáis en duda: yo mismo la traté.

Callaron un momento. La mañana era hermosa, pese a la neblina o tal vez por ella, y el frío, estimulante.

—¿No os ha dicho nada de esto sor Arcángela? —Viviani negó—. Imaginé que tal vez... Os tiene confianza.

Volvió a callar Ronconi, bien porque esperara algún comentario de Viviani o porque no supiera cómo abordar el asunto.

—Pese al secreto con el que quisieron rodear el caso, sé de buena tinta que se habló mucho de esos papeles y que incluso la Gran Duquesa, gente importante de Roma y hasta el mismo Papa los buscaron... pero que yo sepa nunca aparecieron.

—¿Y si fuera un bulo?

—Me extrañaría que una monja fuera el origen del mismo.

—Una monja que, según vos, sufrió un ataque a las pocas horas de haberlos encontrado. Su mente podía estar confundida y enferma.

—Pero si existen, cosa que no podemos descartar, sería de sumo interés hacerse con ellos y sacarlos fuera de Italia, a donde la ciencia pueda ser ejercida con libertad, antes de que el maestro muera. Cuando eso suceda, lo confiscarán todo y no podremos levantar un papel sin permiso de los inquisidores.

—¿Y por qué me decís esto a mí, y no al propio hijo del maestro, o a Torricelli?

—Tengo más confianza en vuestra prudencia que en la del joven Galileo. En cuanto a Torricelli, no es su discípulo. —Hizo una pausa y ante el gesto de Viviani, insistió—: No, Viviani: Torricelli le distrae con sus experimentos, le ayuda en la confección de su *Discurso*, pero nada más. El discípulo, me atrevo a decir amado —sonrió—, sois vos. Cuando el maestro muera, vos y no otro recogerá su palabra, y sé que haréis todo lo posi-

199

ble para que ésta se extienda y perpetúe. Por eso es tan importante que estéis en el secreto y hagáis todo lo posible por haceros con esos papeles.

—Pero ¿cómo? ¡Si ni siquiera el Papa, con todo su poder, pudo conseguirlos!

—Reconozco que la empresa no es fácil. Yo mismo lo intenté en su momento a poco de morir sor María Celeste y a instancias del propio Galileo. Sin embargo, la abadesa me dijo que era muy probable que la misma sor María Celeste los hubiera destruido. Fue justamente al poco tiempo de esta conversación, cuando los rumores sobre la existencia de aquellas comprometedoras cartas se extendieron. —Hizo un inciso y luego continuó—: Más de una vez he pensado que siguen allí…

—¿Allí? ¿Dónde?

—En San Matteo.

Viviani quedó un momento suspenso: relacionaba ahora lo dicho por el médico con un hecho sucedido poco después de que empezaran sus visitas al convento y para el que hasta entonces, no encontró explicación. Tenía a veces el discípulo la sensación de que por el camino, alguien, oculto, le observaba; sin embargo, como nada veía ni sucedía cosa alguna terminó pensando que todo era fruto de su imaginación. Pero un día, volvía del convento tras el toque de vísperas, cuando dos hombres, encapuchados al parecer; que apenas si pudo verlos pues caía la noche, le salieron al paso. Le preguntaron con toscas voces si era un tal Viviani ayudante de Galileo y que de dónde venia. Afirmó Viviani que ayudante de Galileo era y que lo hacía de San Matteo. Entonces, le arrojaron al suelo no sin violencia y le registraron de arriba abajo. En vano les dijo Viviani que no llevaba nada de valor. Sólo después de registrarle y de dejarle medio desnudo, se marcharon, no sin antes quitarle un cuaderno que el discípulo llevaba frecuentemente consigo para tomar notas. El robo del cuaderno fue lo que más extrañó a Viviani y lo que más lamentó pues en él había anotado sus últimas fórmulas; no le quitaron, sin embargo unas monedas y una amatista que llevaba como amuleto.

Tras el incidente y sin decir nada a Galileo para no preocuparle, salió Viviani para Florencia con el propósito de dar cuenta del hecho a las autoridades y pedir protección al Gran Duque. Las *madamas* le recibieron muy protocolariamente, preguntándole por el maestro, pero de su acento se deducía que aquellos parabienes eran en su mayoría falsos. El Gran Duque le dio audiencia en los Uffizzi, en el colmo de la deferencia lo abrazó y nada más escuchar lo sucedido, brindó a Viviani protección, asegurándole que los caminos serían vigilados, como así fue, y que nadie más le espiaría ni molestaría en sus paseos por Arcetri.

Aclarado el incidente y el robo del cuaderno al que sin duda confundieron con los papeles buscados, seguía no obstante el enigma de quiénes eran aquellos desconocidos. Posiblemente, seguro, dos sicarios, unos pobres mandados y nada más. Pero, ¿quién estaba detrás? ¿Quién había dado la orden?¿Desde qué estancias estaba dirigida?

—… y si como pienso, continúan allí, tal vez sor Arcángela… —continuaba Ronconi a un momentáneamente distraído Viviani.

201

—No lo creo probable. No parece querer saber nada de su padre.

—Pero adoraba a su hermana…

—Aún así, ¿¿qué puedo hacer?

—Habladle con franqueza, preguntádselo, y si de verdad sabe algo de esos papeles o los tiene, será a vos y no a otro a quien se lo confíe.

Con ese cometido se encaminó Viviani aquella misma tarde a San Matteo. Sin embargo no pudo ver a sor Arcángela: fue la abadesa quien se encargó de recibirle, pero no la entrañable sor Margaretta sino sor Clara, nueva abadesa del convento.

Madonna Margaretta había muerto días atrás mientras dormía y la muerte la sorprendió con el gesto afable y la sonrisa puesta, como en ella era habitual. El padre Ambroggio le dio los óleos un tanto precipitadamente, quizá porque creyó que sor Margaretta, por su bondad o especial desinterés por el pecado, no los necesitara. Acabado el trámite, se dirigió decidido a sor Clara:

—Es obligado que vos seáis priora.

Y priora, sin apenas oposición, fue nombrada sor Clara.

11

La madre Clara de la Anunciación, la nueva abadesa del convento, no era noble como sor Margaretta ni como aquella otra, Caterina, que ejercía el cargo cuando murió sor María Celeste. Procedía de una familia de simples comerciantes de la Apulia, y era enérgica, resolutiva y buena administradora. Aunque recién elegida en el cargo, llevaba más de tres años ejerciéndolo *de facto* con la anterior abadesa, sor Margaretta, quien prácticamente dejó el convento en sus manos. Todavía joven —no había cumplido los treinta y cinco años—, la nueva abadesa era astuta y severa. De ella se decía que su profesión en la orden no había sido motivada por vocación o inclinación religiosa, sino por huir de los deberes matrimoniales a los que por naturaleza no se sentía inclinada, y sobre todo por eludir los peligros del parto, del que habían sido víctimas su propia madre y otras mujeres de su familia. El convento era para *madonna* Clara, como para tantas otras, un refugio; también una forma de conjugar independencia y ansias de mando, y estaba dispuesta a hacer de él un lugar lo más respetable y confortable posible. Así, y haciendo caso omiso de los preceptos de pobreza y austeridad de la orden de Santa Clara, de la que había tomado el nombre cuando profesó, se puso a la labor de mejorar las condiciones de vida de las hermanas de San Matteo y la suya propia. De ahí sus intentos para procurar mejorar y ampliar las relaciones con todos los benefactores de la institución y los ricos familiares de las hermanas. Desde que ella estaba al frente la comida era más abundante y sustanciosa, las camas algo más cómodas, las celdas menos frías y las hermanas no andaban prácticamente descalzas, pues se les permitió un calzado más abrigado. Pero en estos cambios más la había movido la economía que el bienestar de las hermanas; a partir de aquellas mejoras había menos enfermedad y más energía, lo que redundaba en las arcas del convento. Pero si San Matteo había mejorado en cuanto a habitabilidad y alimentación hasta el punto de cuestionarse la pobreza, principio básico de la orden, no sucedía lo mismo en lo relativo a la obediencia. *Madonna* Clara, aunque más laxa que sus predecesoras en cuanto a lo primero, no lo era en otros aspectos de la comunidad, y ejercía su magisterio con mano de hierro, dentro de un orden sin concesiones y estrictamente jerárquico en el que no se permitía ninguna veleidad. Los enfrentamientos, las pequeñas enemistades y envidias entre las hermanas, y no digamos los conatos de desobediencia e indisciplina, eran atajados con rotunda severidad, y no admitía en modo alguno ciertas formas de individualismo que san Francisco y la propia santa Clara habían asumido y tolerado. Tampoco consentía las crisis histéricas, tanto si eran provocadas por exceso de misticismo como de fe, que consideraba nocivos. En San Matteo, bajo su dirección, se vivía mejor: el convento se asemejaba más a una empresa, a una regular hospedería —la abadesa había vuelto a habilitar un ala del convento para dicho fin—, sus campos y huertos no sólo alimentaban a las hermanas sino que incrementaban las arcas con la venta de sus productos, pero había perdido lo entrañable del trato, lo que lograba que abadesa y hermanas se consideraran próximas y parte de una misma familia, esa especie de protectora santidad que había existido en magisterios anteriores, y en especial en el primer período de la entrañable sor Margaretta.

El padre Ambroggio, capellán de San Matteo, era muy afecto a la madre Clara. Desde que fracasara su intento de recibir un puesto en Roma se había aferrado a aquella mujer, que él consideraba benefactora, como el náufrago que encuentra por fin dónde poder asirse. Era ya demasiado mayor y había perdido las esperanzas para salir de Arcetri y prosperar. Su salud se resentía y el asunto de los papeles de Galileo y la vergüenza que tuvo que soportar al no conseguir obtenerlos le precipitó en un estado de abatimiento. Ya no esperaba nada: Arcetri sería su tumba y la capellanía de aquel convento el pobre sustento con el que se despediría de este mundo. Tenía que olvidarse de sus aspiraciones a sacerdote vestido y alimentado con largueza, a tener sirvientes y un lugar caliente para sus viejos huesos. Había fracasado como hombre de Iglesia y de mundo, pues no era reconocido ni admirado en ninguno de los dos campos. Miraba con manifiesta envidia a aquellos que se paseaban enfáticos, seguros de su posición, por las calles de Florencia o Roma, las únicas ciudades que conocía a fondo, y se moría por el gesto condescendiente de los poderosos.

Los papeles de Galileo habían sido su gran asunto, el pasaporte que le hubiera facilitado su acceso a una vida mejor. Cuando soñó con tenerlos se creyó importante, indispensable incluso, y se vio entrando en los palacios y en el mismo Vaticano aceptado y agasajado. Cuando le habló de ellos a Guardi, el jesuita próximo a la Gran Duquesa Cristina, por aquellos jardines del Bóboli, le pareció estar pisando la antesala del cielo, y en sus delirios de grandeza se vio formando parte de la intimidad de los Médicis. Sin embargo aquellos malditos papeles, al no aparecer, le habían sumido en la derrota y convencido de haber quemado sus naves; no obstante, persuadido de su existencia, no se dio por vencido ni dejó de buscarlos. Habló con todos los que de una manera u otra tenían que ver con San Matteo y se habían relacionado con sor María Celeste, buscó en los lugares más recónditos, en sótanos y desvanes, cavó allí donde pensó que podían estar enterrados e incluso en algunas tumbas. En el colmo de su obsesión, quiso exhumar el cadáver de sor María Celeste: tenía el convencimiento de que aquellas cartas podían estar enterradas con ella, pues días después de que sor Luisa las encontrara y las leyera, el sepulcro apareció distinto de como lo dejaron, como si la tierra hubiera sido removida; bien es verdad que podían haber sido las lluvias, que las hubo, o cualquier animal, pero al padre Ambroggio no había quien se lo sacara de la cabeza: si las cartas no aparecían y seguían estando en el convento, o estaban en manos de sor Arcángela —cosa más que dudosa dadas sus particularidades y su despego hacia Galileo— o en la tumba de sor María Celeste, cosa mucho más probable, entre otras razones, por haber sido la difunta la destinataria de las mismas. Insistió el capellán en el asunto, pero tanto sor Caterina primero, como sor Margaretta después se lo impidieron: mientras ellas fueran abadesas se dejaría tranquilos a los muer-

205

tos. Por otra parte Galileo, avisado por Ronconi, negó su consentimiento a que se desenterrara el cadáver de su querida hija. Alegó el capellán que su propósito no era otro que elevar a sor María Celeste a los altares, y que para ello no había mejor prueba que comprobar la posible incorruptibilidad del cuerpo; aun así, y pese a las aparentes buenas intenciones, Galileo siguió negándose de manera tajante y rotunda; tanto que amenazó con elevar sus protestas al Gran Duque y el padre Ambroggio, tuvo que desistir de sus propósitos.

Fracasado el intento de exhumación, le tocó el turno a sor Arcángela. El capellán ya había intentado por medio de la confesión arrancarle el secreto de los papeles, pero la monja siempre decía no saber de ellos. El padre Ambroggio, que recelaba de ella y que sospechaba de su implicación en el asunto, la amenazó, al igual que a sor Luisa, con no darle la absolución, pero sor Arcángela, al revés que aquélla, se quedó tranquila y silenciosa ante sus amenazas. En ese tira y afloja estuvieron un tiempo capellán y monja: ella sin soltar palabra y él negándose a absolverla. Finalmente, el capellán transigió a instancias de la propia madre abadesa, sor Caterina entonces:

—Si aguanta con esa especie de excomunión a la que la sometéis es que no sabe nada.

—Sí, lo sabe, pero no lo suelta. Prefiere irse al infierno.

—Entonces desistid, no vaya a suceder que en el empeño seáis vos quien vaya.

Fracasada la opción de la penitencia, el capellán intentó convencer a sor Arcángela por el método de la disuasión; le habló con las mejores palabras que pudo, le permitió exenciones en sus trabajos y en sus deberes religiosos alegando debilidad y mal de ánimo, e incluso, sabiendo que le gustaban los bonitos objetos, le hizo algún regalo de poco valor. Pero ni la dureza ni el halago pudieron con sor Arcángela: ella seguía mostrándose igual, silenciosa y distante, y la abadesa desanimó al capellán al considerarla un caso perdido.

—Convénzase padre: es testaruda. Lo sepa o no, no la sacará de ahí.

Y

El capellán se reconoció vencido y como consecuencia de los continuos fracasos que le impedían el acceso a los papeles de Galileo, tomó profunda inquina a todo lo que le recordara al maestro, inquina dirigida especialmente contra sor Arcángela por ser el único miembro de la familia contra el que podía ejercitar su animadversión. No descartó motivo para infligirle castigo, como cuando la enfermedad de Giuseppina, y como no cejaba en su empeño ni dejaba de espiarla, en seguida se dio cuenta de las frecuentes visitas de Viviani al convento.

—Deberíais vigilar más a ese joven —le decía a la ya abadesa sor Margaretta—. Viene demasiado a San Matteo.

—Se trata de Viviani, el ayudante de Galileo.

—Ya, ya sé de quién se trata, pero no creo que deba recordaros, reverenda madre, que éste es un convento de clausura y no un lugar de recepción.

—Viene para informar a sor Arcángela de la salud de su padre.

—¡Mucho le importa a la hermana la salud de su padre! Sor Arcángela no parece sentir amor por nadie.

—¡Con que se lo tenga a Dios!

—Además, para hablar de salud no son necesarias tantas confidencias.

Madonna Margaretta miró hacia lado con gesto de hartura, pero el padre Ambroggio continuó:

—Hacedme caso: acabad con las visitas si no queréis escándalo. Ese joven…

—Bien decís, ese joven… Tan joven que sor Arcángela podría ser su madre. ¿Qué puede haber de malo?

—Los caminos del demonio son variados y sorprendentes.

—¡Dejaos de tonterías! Además, si nos negamos recibir a Viviani podríamos disgustar a Galileo, y bien sabéis vos lo generoso que es con el convento.

—Era. Desde que cayó en desgracia la situación es muy otra. ¿Qué recibimos nosotros de Galileo? Nada. A lo más, disgustos. ¿Por qué el convento se llenó de inquisidores y ladrones?

—No recuerdo semejante cosa.

—Su caridad no recuerda lo que no le conviene, pero yo sí. Y todo fue por culpa de Galileo. Disgustos, *madonna*, disgus-

207

tos. Favores, ninguno. Todo lo que tenemos se lo debemos a nuestros recursos y a la buena administración de la madre Clara.

Pero sor Margaretta tan pronto le mandaba callar de palabra o con un gesto, o le escuchaba como quien oye llover, y el padre Ambroggio, furioso de que sus recomendaciones y advertencias cayeran en saco roto, iba con el asunto a sor Clara, mucho más receptiva.

—Digo, hermana, que a mi juicio y para hablar de la salud de un padre no son necesarias tantas confidencias.

—Eso es verdad. Pero si sor Margaretta está de acuerdo…

—Sor Margaretta chochea.

—Pero es la abadesa, y mi deber es el de la obediencia. La regla…

—No presumáis, hermana, de cumplirla. Vos también os la saltáis limpiamente. ¿Qué se ha hecho de la pobreza franciscana? Esto más parece hospedería que convento.

—Algunas normas atentaban contra la salud: no teníamos más que enfermas y moribundas. Este convento, cuando entré, olía a enfermedad: era un pudridero.

—Nadie más admirador que yo de vuestra organización, pero creedme: evitad el escándalo. Sé por qué os lo digo —acercándose más a la monja—: ya se habla.

—¿Que ya se habla? —La hermana Clara no pudo evitar el sobresalto—. ¿De qué, de quién?

—De sor Arcángela y de ese joven.

—¿Estáis seguro?

Y el padre Ambroggio afirmó suavemente con su tosca cabeza: la sospecha quedó sembrada.

Empezaron así las idas y venidas de sor Clara a la abadesa, los reproches y recomendaciones, pues bajo ningún concepto quería que hubiera escándalo: éste traería sin duda investigaciones y pesquisas, y sus manejos podían saltar a la luz. Por eso, una vez investida en el cargo, abadesa ya no *de facto* como cuando vivía sor Margaretta sino con toda la potestad, se enfrentó con Viviani, dispuesta a cortar de raíz aquellas visitas.

Sor Clara se acercó a Viviani con paso rápido y no se anduvo con preámbulos: presumía de ser directa y de eliminar todos los circunloquios que estorbasen.

—Ya sé que no es a mí a quién esperáis, pero me ha parecido oportuno comunicaros que sor Arcángela no podrá acudir a la visita.

Y como Viviani, desconcertado ante el tono de la abadesa, hiciera un saludo con ánimo de retirarse, ella lo llamó.

—No os retiréis aún, maestro Viviani. Con sor Arcángela no podéis hablar pero sí conmigo, y yo deseo deciros unas palabras.

Viviani se acercó.

—Tengo observado que últimamente venís con demasiada frecuencia a San Matteo.

—Creo conveniente comunicar a sor Arcángela las novedades sobre la salud de su padre y transmitirle sus saludos ya que a él le es imposible venir.

—Es muy loable, lo sé, y lamento profundamente que el maestro no esté bien y que su salud esté cada día más dañada, pero eso puede hacerlo Ronconi, mucho más indicado que vos para hablar de enfermedades, y hasta el mismo hijo de Galileo, que sé que se encuentra en il Gioiello debido a la gravedad de su padre… También podéis hacerle llegar un billete o una breve visita; todo menos conversar tanto… Os supongo de sobra enterado de que el silencio es una de nuestras reglas, y si alegáis, como nuestra desaparecida priora el hecho beneficioso de la conversación y hasta de la risa, os diré que las monjas no estamos aquí para holgar y divertirnos, sino para orar y trabajar.

—¡Pero sor Arcángela tiene tal tendencia al mal de ánimo y sufrió tanto con la muerte de su hermana!

—¿Y qué? ¿No hemos venido a este mundo a sufrir? Si ésa es la cruz de sor Arcángela, que cargue con ella como cada cual con la suya. —Calló un instante, el suficiente para dar por terminada la explicación anterior—. Pero no desviemos el asunto: durante algún tiempo este convento ha tenido una dirección muy tolerante, en exceso complaciente para visitas y familiaridades con el exterior, más propias de palacios que

209

de claustros, posiblemente por haber tenido el convento unas abadesas, santas sí (¿quién duda de la bondad de nuestra muy amada *madonna* Margaretta o de aquella Caterina, tan celebrada?), pero mundanas en exceso. Nuestra vida claustral ha sido demasiado relajada en cuanto a idas y venidas, mercadeos y recados, hasta el punto de estar las hermanas relacionadas con sus familias y con el mundo más de lo conveniente. —Hizo una pausa y continuó endureciendo más aún su gesto y su tono—: Vos, Viviani, habéis abusado de nuestra confianza y liberalidad, hasta el punto que esa asiduidad que habéis empleado visitando a sor Arcángela ha producido comentarios; murmuraciones más bien, para ser sincera. —Viviani iba a protestar pero ella le cortó la protesta—: Ya, ya sé que no os mueve nada pecaminoso y que sor Arcángela, por edad, casi podía ser vuestra madre. Pero ¿por qué arriesgarnos tontamente a las malas lenguas y a que este convento sea cuestionado cuando nunca lo fue? Mejor será la cautela y no remover asuntos delicados y más tratándose de la hija de Galileo.

210

—¿Qué quiere decir su caridad?

—Sé que el maestro Galileo ha sido siempre un benefactor de este convento. No soy una desagradecida y sí consciente que debemos agradecerle multitud de deferencias… También, reconozcámoslo, la comunidad ha tenido para con él una consideración especial y nunca se le han puesto trabas para que se relacionase con sus hijas… Pero las cosas han cambiado…

—¿Por qué y en qué, *madonna*?

—Muy sencillo, Viviani: San Matteo, por haber acogido a las hijas de Galileo, se ha convertido en un punto de observación, y más tras la condena del maestro. Por supuesto que no voy a entrar en los pormenores de dicha condena: ya ha sido juzgado y si ésta ha sido justa o no, excesiva o benigna, sólo Dios lo sabe, pero es mi deseo mantener el convento fuera de toda duda y todavía más de habladurías que en nada podrían beneficiarle; por eso os aconsejaría y rogaría que por el bien del maestro y el buen nombre de su hija, os abstuvierais de venir, al menos solo. —Hizo otra pausa, dulcificó un tanto la voz e incluso esbozó una sonrisa—: Creo, dada la inteligencia que os atribuyen, que no necesito deciros nada más y que, guiado por vuestro buen criterio, actuaréis en consecuencia.

De esta manera sor Clara de la Anunciación, nueva abadesa de San Matteo, puso fin a aquellos encuentros entre Vincenzo Viviani y la hija de Galileo que la benevolente dirección de sor Margaretta había permitido.

Quedó tan desconcertado Viviani ante lo dicho por la abadesa que, por un momento, al volver a il Gioiello, se equivocó de camino.

12

Galileo murió la noche del 8 de enero de 1642 acompañado de su hijo Vincenzo, Torricelli, Ronconi y Viviani. Sor Arcángela recibió la noticia al día siguiente por boca de Ronconi, cuando todo el convento se había enterado, pues la noticia corrió como la pólvora. Mientras el médico le relataba los últimos momentos de su padre, sor Arcángela parecía ausente, sumida en una especie de sopor. No se movió apenas ni hizo comentario alguno, pero tenía los ojos enrojecidos de haber llorado mucho.

La noticia de la muerte de Galileo sorprendió al Gran Duque Ferdinando despachando en los Uffizi, a su santidad Urbano VIII curándose de una dolencia intestinal y a Olimpia Phampili en la cama con su cuñado, el futuro Inocencio X. El único de los citados que sintió la muerte del maestro fue el Gran Duque, quien de acuerdo con Viviani decidió honrarle con funerales y con un monumento en Santa Croce. Olimpia recordó por un momento el asunto de los papeles, y el Pontífice sintió alivio. Sin embargo, cuando llegaron a oídos del Papa los propósitos del Gran Duque respecto a la tumba de Galileo, su cólera no se hizo esperar. Su ya precaria salud —Urbano moriría dos años después de Galileo— y la noticia irritaron al Barberini más de lo previsto.

—¡Ese bobo del duque se atreve a retarme, a torcer mi voluntad! No imperan ya el sentido común en Florencia, ni el pundonor. ¿Quién es él para organizar solemnes funerales y levantar a ese hereje un monumento en Santa Croce? ¿Es más, acaso, un Médicis segundón que un Papa, un condenado Galileo que el Santo Oficio?

Su sobrino, Francesco Barberini, le dejó hablar: cuando su tío estaba furioso era mejor no interrumpirle, no estorbar esa bilis que salía por su boca; que la echara, que largara fuera todo el veneno. Luego, cuando se fue calmando, le instó a que reconsiderara y dulcificara su postura: la muerte dignifica, oculta de un golpe errores y agravios, y Galileo muerto podía convertirse, debido a esa conmiseración que provoca el irse de este mundo, en un símbolo contra Roma.

—Pese a todo lo sucedido, querido tío, Galileo fue un gran hombre y una personalidad aclamada en toda Europa...

—¿Tú también? —El pontífice se le quedó mirando.

Se hizo un silencio, pero el sobrino no se amilanó aunque su tío implicaba que era un traidor.

—Entendedme: no podéis ir a contrapelo de la estimación que se le tiene. —Francesco era sin duda un hombre pragmático—. Si le negáis los honores que sin duda merece, a la larga seréis juzgado por vuestra intolerancia. Los tiempos cambian, querido tío, y lo que hoy se condena puede ser aclamado al día siguiente. Deberíais saberlo.

Pero el Papa no se dejaba amilanar: eran muchos años tras Galileo, demasiada inquina para que la simple muerte zanjara y diera por terminado aquel asunto.

—Ha muerto bajo condena.

—Pero se retractó de sus errores.

—¿Seguro? Acordaos que se habló de unos papeles, mejor dicho, de unas cartas dirigidas a su hija en las que, según se decía, se reafirmaba en todas sus teorías.

—¡Las cartas, nuevamente las cartas! Pero éstas no aparecieron y hasta pueden no haber existido.

—Que no aparezcan o que no hayáis sido lo bastante hábiles para encontrarlas no significa que no existan. Además, a decir verdad, no necesito ningún papel o carta alguna para saber que la ortodoxia no ha sido el fuerte de Galileo. Ahí están todas sus obras como suficiente muestra.

—Obras que un día admirasteis.

—Pero él se encargó de torcer mi voluntad y mi estima. —Hizo una pausa y añadió—: En cuanto a su entierro en Santa Croce y a ese monumento que le quieren levantar me opongo rotundamente, y el Gran Duque, que de sobra conoce mi criterio al respecto, no demuestra estar en sus cabales: mientras el nombre de Galileo esté *sub iudice* y sus libros en la lista de los prohibidos, no habrá con mi beneplácito tumba en ese santo lugar ni en ninguna otra iglesia florentina o romana. —Hizo otra pausa para tomar aire, parecía respirar con dificultad—. ¡Ah!, y hacedles saber a los que se ocupan del caso que deben mirar y analizar con detenimiento todos y cada uno de los papeles de la casa de Galileo y todos los que pudieran encontrar impresos o inéditos; que rastreen por todos los rincones y, si es preciso, hasta en las mismas alcantarillas de Florencia... —Como el esfuerzo empleado por aquel tono ascendente le impidiera seguir, volvió a pararse un instante para añadir en un tono más bajo—: Es mi voluntad.

Olimpia Phampili comentaba en la cama, su cuerpo desnudo junto al decrépito de su cuñado, la polémica levantada por el asunto de la tumba.

—Florencia y el Gran Duque son partidarios de enterrarle en Santa Croce, pero el Papa se niega.

—El Gran Duque tiene autonomía para hacer lo que le plazca. Puede enterrarle ahí o en donde le parezca.

—Sin embargo, no creo que desafíe al Papa.

—¿Y qué van a hacer entonces?

—Al parecer, le han cedido una tumba provisional en Santa Croce; dentro del recinto, pero no en la iglesia. Una solución salomónica bastante humillante, la verdad. Pero mucho me temo que esa provisionalidad no exista: Urbano no cederá. —Volviéndose hacia él en gesto íntimo—: Vos, querido amigo, ¿qué haríais en su lugar?

—No estoy en su lugar.

—Pero lo estaréis en breve, cuando Urbano muera, que será pronto. Dicen que cada día presenta más achaques.

—Lo dicen y se ve. Pero lo malo es que yo también estoy viejo. Cuando me toque, si es que de verdad soy elegido, también será tarde.

—Vos me tenéis a mí y el amor produce larga vida.

El futuro Inocencio X sonrió:

—¿Amor, decís? ¡No intentéis engañarme, querida mía! Vos preferís la carne joven, que lo sé muy bien, y si me soportáis es porque los viejos tenemos más futuro para las mujeres ambiciosas: duramos poco, pero dejamos buenos réditos.

Olimpia también rió.

—Con amor o sin él, seréis Papa, y cuando lo seáis, continuaremos regocijándonos en nuestra carne… Pero hablábamos de Galileo: creo que Urbano se equivoca, y que contrariamente a su postura nosotros deberíamos mostrarnos mucho más flexibles. ¿Qué lugar mejor que la Biblioteca Vaticana para guardar todas las obras de Galileo? Y fijaos que digo todas.

Giambattista Pamphili pareció reflexionar:

—Por cierto, querida Olimpia, me hablasteis en más de una ocasión de una correspondencia privada de Galileo. Sé que la buscasteis con el interés que vos ponéis en todo, pero no me dijisteis si la encontrasteis o no.

—La busqué, ¡no sabéis hasta que punto!, pero sin éxito. Al menos hasta ahora.

Él la miró receloso: no parecía creerla en absoluto.

—Es raro: vos obtenéis todo lo que os proponéis. ¿De verdad no la hallasteis, o es que pretendéis vendérmela a precio de oro en su momento?

—Os digo Giambattista que no la encontré, pese al empeño que puse. ¿Por qué había de engañaros?

—Siempre encontráis poderosas razones para hacerlo —respondió él mientras le acariciaba el suelto cabello, libre de las habituales tocas—. Y decidme, ¿os dais definitivamente por vencida o estáis preparando un segundo asalto? Lo digo porque quizá sea el momento de reemprender la búsqueda: con el maestro muerto, todo adquirirá mayor valor. Tenedlo presente, vos que sois mujer de negocios.

—Lo haré. Prometo que los buscaré y, si existen, os los ofreceré como regalo cuando seáis Papa.

—¿Cómo regalo o como intercambio?

—Querido… Vos bien sabéis que yo no regalo nada.

El futuro Inocencio X sonrió satisfecho: así era Olimpia, directa e impúdica, pero prefería aquella dura sinceridad a las pa-

215

labras babeantes y engañosas de otras damas de mejor alcurnia e igual vicio. Olimpia no le amaba, posiblemente no amara más que al dinero, pero era lo que tenía, mucho más de lo concedido a la mayoría de los mortales. Sonrió para su capote, y besando uno de los oferentes y rosados pezones se consideró dichoso por tener a aquella mujer, tan ramera y osada entre las piernas, ésa que dejaría su cadáver de Papa olvidado a merced de las ratas, huyendo, impunemente, con todas las riquezas.

La Gran Duquesa Maddalena se levantó de su reclinatorio de caoba con incrustaciones de nácar y fue a sentarse junto al padre Guardi. Éste ya no era el mismo: en aquellos casi diez años transcurridos desde la muerte de sor María Celeste y de sus conversaciones con el capellán de San Matteo acerca de las cartas de Galileo había envejecido notablemente, pero aunque estaba casi vencido por los achaques y sobre todo por la falta de estimación que le habían demostrado las mujeres de la familia Médicis, la Gran Duquesa Cristina y *madama* Maddalena tras fallar el asunto, todavía le quedaba alguna capacidad de intriga y maniobra. Y allí estaba, junto a *madama* Maddalena, susurrándole chismes al oído, distrayéndola de sus devociones.

—Insisto en que el Papa no dará nunca su permiso para que Galileo sea enterrado donde Viviani dice, y menos para que se le haga un monumento.

—Pero el Gran Duque está empeñado. Sabéis la inclinación y devoción que sentía por el maestro.

—No se atreverá a indisponerse con el Papa, y si hace lo que Viviani pretende, el Papa, con toda seguridad, se sentirá desairado.

—¿Y qué puedo yo hacer?

—Convencerle para que haga caso omiso de las pretensiones de Viviani. Al fin y al cabo, ¿quién es ese Viviani? Un simple discípulo de Galileo, y en cuanto al maestro, ya está muerto. Hacedme caso: que el Gran Duque no levante las iras del Papa, que lo deje pasar, que espere a mejores circunstancias y cuando el momento sea propicio, que levante todos los monumentos que quiera. Siempre estará a tiempo para eso.

—¡Si hubiera algún motivo con el que pudiera convencerle! Pero a este pobre hijo mío se le llena la boca diciendo que era un gran hombre, uno de los más importantes y preclaros de los últimos siglos, y que es una mezquindad negarse a darle honrosa sepultura; ante estos argumentos bien poco pueden mis razones.

—¿Os parece poco la condena inquisitorial?

—El Gran Duque no cree en ella; es más, le parece injusta.

—¿Injusta?

—Injusta porque mi hijo, al igual que el propio Galileo, considera que la ciencia no debe oponerse a la fe y que ésta no debe interferir en la ciencia, que son dos caminos convergentes pero distintos... Acordaos de la famosa carta de Galileo a mi suegra: se hartaba de decir eso posiblemente con otras palabras...

—Pero el tribunal juzgó en su contra.

—El maestro se retractó.

—Por miedo, sólo por miedo. Y la prueba está...

—¿En dónde? No hay ninguna prueba, y no volváis a hablarme de esas famosas cartas que nunca aparecieron.

—Que nunca aparecieron es verdad. Pero existen.

—Y si no aparecieron, si nadie las ha visto, ¿qué importancia tiene que se escribieran o no? ¡Pruebas, querido Guardi, necesito pruebas! ¡Sólo con ellas podremos convencer a su excelencia!

—¿Qué pasaría si os las encontrara?

—¡No, otra vez no! ¡No volváis con eso! ¡Habéis tenido tiempo de sobra, ¡años!, para encontrarlas. Me siento mal de sólo oírlo. ¿O acaso ignoráis que hemos recibido presiones del Papa por ese asunto? También andaba tras ellas esa zorra de la Phampili.

—Esa zorra será papisa cuando muera nuestro santo padre Urbano.

—Menos santo. Por cierto, que de un tiempo a esta parte nos ha dejado en paz y no ha vuelto a pasearnos el bocado del ducado de Urbino... Pienso si ya las tendrá en su poder, me refiero a las cartas, puesto que ya no insiste, y es más, pienso también si no habréis sido vos quien se las haya entregado.

—¿Qué mejor postor que el Gran Duque de Toscana?

—El Papa. Es sin duda el mejor postor. Y sé de buena tinta que tenéis sobrados intereses en Roma.

—Me disgusta que pongáis en duda mi fidelidad.

—Circula poco esa virtud, pero si sois tan fiel como decís, volved a buscarlas. Si las encontráis y me las traéis podréis pedir cualquier cosa de los Médicis: ni el Papa sería tan generoso.

Y *madonna* Maddalena, Gran Duquesa al fin tras el eclipse de su suegra, hizo la afirmación con la firmeza y seguridad de quien todo, o casi todo, lo puede.

La muerte de Galileo y el nombramiento de sor Clara como madre abadesa volvieron a resucitar el interés del padre Ambroggio por las cartas: los principales obstáculos para exhumar el cadáver de sor María Celeste, Galileo y *madonna* Margaretta, no existían ya. Sin embargo sor Clara se resistía, y aunque le oía decir que aquellos papeles podían valer una fortuna, con lo cual se remediarían los males del convento, sentía evidentes escrúpulos por oponerse a los deseos de sor Margaretta, quien, sobre el particular, siempre se había mostrado tajante. Contravenir los deseos de una muerta, que había sido su protectora y una especie de segunda madre, le repugnaba sin duda, pero era tal el empeño del capellán y ponía tal énfasis en el beneficio que obtendrían, que sor Clara se sintió fatalmente tentada: si eran ciertas las sospechas del padre Ambroggio de que aquellos papeles podían estar allí y se hacían con ellos, podría acometer las reformas que consideraba indispensables para la conservación y el bienestar del convento. Había que reponer alguna de las vidrieras de la iglesia, así como una de las bóvedas que se había resentido por los vientos y las recientes lluvias, las humedades de la sala capitular eran cada vez mayores, de manera que estaban los techos llenos de moho, y para qué hablar de las celdas y hasta de los establos, que ni siquiera las bestias se veían libres de desplomes. ¡Incluso las bestias necesitaban de las cartas de Galileo! Todo, pues, se haría, aunque fuera desenterrando a medio convento, pero eso sí, con el mayor de los sigilos y de los secretos, que no había que airear el asunto. Y así, una noche de febrero, mientras Florencia y la aldea de Arcetri andaban de carnavales, un patético grupo compuesto por la abadesa, el padre Ambroggio y el jardinero, que para mayor prudencia era mudo, se reunieron en el cementerio de la comunidad.

Era la noche fría, pero clara, de luna llena, de tal forma que podían ver aun sin antorchas, y esa claridad lunar parecía iluminar, especialmente, la tumba de sor María Celeste. A una orden de la abadesa, el jardinero se puso a la labor. Costaba mucho remover la tierra, endurecida por el tiempo y las recientes heladas, de manera que el hombre sudaba pese al frío, y más que él el padre Ambroggio, aunque no moviera músculo. «Están ahí, lo sé —se decía—. Están ahí. ¡Si tuviera tan cierta la inmortalidad!» Cuando la pala dio por fin con la tapa del féretro el capellán sintió como si una especie de calambre le recorriera el cuerpo, y después, cuando jardinero y él, hombro con hombro, empezaron a izarlo. Sin embargo, y eso le extrañó, parecía tan liviano, que apenas si les costaba esfuerzo. Fue entonces, al verlo exento, fuera ya de la fosa, cuando el desencanto se produjo: ¿cómo era tan pequeño? ¡Que el cuerpo encogiera y se aniquilara hasta el punto de quedar de él unos cuantos huesos, era cosa sabida, ¡pero nadie adulto podía haber sido enterrado en aquella caja, que más bien parecía destinada a un niño!

Tan anonadado estaba el padre Ambroggio que creía estar viendo visiones: por fuerza, sus sentidos tenían que estarle engañando; pero aquel mismo asombro estaba presente en los ojos de sor Clara y en los del jardinero, que no por mudo era ignorante y de sobra sabía que en aquel cementerio no podía haber enterradas más que las hermanas de la comunidad y ningún infante.

Tras muchos miramientos abrieron la caja, más por confirmar aquellas dudas que ya eran desoladora certeza: los restos que allí había no podían ser los de sor Maria Celeste ni de monja alguna, fuera profesa o novicia, sino los de un niño recién nacido. Envolviendo su frágil y diminuto esqueleto, un humilde y carcomido faldón, lo que le confería el aspecto de un macabro muñeco.

—¡Ángel del cielo! —exclamó sor Clara santiguándose,

219

mientras el padre Ambroggio bufaba y mascullaba palabras ininteligibles.

—¿Quién habrá sido… quién habrá osado? —Se le oyó decir en el colmo de la furia.

—Alguna pobre madre descarriada. —Sor Clara hizo sobre el diminuto esqueleto la señal de la cruz por si había muerto sin bautismo.

Sucedía a veces. Pobres y desamparadas madres, a quienes el embarazo había desprovisto de su honor, se veían obligadas a enterrar clandestinamente a aquellos hijos del pecado que habían muerto sin recibir las aguas bautismales, bien por no desvelar el secreto de su nacimiento o por no haber accedido a ello ningún sacerdote dada su condición. Intentaban entonces enterrarlos en sagrado, profanando, si era preciso, otros enterramientos, que los hijos de su carne no eran animales como para echarles tierra en cualquier sitio, a la espera que la misericordia del Altísimo, librara a aquellos inocentes de ese limbo al que parecían fatalmente destinados.

Discutían abadesa y capellán: ella empeñada en devolver los restos del pobre niño donde estaban y el padre Ambroggio, negándose, alegando que no estuviera bautizado.

—¡No podemos, reverenda madre enterrarle en sagrado sin averiguar antes!

—¡Déjese de averiguaciones! ¡Todos se preguntarán entonces que qué hacíamos aquí. —Y para suavizar el argumento, añadió—: Tampoco sería cristiano dejarle a merced de las alimañas.

Consintió el capellán en volver a sepultar al inocente, no sin antes exigir que se continuara en la búsqueda, pero sor Clara reculaba, que aquella inusitada aparición le parecía mal presagio.

—¡Déjelo, padre, déjelo ya!

—¿Qué lo deje, decís? —Y como el jardinero continuara quieto a la espera de una orden de la abadesa, el capellán, con rápido e iracundo gesto, le arrebató la pala y se puso a cavar con enorme coraje.

—Pero ¿estáis seguro de que no os equivocáis?

—Como de que me tengo que morir.

—¿Pero por qué ese afán? ¿No veis que no hay nada? —decía a su espalda sor Clara.

—Tiene que haber —decía sin cejar y sin resuello—. Si no es esta tumba, será otra.

—¡No pretenderá levantar todo el cementerio!

Y en esas andaban capellán y abadesa cuando un resplandor rojizo, iluminó sus caras.

—¿Qué es eso? —preguntó con alarma sor Clara—. Se diría que hay fuego en el convento.

Los tres quedaron en suspenso, como si no dieran crédito a lo que estaban viendo; luego, abadesa y jardinero salieron corriendo hacia el convento; el jardinero chillaba, emitiendo sonidos que más parecían de animal que humanos.

Las llamas se habían iniciado en la vieja cocina, perteneciente a la parte más antigua del convento y que apenas se utilizaba ya. No obstante, el peligro de que las llamas se contagiaran a otros lugares hizo cundir el pánico y las monjas se afanaron yendo apresuradamente de un lado a otro con cubos de agua. Las campanas de la iglesia no dejaron de sonar y los campesinos de los campos cercanos, muchos de ellos arrendados del convento, acudieron en su ayuda mientras las llamas ascendían por la cónica y estrecha chimenea, llenando de rojizos reflejos los alrededores y el mismo cementerio. En él, indiferente a lo que en San Matteo pudiera o no pudiera arder, continuaba el padre Ambroggio, yendo enloquecido de una tumba a otra e hiriendo con desesperados golpes de pala la tierra en reposo.

221

Dos días tardó en apagarse el fuego por completo, sin mayor consecuencia que la parcial destrucción de la antigua cocina, joya, según algunos, del arte cisterciense: como era de sólida piedra, todo se consumió allí, quedando el recinto humeante y negro como boca del infierno. Las causas de aquel siniestro, extraño en verdad pues la antigua cocina era más bien reliquia y no se utilizaba apenas, no se supieron nunca, pero las monjas no indagaron. Todo, seguramente, sucedía por algo y en todo había razón, y como la cosa acabó con relativo bien, que incluso el hermoso y altísimo tiro por el que escaparon las llamas permaneció intacto como humeante telescopio que enfocaba al cielo, dieron lo acaecido por bueno: San Matteo seguía en pie y las hermanas sin daño.

Más tardó el padre Ambroggio en apagar su furia, que a causa de ella cayó enfermo y a punto estuvo, él que era de temperamento sanguíneo, de sufrir una apoplejía como la que acabó con sor Luisa. No obstante, en cuanto mejoró continuó en su empeño de manera más obsesiva aún que antes. Buscaba por todas partes y merodeaba muchas noches en torno a las tumbas como lobo hambriento, y hasta a punto estuvo de caer en manos de unos falsificadores que aseguraron tener cartas inéditas del maestro. Pero ese obsesivo entusiasmo duró poco: le pilló ya viejo y demasiado cansado, y el misterio de aquel féretro había terminado con su optimismo. Fracasado su empeño, y lo que es peor, convencido de dicho fracaso, volvió nuevamente los ojos hacia sor Arcángela y en ella volcó todo su resentimiento.

13

Viviani, el discípulo amado, como le había calificado Ronconi, removió inútilmente todos los resortes e influencias para que Galileo fuera enterrado en Santa Croce, pero sólo se le permitió habilitarle una tumba en un pequeño habitáculo de la misma, bajo el campanario. Su último valedor, el Gran Duque, había cedido, al fin, a la presión del Papa.

Tras ocuparse de los asuntos del finado, y con el firme propósito de conseguir su rehabilitación y recopilar todos sus papeles, Viviani abandonó definitivamente Arcetri e il Gioiello tras despedirse de una sor Arcángela pálida y ojerosa; tras ella, la maestra de novicias vigilaba. Fue entonces cuando, pese a su reticencia, le preguntó en voz baja por las desaparecidas cartas.

—Os rogaría que, si están en vuestro poder, me las entregarais: de sobra sabéis el empeño que pongo en todo lo de vuestro padre y las haría llegar a sitio seguro.

—¿Qué os hace pensar que pueda tenerlas?

—Ronconi está convencido de que siguen en el convento.

—¡Fantasías de Ronconi! ¡Demasiadas suposiciones en torno a esas cartas! Pero yo no las tengo, entre otras cosas porque iban dirigidas a mi hermana y no a mí.

—Pero vuestra hermana murió.

—Aun así.

Y sor Arcángela zanjó el asunto con la rotundidad y el hermetismo que la caracterizaban.

—Pasó un ángel... —dijo luego, tras el forzado silencio.

—Sí, eso dicen cuando se da por terminada una conversación sin salida posible. Pero ¿qué puedo hacer? Ahora, si me permitís... —Le entregó un paquete.

—¿Qué es? —Sor Arcángela miró de soslayo a la monja que, tras ella, parecía rezar.

—Se trata de mi humilde aportación a vuestra obra.

—¿Qué obra?

—La que estoy convencido que haréis.

Sor Arcángela abrió y miró la caja, que contenía variados pigmentos y aceites.

—Prometedme que trabajaréis y que, gracias a vuestro arte, San Matteo sea tan famoso como San Marcos de Florencia.

—Lo intentaré, Viviani, aunque sin vos me será difícil. Y lo haré porque el trabajo es un consuelo, aunque nada me consolará de vuestra pérdida.

—No se trata de pérdida, sor Arcángela, sino de un paréntesis, que espero será fructífero.

Pero Viviani era consciente de que el tiempo de los dos había finalizado.

—Paréntesis demasiado largo para no ser pérdida. Pero aun así os doy las gracias por lo recibido.

—En mi ausencia, Ronconi cuidará de vos.

Viviani estaba en lo cierto: aquel período se cerraba. Muerto Galileo, todos abandonaron il Gioiello: su hijo Vincenzo para regresar con su familia. Torricelli, siguiendo los pronósticos que sobre su comportamiento adelantara Ronconi e intuyera Viviani, marchó a Florencia y, amparado en su cargo como ayudante de Galileo, se acogió a la protección del Gran Duque y pasó a ocupar el puesto de primer matemático, cargo que en su día ocupara su mentor, y se hizo rico con la fabricación de lentes que aprendiera durante su estancia en il Gioiello.

En 1644, dos años después que Galileo, moría su gran enemigo Urbano VIII y era elegido como nuevo papa Inocencio X. Olimpia Pamphili se instalaba en el Vaticano como ilegítima y desacreditada consorte. Por fin sus sueños se habían cumplido: los Pamphili sustituían a los Barberini, y su cuñado y amante, Giambattista ocupaba el solio pontificio, en gran parte gracias a ella. Olimpia, la meretriz, la temida, la devoradora de haciendas y honores, la puta de la nueva Babilonia, era por fin la heredera de aquel trono que los hombres, a la sombra de la palabra evangélica, habían creado y tantas veces corrompido. Ella, al fin, era la reina sin corona de un rey tonsurado y célibe, la favorita temporal de un poder que pretendía ser sólo del espíritu. Todas las bellezas del Vaticano, todo aquel esplendor debido a cientos de artistas, sería suyo, como suyo era el Papa. Urbano VIII, al fin, había entregado su alma al demonio, y Olimpia consideraba por bien empleada la espera.

Por su parte, Viviani consolidó su fama de matemático, escribió tratados y libros y su nombre se hizo famoso en las cortes europeas. Recibió honores y aplausos, y hasta el mismo rey de Francia le ofreció su protección, pero no se olvidó de su querido maestro y siempre que le fue posible trabajó para propagar y extender su obra e intentó que se le concediera una tumba digna y definitiva. Hizo cerca del papado varias gestiones, todas ellas infructuosas, pues Inocencio X, aunque por otras causas, no le resultó más beneficioso que Urbano VIII.

En la primavera de 1959, de paso hacia Roma, Viviani se detuvo en Florencia para cumplimentar al Gran Duque y se acercó hasta San Matteo con el fin de visitar a sor Arcángela, pero no pudo verla por encontrarse enferma. Tampoco a Ronconi, que había muerto años atrás: sin él, sor Arcángela había perdido su último apoyo.

A los pocos días de este fallido encuentro, fue sor Arcángela quien mandó llamar a Viviani. Habían transcurrido dieciocho años desde que la viera por última vez, y la sor Arcángela que encontró era muy distinta de aquélla con la que en otro tiempo intimara. Había envejecido deprisa: sus movimientos eran torpes, las arrugas surcaban su rostro y el brillo de sus ojos, tan profundos y expresivos en otro tiempo, había desaparecido. Sin embargo, cuando le habló fue como si el tiempo hubiera quedado en suspenso, como si los años no hubieran transcurrido, y todavía fueran ellos dos el adolescente osado de historias poco edificantes y la monja seductora y profana.

—¡Querido Viviani! —Le estrechó las manos a través de las rejas—. Os he mandado llamar porque quería veros y hablaros de un asunto antes de morir.

—No habléis de muerte, sor Arcángela. —Pero lo cierto es que la veía en su rostro.

—Sí, ya sí. Ella está ahí y lo sé. Me noto débil y enferma. He sufrido últimamente unas fiebres muy parecidas a las que acabaron con mi hermana y todavía no me siento repuesta. Pero no me importa, nunca me importó: será para mí el momento de la paz. Más, después de haberos visto.

—No me digáis, sor Arcángela, que me habéis hecho llamar para hablarme de muerte.

—Sí, de ella se trata y por eso deseaba pediros perdón. —Hizo un inciso y le acarició levemente el rostro—. Por vos también ha pasado el tiempo, pero contrariamente a mí, que ya soy vieja, os ha mejorado. Habéis madurado, Viviani: habéis ganado en apostura y seriedad… Pero hablemos del asunto por el que os he mandado llamar. Os dije que deseaba pediros perdón… —Paró un momento, como si se fatigara—. Sí, querido Viviani, amigo mío, no podía marcharme sin disculparme, porque en cierta manera os he fallado en la amistad con la que me distinguisteis: la última vez que nos vimos no os dije la verdad y vos no merecéis más que agradecimiento.

—¿La última vez? ¡Quién se acuerda de eso!

Y era cierto: con todo lo vivido en aquel tiempo, a Viviani se le entremezclaban los recuerdos y no podía sospechar a qué se refería sor Arcángela.

—Me acuerdo yo y basta. Aquella vez, antes de que partierais y me dejarais en la más completa de las soledades —él quiso protestar, pero ella se lo impidió con gesto amable—, me preguntasteis por unas cartas, las que mi padre escribió a mi hermana. Yo os dije que no las tenía, ¿lo recordáis? —Viviani asintió—. Sin embargo, os mentí. Yo tuve aquellas cartas en mi poder.

—¿Las tuvisteis?

—Las tuve y las leí, Viviani, las leí. Un montón de veces. Pero no encontré lo que buscaba.

—¿Qué buscabais? ¿Herejías? Porque de eso se habló.

—¡Qué me importaba a mí eso!

—Entonces, si eso no os importaba, ¿qué era lo que buscabais, sor Arcángela?

—Algún gesto de amor hacia mí. Pero no lo había. —Como Viviani pareciera dispuesto a intervenir en defensa del padre y del maestro, ella, con su rotundidad habitual, no se lo permitió—: No, Viviani, no lo había, ¿para qué engañarse? En esas cartas, y aunque se hiciera alguna referencia a mi persona, yo no estaba presente: nunca fueron dirigidas a mí, ni de hecho ni de intención. Eran de y para mi hermana, única y exclusivamente.

Se hizo un silencio; doloroso, pero resignado ya.

—¿Las conserváis aún, sor Arcángela? ¡Me gustaría tanto verlas!

—Lo siento, Viviani: ya no las tengo.

Hubo otro silencio.

—¿Qué hicisteis con ellas?

Sor Arcángela tardó en contestar.

—Tenía dos posibilidades: una era mandarlas a Alemania con mis primos. Sin duda sabéis que un hermano de mi padre vivía en Alemania. Mi tío murió a consecuencia de la peste del año treinta, como mi primo Giambattista, ése que de niño pinté, y entonces su viuda y sus hijos vinieron a il Gioiello cuando murió mi hermana para hacer compañía a mi padre. Después regresaron a su tierra…

Viviani observaba a sor Arcángela: aquello que le estaba contando, aun siendo verosímil, no le parecía cierto, no sabía por qué.

—Como bien decís, ésa fue una posibilidad… ¿Cuál fue la otra?

—Destruirlas.

El discípulo no pudo evitar un momentáneo enojo.

—¿Destruirlas? ¿Por qué, siendo de vuestro padre, un hombre tan ilustre?

—Por la razón que os he comentado: en ninguna de ellas mi padre demostraba necesidad de mí.

—Aun así. No teníais derecho.

Viviani no podía evitar la irritación: ¿quién era sor Arcángela para destruir la correspondencia de un hombre como Galileo por muy hija suya que fuera? Sin embargo, al contemplar aquel rostro avejentado y enfermo, aquellos ojos gastados que le miraban suplicando perdón, le invadió la piedad:

—Mucho debisteis sufrir para hacer lo que hicisteis.

—No he dicho que lo hiciera, sólo hablé de posibilidad, pero sí que sufrí.

—¿Entonces? —preguntó él esperanzado.

—Pensad en la posibilidad que más os guste, pero os aseguro que con cualquiera de las dos preservé la memoria de mi padre y le puse a salvo de sus enemigos.

—Pero si las destruisteis habéis privado a la posteridad...

—¡La posteridad!... —exclamó sor Arcángela impidiéndole seguir—. Mi padre ya pertenece a ella, con cartas o sin ellas.

Como aquella otra vez cuando se despidieron, Viviani comprendió que era inútil insistir, mucho más saber la verdad sobre las traídas y llevadas cartas, y que lo único que podía hacer por aquellos papeles, si es que seguían existiendo, era tratar de averiguar dónde estaban o esperar a que el azar o la casualidad se los brindara.

—¿Y qué fue de vuestra pintura? Os pregunté por ello en alguna de mis cartas, pero no obtuve respuesta.

—Nada. Todo lo de mi vida ha quedado en nada. —Mas lo decía sonriendo como si estuviera definitivamente alejada de toda aspiración—. Perdonadme que no os contestara: tenía que soportar la severa censura de *madonna* Clara, a quien Dios tenga en su gloria, y para no poder dirigirme a vos libremente...

—Así pues, no cumplisteis vuestra promesa.

—¿Os lo prometí, Viviani? No lo recuerdo. Pero sí, pinté varias tablas y algunos murales. También un firmamento en el techo de mi celda.

—¿Un firmamento? —Viviani se mostró asombrado: imaginaba a sor Arcángela pintando vírgenes, santas, nacimientos y hasta crucifixiones, pero nunca firmamentos.

—¿Por qué os extrañáis, Viviani? No en vano soy hija de Galileo.

—Entonces, ¿por qué decís que no habéis hecho nada?

—No confundamos los términos, Viviani: he dicho que

todo ha quedado en nada, porque en nada quedó. *Madonna* Clara, que el demonio confunda, mandó destruir las tablas por parecerle excesivamente mundanas e inclusive pecaminosas. En cuanto a los frescos del techo, los mandó cubrir con cal tachándolos de heréticos y contrarios al dogma.

—Heréticos, ¿por qué?

—Coloqué la Tierra girando en torno al Sol, como decía mi padre: la bóveda celeste pintada por una hija de Galileo no podía estar concebida de otro modo… —intentó dar a la frase un tono ligero, intrascendente casi.

Fue entonces cuando Viviani, aunque siempre lo había sospechado, tuvo la certeza de cuánto había amado y admirado sor Arcángela a su padre, y cuánto, también, había sufrido por su causa.

—¡Pobre sor Arcángela!

—No os lamentéis por ello, querido Viviani: ya es agua pasada, y además, pese al empeño que puso *madonna* Clara, todavía se pueden ver las estrellas y los astros: la cal no ha podido del todo con ellos. ¡Tenían unos colores tan brillantes, la coloración era tan intensa y los azules tan puros! Esos colores que vos me regalasteis… ¿os acordáis? Cuando muera será lo último que veré y a través de esa pintada bóveda entraré en el Paraíso.

Permanecieron en silencio los dos un momento, y luego sor Arcángela prosiguió.

—Quería también otra cosa: confiaros esto. —Sacó de entre sus tocas un pequeño y alargado paquete que hizo guardar a Viviani.

—¿Qué es?

—Ya lo sabréis: algo sencillo y sin importancia que yo he conservado y quiero que tengáis vos. Eso sí, prometedme que no lo abriréis hasta que yo muera. Luego, dadle el destino que consideréis conveniente. Mi confianza en vos es plena.

Pero aunque sus palabras eran de despedida, sor Arcángela continuaba allí, sin moverse, como si quisiera decirle algo y no supiera cómo hacerlo.

—Desearía, Viviani, una última cosa… —dijo al fin, pero no completó la frase.

—¿De qué se trata?

—Quiero pediros perdón…

—Ya me lo habéis pedido y os lo he dado.

—Necesito pedíroslo otra vez.

—¿Otra vez? ¿Y por qué?

—Por seguir con las verdades a medias o con las medias verdades, que son las peores mentiras. No lo merecéis; vos menos que nadie. Sé que una monja no debería mentir, pero de sobra sabéis que no soy una monja al uso.

—¿En qué me habéis mentido, sor Arcángela?

—¿Cómo es posible que vos, tan agudo, no os hayáis dado cuenta?

Viviani no contestó.

—En decir que no poseo algo que tengo la fortuna de poseer. Eso sí, no me preguntéis qué es: tendréis que hacerlo por vos mismo, pero es tan sencillo que un niño podría adivinarlo, y si no os lo di en su momento ni os lo doy ahora, no ha sido por falta de confianza, que la tengo plena en vos, sino porque deseo tenerlo conmigo hasta mi último aliento y que me acompañe en la eternidad.

—Pero si es cierto que tenéis lo que imagino, ¿cómo habéis podido guardarlo tanto tiempo?

—Las cosas, querido amigo, son a veces mucho más sencillas de lo que parecen, y los ropajes de una monja a quien nadie desnuda son un socorrido refugio. Por otra parte, el papel tiene la cualidad de quitar el frío a veces tan intenso entre estos muros; en mi caso, también, el del corazón.

Dicho esto, besó con fervor las manos de Viviani y después de mirarle con la entrega y distancia que encierran las despedidas que se saben definitivas, se retiró.

14

*E*ra junio de ese mismo año y Viviani estaba en Roma cuando le llegó la noticia de la muerte de sor Arcángela. Alejandro VII, el nuevo papa, el candidato favorito de España, había ascendido al solio pontificio después de ochenta días de cónclave tras la muerte de su antecesor Inocencio X. La ciudad lucía en todo su esplendor primaveral: Bernini embellecía Roma con sus fuentes, sobre todo las de la plaza Navona, y proporcionaba grandiosidad al Vaticano con su columnata. Su rival, Borromini, había acabado San Ivo y trabajaba en la teatral fachada de San Carlino. Viviani, aunque dedicado a su *Raconti histórico della vita di Galileo Galilei*, se consideraba en deuda con el maestro, que todavía seguía en su anónima tumba bajo el campanario de Santa Croce. Enterrar con todos los honores a Galileo era algo que Viviani se había propuesto, y no había cejado en su empeño ni un solo día. Pero hasta el momento todos sus esfuerzos habían sido inútiles: ni Urbano VIII, que se opuso frontalmente a que Galileo fuera enterrado con honores amparándose en la sentencia inquisitorial, ni Inocencio X, aunque le recibiera con buenas palabras y mostrara una actitud más flexible, habían accedido. El papa Pamphili le hizo concebir esperanzas, pero nada más. Siempre le recibió cordialmente empleando un tono amistoso e incluso entrañable, pero no pasó de ahí y de darle largas: unas veces eran cuestiones políticas las que reclamaban su atención, el curso de aquella larga guerra, el difícil equilibrio con una Francia católica pero que apoyaba a los reformistas... «Levantar la condena y enterrar a Galileo con todos los honores sería como agachar la cabeza ante los países cismáticos que toman este asunto como propio, y podía ser muy mal recibido en las cortes de Madrid y Viena»…; otras, simplemente asuntos privados, la vida licenciosa a la que le arrastraba su cuñada y amante Olimpia Pamphili, apodada por todos la Mesalina del Vaticano y que precipitaban la vejez y la debilidad de Giambattista, como ella, con enorme desvergüenza y ante todos, lo llamaba, apeándole del título de Santidad. Esta nueva Cleopatra, que se había beneficiado de los más oscuros negocios y hasta de las meretrices de Roma, desprestigió el papado de Inocencio X con su voraz y desvergonzada compañía. Que su amante fuera el Papa no la hacía recatarse: aparecía a veces medio desnuda como renovada y madura Venus por las estancias vaticanas y besaba al caduco Giambattista a la vista de todos y sin ningún pudor. Todos los que rodeaban al Papa, incluido el colegio cardenalicio, buscaban su beneplácito y ella los manipulaba con la misma habilidad y dureza que antaño hiciera con su cohorte de meretrices. Todos los favores, pequeños o grandes, tenían un precio, casi siempre en efectivo, y poca gente de Roma, ni de otras cortes italianas, podía presumir de poseer tanta riqueza. En su osadía, Olimpia obtuvo del Papa que Velázquez la pintara en retrato parejo al de Inocencio, como si de su consorte se tratara, si bien este cuadro desgraciadamente se perdió, y exigía de propios y extraños que la trataran como a tal, aunque su unión no pudiera, en ningún modo, ser santificada por la Iglesia. Sin embargo, cuando en 1655 Inocencio X murió, *donna* Olimpia no estuvo a la altura de ese cargo que ella, por encima de todos se arrogó, sino que se comportó como una vulgar ramera: temerosa de que una vez muerto el Papa le ajustaran las cuentas por sus continuos desmanes, cogió todas sus pertenencias y los objetos de valor que pudo encontrar en la habitación del pontífice y salió huyendo de Roma. Durante casi veinticuatro horas, el cadáver de Giambattista Pamphili, Inocencio X para la Iglesia, quedó abandonado, sin féretro que lo acogiera, y a merced de los ratones. Olimpia Pamphili, cuñada y amante del Papa, desapareció de Roma al igual que su retrato, pero no se la olvidó, pues fue tanto su poder que dio lugar a leyendas: algunos decían que muchas noches se la veía pasear y reír por la plaza Navona, confundida en atuendos y disfraces con las meretrices que ella misma explotó, y cuando circuló la noticia de su muerte algunos aseguraron haberla visto como un fantasma atravesando el Tíber.

Pero no era esta Olimpia la única en dar que hablar y cubrir de vergüenza el pontificado de Inocencio X: su sobrina, por nacimiento Aldobrandini y por matrimonio segunda princesa de Rossano, también llamada Olimpia —esta coincidencia de dos malvadas con el mismo nombre en la corte vaticana dio lugar a juegos de palabras y coplillas—, desempeñó con casi igual destreza y habilidad que la otra su puesto en la corrupción y el nepotismo, comerciando con su poder y costeando caprichos y placeres a expensas del mismo fondo. De ella se decían también otros horrores y hasta se la llegó de acusar de incesto. Lo cierto es que Inocencio X fue consentidor y víctima de sus ambiciosos familiares: su libido y los escándalos de su círculo íntimo le tenían en ocasiones ausente y embobado, pese a la comentada sagacidad y agudeza que se le atribuía y que tan bien supo trasmitir Velázquez en su retrato.

Así pues, por unas causas u otras, Urbano VIII por enemistad personal con Galileo e Inocencio X por la guerra europea, los escándalos y su creciente decrepitud, la memoria de Galileo no había experimentado cambio alguno: su tumba seguía en un extremo de Santa Croce, olvidada; sus libros, prohibidos; y su nombre, cuestionado. Por eso se encontraba en Roma Viviani, para entrevistarse con el nuevo Papa, Alejandro VII, a ver si de una vez la Iglesia accedía a reivindicar la memoria de su maestro. Sin embargo no se hacía ilusiones: Alejandro, el candidato preferido por España, tenía fama de ser sumamente estricto en materia dogmática y un entusiasta del triunfo de la Iglesia y de la pompa que acompañaba a la Contrarreforma; de ahí las nuevas obras encargadas a Bernini que harían de Roma la capital del mundo católico y, según palabras del propio Papa, del mundo civilizado, que la herejía no era más que barbarie y desorden. De él se decía que cuando se firmó la Paz de Westfalia se negó a reconocer el tratado por considerarlo lesivo para los católicos, y que rehusó sentarse con los protestantes.

Una de las primeras actuaciones de su pontificado fue el apoteósico recibimiento que dispensó a Cristina de Suecia, convertida al catolicismo y confirmada y bautizada por él en la basílica Vaticana. Todos los caminos que llevaban a Roma y por donde pasaba la ex soberana —apodada la Minerva del Norte por su afición a las letras y a las artes— celebraban su llegada con las campanas al vuelo, con salvas de cañón, misas, procesiones y hasta espectáculos de canto y teatro. No hablemos ya de la propia Roma, en donde Cristina hizo su entrada triunfal sobre un caballo blanco acompañada de una gran corte y donde fueron a recibirla el mismo Papa junto con el colegio cardenalicio, senadores, nobleza y pueblo llano. Lo de Cristina de Suecia, abandonando su país y su trono —un país y un trono de ascendiente importancia tras la Paz de Westfalia—, y renegando del protestantismo como una especie de María Magdalena intelectualizada y de estirpe real, había constituido un gran triunfo para la Iglesia y para el Papa. Alejandro VII era, sin duda, un convencido de la importancia de su papel y de su misión apostólica en una Europa dividida.

234

Con todos estos antecedentes, Viviani no se hacía ilusiones, pero su fidelidad a la memoria del maestro le obligaba a insistir. Quizá, pensaba a veces, la oportunidad para la causa de Galileo se había perdido con Inocencio X, a quien sólo parecían importarle su familia y los placeres, y quien salvo en algunas ocasiones no había ejercido como un auténtico jefe de la Iglesia, sino simplemente como su representante visible. Inocencio había sido un escéptico y quizás un cínico; Alejandro era, al parecer, un convencido militante. Por eso, cuando llegó al Vaticano y el nuncio secretario del Papa se le acercó para indicarle que Su Santidad le recibiría en pocos minutos, el discípulo de Galileo tenía de antemano perdida la fe en el resultado de la entrevista.

En efecto, la audiencia se desarrolló tal y como él había supuesto. En realidad, más de lo mismo. El Papa se mostró amable, eso sí, más aún de lo esperado, y cortés, quizás en exceso, aunque con cierto envaramiento, sin esa entrañable rijosidad que caracterizara los últimos años de Inocencio X. Y lo que era peor: parecía poco interesado y versado sobre el asunto, como si el tema careciera de importancia. La «cuestión Galileo», como la había calificado el Pontífice, quedaba atrás, no era un problema urgente ni posiblemente conveniente. Pero el Papa no había empleado esas palabras sino otras muy cuidadas, elegidas con esmero. Se veía en él al político más que al hombre de religión. Era exquisito en la frase y en la ambigüedad de la misma con el fin de que pudiera interpretarse según conviniera, y daba, como solía decirse, una cal y otra de arena, pero en resumidas cuentas todo se traducía en una indiferencia hacia lo que Viviani proponía: Galileo no estaba en sus planes ni la revisión de una condena que podía enturbiar sus relaciones con España. A Alejandro VII sólo parecían interesarle dos cosas: su familia y su prestigio mediante el engrandecimiento de Roma. Respecto a lo primero, si en un principio, tras el recuerdo del nepotismo de Inocencio X la mantuvo alejada del poder —hasta el punto de prohibirle incluso su estancia en Roma con el fin de evitar habladurías—, al poco tiempo, cuando no había transcurrido ni un año de su pontificado, había cedido a la tendencia habitual en el papado y acabado por instalarla junto a sí —aunque de manera menos concupiscente y escandalosa: de momento no se le atribuían al Papa amantes y menos de la familia— y ésta se beneficiaba ya de la cercanía del poder.

Respecto a lo segundo, el engrandecimiento de Roma, la sintonía con Bernini parecía ser total, mayor aún que la que éste tuvo con Urbano VIII, el papa Barberini. Alejandro VII, de manera directa o indirecta, tenía al artista empeñado en grandes obras: la columnata de la plaza de la basílica vaticana, la cátedra de San Pedro que se mostraría solemne a través del baldaquino encargado por Urbano, y San Andrés del Quirinal. Esto por hablar solamente de proyectos arquitectónicos, que Bernini no dejaba de producir hermosas esculturas. Precisamente sobre esta actividad y la posibilidad de que fuera Bernini quien hiciera el monumento a Galileo, ése con el que Viviani soñaba, le dijo éste al Papa:

—Teniendo en estos momentos tan insigne maestro como es Bernini, y si Su Santidad lo tuviera a bien, sería una forma de reivindicar la memoria de Galileo, y de compensarle de algún modo por todos sus sufrimientos, que tan espléndido artista trabajara en su monumento.

Pero el Pontífice, tras un primer gesto de rechazo y hasta de indignación por tan aventurada propuesta que no pasó inadvertido a Viviani, lo trocó por una ambigua condescendencia que a la postre conllevaba la misma negativa.

—Con el maestro Bernini no creo que podamos contar: está tan excedido de trabajo que Nos tememos si podrá cumplir con todos sus compromisos... —Entre ellos también estaba el monumento funerario al propio Papa, que se situaría en la basílica vaticana junto al de Urbano VIII—. Pero no se trata ya de quién haga o no dicho monumento: eso es lo menos relevante en este asunto, maestro Viviani, sino si el monumento en sí debería hacerse. El asunto que me proponéis no es fácil, ni depende únicamente de mi resolución: por su importancia y gravedad, que las tiene, tendría que ser seriamente revisado, ausente de toda precipitación y frivolidad, lo cual, estimado Viviani, requiere tiempo, a veces más del que nos gustaría y del que podemos emplear para un asunto que no exige resolución inmediata... Ya, ya sé que para vos es de suma importancia, y posiblemente lo sea aunque mi ignorancia en determinados temas no me lo haga ver con la perentoriedad que a vos, pero los doctores dictaminaron en su momento y a doctores habrá que devolver el asunto para la revisión de la sentencia, si es que procede dicha revisión... Os ruego por tanto paciencia y tiempo... Tiempo y paciencia...

—Santidad, han transcurrido más de veinticinco años desde aquella sentencia.

—¿Y qué son veinticinco años para la infinitud de la Iglesia? —Tras una pausa—: Hacedme caso, Viviani, y confiad en el Altísimo: si la justicia eclesiástica fue con Galileo demasiado severa, y fijaos que no hablo de injusticia sino de severidad, rezad y esperad. El tiempo ordena y recompone todo lo que la ignorancia humana desbarata.

Acto seguido, y para suavizar su negativa, se interesó por sus trabajos y le dedicó elogiosas palabras.

—Sé que trabajáis bien y concienzudamente, que vuestras teorías matemáticas son apreciadas en medio mundo, y me siento orgulloso de vuestras aportaciones a la ciencia...

Cuando le despidió extendiéndole la mano para que se la besara, haciendo alarde de su capacidad diplomática, insistió:

—Tenedlo por seguro: pese a las lógicas dificultades que el caso conlleva al estar por medio una sentencia del Santo Oficio, Nos tendremos bien presente vuestras peticiones. No lo dudéis, maestro Viviani.

Pero Viviani no dudaba: estaba seguro de que el Papa nada haría, y ya afuera, en la calle, dio rienda suelta a su pesimismo. Todo había sido un poco más de lo mismo: palabras, nada más que palabras. Política, intereses y sólo política: los lazos con España eran muy fuertes, y el gran poder que la Inquisición tenía en aquel país dificultaba sobremanera cualquier gestión sobre el asunto de Galileo. Sin embargo, insistiría. Nunca había dejado de insistir. La tenacidad y la ausencia de desaliento formaban parte de Viviani, de su ser y su carácter.

Sin embargo, no podía por menos que sentirse abatido, y tan desvalido en aquella apacible y calurosa tarde romana de junio, que, una vez en la calle, ni siquiera contempló las obras de la que sería famosa columnata. Todo, de pronto, se le tornó sin interés, como si su existencia se hubiera detenido ante un obstáculo insuperable. Tenía la certeza de que no vería nunca la nueva tumba del maestro, menos un monumento; de que el nombre de Galileo continuaría proscrito en su patria y en todo el orbe católico, y que él mismo, por haber sido discípulo suyo, también sería injustamente postergado. Los amigos de Galileo, aquellos de verdad fieles, habían muerto: sólo quedaba el Gran Duque, pero éste siempre acataría los designios del Papa, y cuando aquél y él mismo desaparecieran, ¿quién protegería dentro de Italia la sagrada memoria del maestro? Y en su desánimo, también se encontraba culpable por no haber esgrimido con suficiente rigor y fortaleza los argumentos necesarios para convencer al Papa.

Al llegar a la casa donde se hospedaba, se dejó caer con enorme cansancio sobre el lecho, y como si el destino se empeñara en confirmar sus malos presagios, le llegó la noticia de la muerte de sor Arcángela.

15

Quedó un instante con el billete que portaba la noticia en la mano, mirando al techo, quieto como estatua, y en esa actitud de animal petrificado dejó pasar un tiempo, sin hacer gesto alguno, inerme, como si se le hubiera escapado momentáneamente la vida. Recordó en un instante las conversaciones más significativas entre ambos, y también los silencios; los ojos profundos de la monja, tan insondables a veces, sus comentarios y desplantes que propiciaban el desconcierto, y tuvo el convencimiento de que pese a su natural introversión, ella se había mostrado a él como a ningún otro: Viviani había recogido de sor Arcángela, nacida Livia Galileo, lo mejor y lo peor de aquella pobre secuestrada; también supo que sor Arcángela le amó, con amor de mujer y madre, en extraña simbiosis de generosidad y egoísmo. Se apoderó entonces de su ánimo el profundo desvalimiento que proporciona la orfandad, pero también una especie de dolor paterno como el que se sufre cuando se pierde a una hija: porque para Viviani, sor Arcángela en algunos aspectos lo había sido, aunque le superara en edad.

Fue, pasado este primer momento de circunspección —un tiempo que no pudo medir—, cuando cogió el paquete que ella le había confiado con la recomendación de que no lo abriera hasta su muerte, y con cuidado, como si se tratara de la misma piel de sor Arcángela, se dispuso a abrirlo. Lo primero que surgió ante sus ojos, fue un estuche alargado recubierto de un rico tejido bombasí. Quitó la tela, abrió el estuche y sacó de él un telescopio plegable. Lo miró y acarició: era una hermosa pieza. Estaba realizado en bronce dorado con incrustaciones de marfil simulando la Luna y las estrellas sobre un cielo de lapislázuli. Buscó por si había en él alguna inicial o grabado, algo que lo vinculara a un posible dueño, y nada encontró, pero el cuidado con el que estaba envuelto y la tela que lo protegía demostraban que había sido para su poseedor un objeto estimado y querido. Era, en suma, un bello objeto, con independencia de su función.

Lo desplegó, se asomó a la ventana y miró el firmamento. El telescopio debía de ser uno de los primeros fabricados por Galileo: la lente no parecía muy precisa y sí un tanto defectuosa, sobre todo comparada con las últimas fabricadas por el propio maestro o por Torricelli, pero aun así podían contemplarse con evidente nitidez y suficiente cercanía los accidentes de la Luna, de los que tanto hablara Galileo, la infinitud de la Vía Láctea, Venus, Marte y Júpiter, como si pudiera tocarlos con la mano. Aquel bello y ya obsoleto telescopio había propiciado no obstante la contemplación de las estrellas, y permitido esa fuga diaria que suponía contemplar el firmamento. Gracias a él, sor María Celeste, sor Angélica o ambas, habían podido traspasar los muros del convento y hasta sus propios límites, y hacer más llevadero su encierro.

Sin embargo, lo que despertó su atención fue un cuaderno: algunas de sus hojas estaban alteradas o arrancadas y unidas con cierto desorden con una cinta. En él había fórmulas matemáticas, cálculos y mediciones, sin, al parecer, planificación alguna, como si se tratara de una especie de borrador surgido sobre la marcha ante alguna duda o consulta, a modo de cuaderno de notas o de campo; también, descripciones y propiedades de algunas plantas, principales aplicaciones de las mismas, recetas para determinados males y, junto a ellas, algunas de cocina. Además de toda esta amalgama, entremezclados con ella, ocupando márgenes, esquinas y espacios libres, había frases sueltas, comentarios aparentemente deshilvanados, disertaciones y pensamientos soltados al azar. Pero lo más curioso es que unos y otros parecían pertenecer a dos manos distintas, pues se apreciaban dos tipos de letra: la de las fórmulas matemáticas, los cálculos y la recetas, tanto medicinales como culinarias, estaban escritas con cuidada caligrafía. Viviani, siguiendo la más elemental de las lógicas, atribuyó estas anotaciones a sor María Celeste, no sólo por lo que contenían —ella había sido quien había seguido más de cerca la ciencia de Galileo, quien le había escuchado e incluso aconsejado en alguna de sus dudas científicas, y también quien le había procurado numerosos alivios por medio de sus fórmulas medicinales: había tenido a su cargo la farmacia de la comunidad— sino por su cuidadosa letra, si bien es verdad que ninguna de aquellas páginas, supuestamente escritas por ella, llevaban su firma, lo cual contradecía un tanto su autoría, pues la mayor de las hijas de Galileo gustaba de poner su rúbrica aun para lo más nimio.

La otra letra, la que transcribía comentarios y pensamientos y que ocupaba márgenes y esquinas, rellenando los espacios que los otros escritos habían dejado, era de muy descuidada ejecución, como hecha a golpe de impulsos emotivos, y nuevamente, dejándose arrastrar por una aparente lógica, Viviani la atribuyó a sor Arcángela. Fondo y forma parecían responder por tanto a dos personalidades distintas, aunque todo aquello no eran más que suposiciones sin demasiado fundamento, y el enigma se amplió cuando encontró fragmentos de una obra teatral escrita con tres grafías diferentes.

Acuciado por la curiosidad, Viviani se aprestó a la lectura de aquel caótico cuaderno, lo cual no era fácil pues muchos de los párrafos aparecían emborronados, casi ilegibles, como si sobre la escritura hubieran caído lágrimas o lluvia. Pensó que era más que probable que aquel cuaderno que ahora tenía ante sus ojos fuera el encontrado por sor Luisa, la monja que había atendido a sor María Celeste en su agonía y del que tanto se habló durante un tiempo, pero también podía ser otro, pues aquél se encontró en la celda de sor María Celeste y nadie lo relacionó en modo alguno con sor Arcángela. Además faltaban las cartas, las famosas cartas, aquellas que Galileo escribió a sor María Celeste, y que, según todos, se habían encontrado con el cuaderno, formando cuerpo y conjunto con él. Si las cartas habían sido destruidas, ¿por qué no aquella libreta? Y si fueron mandadas a Alemania, el cuaderno podía haber sido enviado también. ¿Era éste el mismo del que hablara sor Luisa antes de sumirse en el silencio, u otro distinto? ¿Qué era lo que le había dado la menor de las hijas de Galileo?, ¿una parte de lo encontrado en la celda de María Celeste y que sor Arcángela a saber cómo había rescatado y guardado, u otra cosa completamente distinta y que nada tenía que ver con eso? Posiblemente las dudas no se aclararan con la lectura. Aquel pequeño caos podía pertenecer a sor Arcángela, a sor María Celeste, o lo que era más posible, a las dos, pero no estaban los campos suficientemente diferenciados para atribuir lo escrito a una o a otra, y así, cuanto más seguro estaba Viviani de que lo que estaba leyendo pertenecía a sor Arcángela, el siguiente párrafo le sumía en dudas; y lo mismo sucedía cuando creía ver en ellos la mano de sor María Celeste, pues curiosamente las dos posibles autoras a veces parecían cambiadas, trocadas como si hubieran mezclado y confundido los papeles, como si una hubiera suplantado a la otra y al revés, como si entre ellas se hubiera producido una evidente ósmosis, una fusión de identidades, o simplemente, gustaran de jugar al escondite con ellas mismas. Finalmente, Viviani se limitó a leerlo sin tratar de indagar ni descubrir nada, sin intentar saber quién de las dos era en cada momento, colocándose en la postura del lector objetivo e indiferente, como si no hubiera conocido ni a Galileo ni intimado con la menor de sus hijas, e intentando simplemente saber lo que allí ponía, en la certeza de que las conclusiones vendrían por sí mismas o no vendrían nunca, porque así lo habían decidido los autores de todo aquella babel. Leía voraz, rápidamente, saltándose líneas y párrafos, como si fueran obstáculos que le impidieran llegar al final y sacar conclusiones del mismo; pasaba la vista ante recetas medicinales, para el mal de vejiga o las escrófulas, propiedades de algunas plantas como la savia, la ortiga y el malvavisco, y fórmulas para emplastos y ungüentos entremezcladas con otras culinarias.

De todo aquel maremágnum, destacaba Viviani algunos párrafos entrecortados, algunos ilegibles, unos porque habían sido tachados y otros por haber sido borrados o emborronados por la lluvia o las lágrimas. Aparentemente, nada tenía coherencia; todo parecía fruto de estados de ánimos cambiantes y episódicos, pero rescatándolos de entre aquel enjambre de fórmulas y anotaciones dispares, juntando todas aquellas descabaladas piezas, se sacaba la conclusión de que el cuaderno contenía, pese a lo intermitente, una confesión unitaria, y a través de ella la evidencia de un continuo y permanente dolor. Así tras unas fechas en las que se leía

Fabricius, Leyden, 1611, observó Galileo, Roma, 1613, observó Ganímedes, 5262, 1610. La estrella de Saturno no es una sola sino un agregado de tres...

y unas recetas para males circulatorios, se podía leer:

ya sé que podíais haber muerto pero quizá con vuestro sacrificio hubierais hecho cambiar las cosas

y a renglón seguido:

Cuando tomé hábitos aún siendo tan niña me corté el pelo en redondo, abandoné mi vestido seglar y vestí este hábito que me está acompañando durante mi existencia... lo del pelo, ese corte tan brutal, no sólo segó mi cabello sino mi espíritu de joven con esperanzas...

242

A ello seguía un fragmento de la carta que Galileo escribiera a Cristina de Lorena:

... Como bien sabe vuestra alteza serenísima descubrí en la bóveda celeste muchas cosas que no se habían visto anteriormente. La novedad de estas cosas, así como algunas consecuencias que se seguían de ellas y que contradecían las nociones físicas comúnmente aceptadas por los filósofos académicos, lanzaron contra mí a no pocos profesores, como si yo hubiera colocado esas cosas en el cielo con mis propias manos para perturbarlo o para contradecir a las ciencias. Parecían olvidar que el aumento de las verdades conocidas estimula la investigación, el asentamiento y el desarrollo de las ciencias, nunca su debilitamiento o destrucción...

Y tras un remedio de ruda para las hemorragias nasales, la descripción de un purgante hecho a base de capullos de rosa prensado, y fórmulas para evitar la peste a base de sales de arsénico, cristales rotos y hiedra venenosa, venían otros párrafos de interés:

Lo hicisteis, padre, ¡claro que lo hicisteis, pero no por convicción! Y eso, más que la condena, me sumió en la vergüenza: os retractasteis aun estando convencido de la verdad, de esa verdad de la que tanto hablasteis a mi hermana…

¿Quién de las dos era la hermana en este concreto caso, a la que la otra se refería? ¿Era sor María Celeste quien escribía, y por tanto se trataba de sor Arcángela, o era ésta la de los reproches y hacía referencia a esa otra, al parecer, bastante más sumisa? Y seguía:

> … Recé por vos pero no me sirvió de ningún consuelo. Pienso que hasta el mismo Dios, que valora la verdad sobre todas las cosas y puede leer en el corazón de los hombres, estaba tan irritado con vos como yo misma (…) Cristo nos dio el ejemplo: no fue cobarde, no renegó del Padre cuando todo le aconsejaba que lo hiciese. Vos, por el contrario, renegasteis de vuestra verdad, me llenasteis de vergüenza como hija vuestra y como ser pensante y libre (…) ¡Qué grande habríais sido, más grande aún de lo que ya sois, de no haberos retractado!
>
> (…) Pero no os culpo porque yo también me he visto obligada a hacerlo. Sí, padre mío, yo también me he visto obligada a borrar aquello que hice, como feroz iconoclasta, pidiendo a gritos el perdón de la reverenda madre. ¿Dónde podría ir yo, huérfana, desasistida, vieja ya y para colmo apóstata, que de eso me tacharon? Yo también iba contra las normas, quizá más que vos: a vos os movió la ciencia, el interés por descubrir la verdad de lo creado, que es lo mismo que buscar a Dios, pero yo lo único que hice fue intentar la belleza por el camino que fuese, y quizás en mi orgullo me pareciera a Luzbel, que también, pese a ser malvado, era bello.

Nuevos párrafos ilegibles, algunas fórmulas matemáticas, y seguía:

> Pertenecemos, padre mío, a la heterodoxia: sólo mi hermana ha logrado salvarse.
>
> (…)
>
> Si la Inquisición fue cruel con vos, vos lo fuisteis conmigo, porque me confinasteis… ¿Quién fue más cruel entonces? ¿La Inquisición o vos?

243

Nuevos incisos con referencias a Kleper, a Júpiter y sus satélites, a posibles perturbaciones en la órbita de Urano, y nuevamente la voz anónima:

¡Me siento tan débil! La cabeza me da vueltas y siento permanentes náuseas. He ido a la enfermería y me han dado (…) A la nona me he incorporado al rezo, pero he tenido que salir de la iglesia. Mi hermana, aunque me trata con suma bondad, dice que son ataques de histeria.

Y después de algunos párrafos semiborrados posiblemente por lágrimas y a observaciones sobre la Luna, sobre su color, luz y accidentes:

La he estado observando y está llena de hoyos… la parte no iluminada presenta un color grisáceo… —continuaba—: No hay mayor placer para mí que asomarme cada noche por esa ventana de mi celda. Tengo entonces la impresión, al mirar por la lente, de que el firmamento es mío, que no hay esclavitud que me sujete y que al fin me es concedida la libertad. Pero ésta no proviene del mundo al que pertenezco y al que sigo uncida, sino de las estrellas que descubrió mi padre.

No sé si lo serán pero creo que mis continuos vómitos no pueden ser fruto de los nervios. El médico asegura que es un mal endémico del convento, que el agua que bebemos no es buena y que en primavera y verano los gérmenes abundan.

¿Y si volviera a aparecer la peste? Tan rápida y fatalmente se propaga.

… después de tres días de continuos vómitos he enflaquecido y no tengo fuerzas para nada, ni siquiera para mirar el firmamento, con lo que me gusta. Todo me es indiferente y caigo en el desánimo y la apatía.

… No hay nada fijo en el firmamento. Todo se mueve y cambia aunque aparentemente se nos muestre imperturbable. (…) Giordano Bruno no se retractó. Galileo lo hizo.

Lo de la retractación de Galileo aparecía en muchas ocasiones, también en una obrita de teatro que incompleta y sin firma se encontraba al final del cuaderno. Era ésta un diálogo entre el Sol la Luna y La Tierra en el que también intervenían

244

Copérnico, Giordano Bruno, Galileo y un Escribano de la Inquisición quien servía de antagonista y réplica y en el que se avalaba la teoría copernicana. La pieza terminaba con un diálogo entre Giordano Bruno y Galileo y en el que aquel le advertía de su retractación:

> … Os retractaréis… No, no lo habéis hecho aún, pero lo haréis.
> GALILEO: ¿Por qué habría de hacerlo si creo en lo que hago y tengo fe en lo que descubro?
> GIORDANO: No obstante, lo haréis.
> GALILEO: Entonces, esa será mi vergüenza.

También abundaban los reproches por estar sometida a clausura, y reflexiones sobre el desgraciado y anónimo futuro al que parecían estar destinadas las mujeres:

> A las mujeres, por el mero hecho de serlo, nos están vedados todos los caminos, los de las artes y los de la ciencia. Ninguna aventura es posible fuera del ámbito doméstico; ni tan siquiera vivir libremente, en contacto con la madre naturaleza.

Y tras unos párrafos ilegibles:

> … menos aún adentrarnos en los misterios del Universo, en esa infinita bóveda celeste que tanto ha intrigado y apasionado a los humanos desde la Antigüedad y de la que cada vez se conoce más gracias los trabajos de sabios y astrólogos. Las únicas bóvedas que se nos permite contemplar son las de las iglesias y las que cubren los muros de nuestros aposentos o nuestras celdas, y a las que nuestros ojos se dirigirán en el momento supremo del parto o de la muerte. Pero todas ellas nos engañan al impedirnos la visión del cosmos.

> ¿Quién fue más cruel? ¿La Inquisición con vos o vos conmigo?

Varias veces leyó Viviani esta última frase, como si se tratase de un estribillo o apostilla. Venía después un párrafo de difícil lectura y del que sólo pudo entresacar lo siguiente:

(…) también la mía. Perdonadme, he pecado de soberbia. Yo también, yo también tuve que retractarme. Hasta en eso soy hija vuestra.

Fue después de la lectura de esta frase, «Hasta en eso soy hija vuestra», con las que se ponía fin al cuaderno, muy similar a otras que le repitiera sor Arcángela, cuando Viviani descubrió la carta: estaba introducida en un sobre muy fino pegado a la tapa del cuaderno con tal esmero y habilidad, que parecía parte del mismo. La carta, de letra también desigual aunque se observara en ella un mayor esmero, decía así:

Si alguien encontrara estas páginas escritas al azar, sin ningún objetivo ni proyecto previo, no culpe de ellas ni de la heterodoxia o posible apostasía que pueda haber a nadie más que a mí misma.

Ya sé que durante un tiempo, y por haberse hallado este cuaderno circunstancialmente en la celda de mi hermana, se le atribuyó a ésta lo que nunca dijo ni pensó, y si se encontró allí fue por la voluntad que esa santa tenía en protegerme, y si no destruyó estas páginas, lo que seguramente era su propósito, fue porque su enfermedad, que acarrearía su muerte, la privó de todo afán. Tampoco se llame alguien a engaño porque en ellas aparezcan formas de escrituras diferentes: no es más que apariencia, buscado propósito. Todo pertenece a la misma mano, la mía, en diferentes momentos de mi vida y de mi ánimo, y si el cuerpo y la mente cambian, la letra también se torna mudable, al igual que la persona. Lo cierto es que ni mi hermana ni mi padre, como también se dijo, tienen nada que ver con todo lo aquí escrito, ella porque fue santa, y él porque se retractó de lo que algunos consideraron errores. Es mi deseo, por tanto, que la memoria de ambos quede libre de cualquier sospecha o ignominia.

También es mía la pieza de teatro. Es cierto que mi padre escribió algunas piececillas para que las monjas de nuestra comunidad las representaran y se entretuvieran con ellas, y ésta que aquí guardo no es más que la continuación de una suya que se perdió, pero como puede verse, la dejé inconclusa: todo lo que yo hago resulta incompleto y equivocado. Mi vida, al contrario de la de mi querida hermana, ha sido inútil, pues mis designios eran sin duda otros que no pude cumplir. Ella, sin embargo, supo po-

ner amor en todo lo pequeño y ésa puede ser la explicación de la
serena felicidad que obtuvo, cosa que testifico, ya que supo adap-
tarse a todo esto y sacar de sí misma y del sacrificio por los demás sumo provecho. No es éste mi caso: ni he sido feliz, ni soy
abnegada, ni me acompaña el consuelo de la fe que sin duda me
falta, al menos como nos la dicta esta Santa Madre Iglesia que
nos dirige; según mis conocimientos, más cerca estoy de esos luteranos que de la dirección de Roma. Si mi hermana siempre se
mantuvo dentro de la Iglesia, de sus exigencias y preceptos, par-
ticipando activamente y formando parte de ella, yo siempre estuve fuera, extramuros de todo vínculo y creencia, aun dentro
del convento, y en ese alejamiento, destierro más bien, he per-
manecido toda mi vida.

He amado infinitamente a mi padre, pese a su olvido que no
acierto a explicar, y he sufrido lo indecible por su causa; me acu-
so, no obstante, de haberle aborrecido y despreciado durante un
tiempo, no por su indiferencia, de la que le perdoné mil veces,
como siempre hacen los que aman, sino por haberse retractado:
en mi devoción y admiración por él le hubiera preferido muerto.

Pero esta actitud mía fue sólo soberbia y desconocimiento,
porque yo también tuve que hacerlo, retractarme, me refiero.
Sobrevivir es estar en un continuo retracto. Todo esto y el no poder llevar una vida dedicada al arte me ha hecho vivir en perpe-
tua crisis y agonía, y si en algunos momentos vi la luz cuando ya
desesperaba de encontrarla, fue gracias a las visitas de Viviani.
Éste, junto a mi hermana y mi padre, son los únicos seres que he
amado en este mundo: Viviani, por haberme dado consuelo y es-
tímulo por vivir cuando más lo necesitaba, mi hermana por que-
rerme y protegerme hasta el punto de ser capaz de cargar con
mis culpas, y mi padre por haberme permitido ver el firmamento a través del milagro de sus lentes. Mi madre, a quien de muy
niña idolatré y admiré por su belleza, nos abandonó demasiado
pronto, y si le reprocho alguna cosa es haberme dado una existencia que no he sabido o podido aprovechar.

Todos los aciertos, si los hubiera, y los errores, que serán muchos, los asumo con humildad y espero de mi lector benevolencia; y que esa bóveda celeste tan estudiada por mi padre y por la
que tantas noches escapé de mi encierro a través de su contemplación, me acoja dentro de su paz infinita. Si Dios existe, tendrá
misericordia.

LIVIA

247

Sé que lo sensato hubiera sido destruir estas páginas que nada aportan ni a la ciencia ni al arte y menos aún a la fe, en vez de tanta advertencia, pero siempre que estaba a punto de hacerlo, algo me lo ha impedido: posiblemente, esa fuerza irracional del orgullo que anida hasta en el más insignificante de los humanos, y que se resiste a eliminar el más pequeño rastro de nuestra existencia.

¿Era verdad lo que afirmaba sor Arcángela: que ella y sólo ella era la responsable del cuaderno? ¿Por qué, entonces, si sólo se trataba de simples anotaciones suyas, sin mucho control ni orden como era bien evidente, lo había guardado y confiado a él? ¿No podía ser una parte de esa verdad y que también en aquellos escritos estuviera la mano de su hermana y la de Galileo, y por eso, como algo valioso, lo hubiera conservado? En ese caso, ¿por qué se atribuía ella y sólo ella la autoría? ¿Por notoriedad, por resaltar su opaca y silenciosa personalidad frente a la luminosa y conocida de su hermana? ¿Era la declaración de revancha por el olvido o era sólo un afán de preservar a los que amaba, atribuyendo a su mano aquello que podía ir contra el prestigio de su padre y dañar definitivamente a su hermana? Esto último parecía lo más probable: sor Arcángela había vivido en el silencio y acostumbrada a él. Puede que algunos pensamientos o afirmaciones fueran suyos —era más que probable conocida su libertad de pensamiento sobre algunos temas y su dudosa ortodoxia— pero Viviani también estaba seguro de que en aquellas páginas había mucho de sor María Celeste, de esa Virginia desconocida. Y esa cara distinta de la hermana, como si se tratara de la oculta de Luna, era quizá lo que sor Arcángela deseaba preservar y ocultar. Sor María Celeste era para todos la luz, y ella se había reservado, en aquel reparto de papeles, la sombra. Pero en una cosa sor Arcángela no había reparado, y debería haberlo hecho, siendo como había sido amante de la pintura: tanto en ésta como en la vida, la sombra era tan indispensable como la luz. Luz y sombra, por tanto, se equiparaban, se complementaban, no podían existir la una sin la otra. La luz sin sombras resultaba plana, no tenía volumen. Lo mismo sucedía con las hijas de Galileo: aquel cuaderno era la muestra.

Lo que durmió de la noche lo durmió mal. Se despertó a ratos, confundiendo a veces sueño y vigilia, y vio tanto en uno como en otra a sor Arcángela escribiendo sobre aquel cuaderno y representando al Sol y a la Luna en la obra de teatro. También la vio hablando de la posibilidad de otros mundos, como si de un femenino Giordano Bruno se tratase, y como él, envuelta en llamas como consecuencia de la condena. Y si siempre era su voz la que escuchaba, la cara aparecía distinta a la suya, y en algunos momentos totalmente imprecisa, como si no tuviera rostro o tuviera dos, intercambiables y superpuestos. Del calor, que lo hacía, pasó Viviani al frío, inexplicablemente, como si fuera otra la estación, y pensó si no estaría preso de la fiebre y de algún mal del verano, cuando el Tíber, por la temperatura y el descenso de sus aguas, arrojaba pestilentes olores de sus putrefacciones ciudadanas.

A la mañana siguiente Viviani, sin apenas probar bocado, dirigió sus pasos hacia Santa María de la Victoria, no sin antes pasar por el Panteón y Santa María *supra* Minerva, donde se leyó por primera vez la sentencia a Galileo. Allí, bajo sus bóvedas de crucería gótica de pintado añil y doradas estrellas, rezó por el maestro y por sor Arcángela. ¿Sería también dorado y azul aquel firmamento que sor Arcángela llegó a pintar en el techo de su celda y que fue borrado por mandato de su abadesa? ¿Cómo habrían quedado aquellos muros tachados de herejía y cubiertos por la cal? ¿Eso, borrar el fruto de la creencia y el pensamiento era lo que significaba el triunfo de Santa María sobre Minerva, diosa de la sabiduría? Y sin embargo, ahí al lado, como permanente respuesta, estaba el Panteón, esa gran obra que siempre le impresionaba y en la que la vieja Roma se revelaba en toda su potencia, superando la pequeñez de los siglos y de los intransigentes conceptos. Viviani, tras pasear por su pórtico y bajo su semiesférica y potente cúpula, encajada milagrosamente en el cilindro de hormigón —uno de los más rotundos logros de la arquitectura antigua, modelo para todos los nuevos maestros, desde Brunelleschi hasta Bramante y Miguel Ángel—, se dijo que la sabiduría y la verdad, aunque en algunos momentos parecieran eclipsadas o escondidas, estaban ahí, formando guardia permanente para aquellos que permanecieran vigilantes, y que la belleza gótica de Santa María no era oposición a Minerva ni a la Antigüedad, sino su continuación y complemento; y así, después de pasear la plaza serenado por la belleza que le rodeaba, tomó el camino de Santa María de la Victoria.

Cuando Viviani llegó era mediodía y el sol caía como fuego. Se adentró en la penumbra refrescante de la iglesia que estaba casi vacía: sólo un par de mujeres arrodilladas y un sacerdote deambulando un tanto torpemente cerca del presbiterio rompían aquel silencio casi sepulcral. Envuelto en él y en aromas de incienso, buscó Viviani la capilla Cornaro, que la famosa familia veneciana, ésa que conociera la inefable sor Margaretta, había encargado a Bernini y que éste concibiera a imagen de un teatro. Allí estaban sus más reconocidos miembros, hechos presencia marmórea por el cincel de Bernini, asomados a sus palcos o simulando hablar entre sí, como si el milagro que estuvieran viendo no fuera otra cosa que pura representación o suceso mundano. Y de frente, en el barroco escenario y a modo de permanente escena, el famoso *Éxtasis de Santa Teresa*, tal y como se lo describiera él a sor Arcángela: el cuerpo desprovisto de toda carnalidad, el pie y la mano cayendo, abandonados, la boca entreabierta, todo el ser de la santa entregado a ese dardo del amor divino que portaba el ángel. Y sin embargo, pese al misticismo que lo había inspirado, ¡cuán carnal resultaba todo, pese a la ausencia de cuerpo, pese a no existir morbidez ninguna bajo los mantos monjiles! Y ante la imagen de la santa entregada, olvidada de sí misma, ante aquella maravilla del barroco triunfante, se acordó de las conversaciones que sostuvo con sor Arcángela sobre los éxtasis místicos, y fue tal la presencia de ésta, que, por unos momentos, su imagen suplantó a la de la santa, pero no la que viera por última vez, vieja y enferma, sino aquella llena de una vida que se averiguaba palpitante bajo las tocas; ésa que él, posiblemente de manera inconsciente, amó. Pero no; no eran sólo recuerdos e imaginación: en verdad que aquel rostro se parecía a ese otro, como si el escultor lo hubiera tenido ante sí y copiado fielmente. Santa Teresa era sor Arcángela; más espiritual, menos carnal si cabe, pero sor Arcángela, y fue entonces cuando Viviani recordó que el maestro la había visto y hablado con ella cuando su visita a San Matteo, y recordó parte de la conversación que según la monja sostuvieron.

—¿Qué os dijo Bernini aparte de presentaros los saludos de Artemisia Gentilechi?

—Nada, ¿qué podía interesarle de mí?

Repitió Viviani para sus adentros la frase: «¿Qué podía interesarle de mí?». Pero sí, claro que le interesó, no ya lo que dijera, sino la propia sor Arcángela: ahí estaba su rostro hecho mármol, su óvalo casi perfecto, aquellos ojos semicerrados, aquella boca entreabierta como testigos… Sí, ella estaba allí, presente en aquella capilla tan alejada de San Matteo, y todo a ella le recordaba: el éxtasis, la familia Cornaro, sus riquezas y villas de extraños sucesos y aquella Caterina, reina de Chipre, cuya historia les contó *madonna* Margaretta y que a sor Arcángela gustó tanto… Lloró Viviani en la platea de aquel extraño teatro por la olvidada hija de Galileo, por sus anhelos y esperanzas estériles, pero también reconfortado por la inmortalidad que le había proporcionado Bernini.

Fue entonces, ante aquel altar, rodeado de los fantasmas de los Cornaro, hechos mármol y presencia gracias al cincel del artista, cuando decidió regresar a Florencia y a San Matteo aquella misma tarde.

251

Era de mañana cuando Viviani llegó al convento y *madonna* Ludovica, la nueva abadesa, le recibió. Viviani conocía su historia y entre otras cosas se decía de ella —¡se decían tantas en aquel avispero de Florencia!— que había contribuido a la muerte de su esposo. Tendría la abadesa alrededor del medio siglo, una mirada clara y decidida y era, como tantas, de origen noble: por parte de padre pertenecía a la familia de los Bellarmino, que había dado abundantes teólogos y hombres de Iglesia —concretamente su padre era sobrino de Roberto Bellarmino, el cardenal amigo y protector de Galileo, muy cercano a los Médicis—, y por su madre estaba emparentada con los Colonna. Casó muy niña y contra su voluntad con Raimondo Orsini, no recibiendo de él más que violencia y vejaciones, que ella atribuyó a su parentesco con los Colonna. Orsini y Colonna que habían dado a la iglesia papas y a los ejércitos de las repúblicas italianas memorables *condottieros*, eran ancestrales enemigos desde antiguo, iniciándose la rivalidad cuando el conflicto de güelfos y gibelinos y continuando después con un sinfín de enfrentamientos, muertes y conspiraciones.

La historia de *madonna* Ludovica, nacida Lucía Bellarmino, le recordaba a Viviani a la terrible de los Cenci, y su figura, una mezcla de Lucrecia, la esposa mártir de Francesco Cenci, y de Beatriz, esa hija vejada cuya decapitación por haber planeado la muerte de su padre contempló de niña Artemisia Gentileschi. De los cinco hijos habidos de su matrimonio con Raimondo Orsini sólo uno, Marco Antonio, posiblemente el peor de todos, llegó a la edad adulta, y heredó lo más ruin de sus antepasados, tanto de los Orsini como de los Colonna, extendiendo su crueldad a su propia madre. La represión y el miedo de los que fue objeto cambiaron el primitivo carácter de Lucía, que de apacible y dulce se hizo decidido y enérgico, hasta el punto de planear, según algunos, la conjura contra su esposo, llevada a cabo por los Colonna. A consecuencias de la misma, Raimondo Orsini murió, pero también Marco Antonio. La muerte de éste atormentó a Lucía, pues si era cierto que deseaba la del marido, le costaba admitir haber contribuido de manera más o menos directa a la de su propio hijo. El dilema entre sentimiento y razón no dejaría de mortificarla, y aunque Marco Antonio no era digno de lástima pues no poseía virtud alguna, parecía contra natura que una madre pudiera haber contribuido a la muerte del ser que había salido de sus entrañas. Así pues, huyendo de las represalias de su cuñado Piero Orsini, dispuesto a ir hasta el fondo de la conspiración y a castigar de manera terrible a todos y cada uno de los que hubieran tomado parte en el asesinato de su hermano y sobrino, y también de la culpabilidad que encontraba en sí misma, Lucía Bellarmino ingresó en San Matteo deseosa de paz, pero con el espíritu escéptico de los que han vivido y padecido el mundo. Su pasado y el paganismo de las cortes, que había disfrutado a la par que sufrido, pesaban en su ánimo más que los preceptos religiosos y los estrictos comportamientos de la comunidad. El convento era un refugio y una forma de penar por sus errores, pero no un dogma, y por eso Viviani acudió a ella esperanzado de que al menos oiría y contemplaría sus peticiones.

Madonna Ludovica le recibió cariñosamente, pues consideraba mucho a Viviani no ya por ser un benefactor generoso de la comunidad, sino por su prestigio y por haber estado tan vinculado a Galileo, al igual que su propia familia paterna, y ser de éste el máximo valedor.

—He oído hablar mucho de vos, y os he mandado llamar, porque sé la amistad que os unía a sor Arcángela.

—¿Sufrió mucho?

La abadesa se encogió de hombros en gesto de impotencia.

—Sufrió en vida. Ya estará en paz.

Se hizo un silencio.

—Reverenda madre…

—Decidme.

—Quisiera pediros…

—Hablad, hablad.

—Os suplicaría que me dejarais ver la celda de sor Arcángela.

La abadesa le miró entre condescendiente y extrañada:

—¿Con qué motivo?

—Dicen que la pintó.

—Sí, de eso hace tiempo. Pero ya no queda nada.

—No obstante me gustaría verla.

—¿Acaso ignora, querido amigo, que es clausura? —Sonreía.

—¿Podía existir para la hija de Galileo y para mí alguna licencia?

—No quiera tentarme, Viviani, en que incumpla las normas… —Pero al decirlo, más que soltar reproche, parecía bromear—. Claro que bien mirado sor Arcángela no era una monja cualquiera… ¡En fin! —dijo sonriendo abiertamente—, sea: no creo que éste sea un pecado que no se me pueda perdonar. —Hizo un gesto para que le siguiera.

Atravesaron con paso rápido y decidido el claustro: en sus parterres abarrotados de flores y de plantas olorosas cantaban

253

desesperadas las chicharras. Aunque todo parecía vivir en aquel mediodía de verano, sor Arcángela ya no estaba, y sobre Viviani y la abadesa se proyectaba la sombra de su muerte. Subieron al piso superior por una breve, estrecha y empinada escalera, y se pararon ante una puerta de oscura y vieja madera que la abadesa abrió. Un fuerte olor a humedad y abandono les recibió, como si la celda llevara años cerrada.

—Esta es. Está tal como la dejó.

Viviani miró entonces la pequeña estancia que había servido de prisión a sor Arcángela: allí estaba su camastro, una mesa, una tosca banqueta y un pequeño arcón por todo mobiliario; al fondo, la estrecha ventana, tan estrecha como la de una cárcel y por la que sor Arcángela podía mirar un trozo de cielo cada noche. ¡Qué penuria de vida, qué estrechez de horizontes para aquella que hubiera querido cantar por los teatros de las cortes italianas o plasmar la belleza del mundo en sus lienzos! ¡Qué encierro para quien había recibido la pasión de vivir!

254 Contempló las paredes encaladas, con algunas motitas y ramalazos de humedad a modo de extraños motivos florales. Luego su mirada se dirigió a la pequeña bóveda de cañón que cubría la celda. Allí estaban: despintados, con un colorido tenue y desmayado por el efecto de la cal superpuesta pero todavía averiguados, el cielo de un azul que en su momento sería intenso, tan intenso como el de Santa María *supra Minerva*, las estrellas, la Luna, que casi parecía sonreír, el Sol y la Tierra, como si la pintora se hubiera situado fuera de ella, en una línea de flotación invisible, y pudiera contemplarla en la armonía del Universo. Y lo más curioso es que sor Arcángela la había pintado según la teoría de Galileo, ésa que le costó la reprobación y la sentencia, girando en torno a un Sol amarillo dorado del que podían verse aún sus destellos.

—También aquí la Tierra gira…

—¿Cómo dice, maestro?

—Que también gira en torno al Sol…

—Por eso se lo mandaron borrar —le dijo la abadesa—. Y para colmo de males tuvo que colaborar la propia sor Arcángela en su destrucción.

—No obstante, se puede ver claramente…

—La verdad, Viviani, sale a la luz más tarde o más temprano y por encima de cualquier impedimento… Cuando fui elegida priora, admirada por su talento, la animé a que rehiciera este hermoso techo, pero sor Arcángela se negó: me dijo que ya no tenía ánimo y que lo que se logra una vez queda hecho de manera única.

En aquel fresco malogrado por el rigor, y en el que tuvo mucho que ver su permanente enemigo el padre Ambroggio, no sólo se apreciaba la disposición de sor Arcángela por la pintura, sino la fidelidad a su padre y a sus más íntimas convicciones. «No en vano soy hija de Galileo», le había dicho a Viviani en su última entrevista y en más de una ocasión, y aquel borrado techo, eliminado por herético y al que posiblemente ella dirigió sus ojos por última vez, era su más palpable muestra de su adhesión.

Viviani se quedó un momento pensativo y quieto, enganchado a aquella visión de la bóveda. *Madonna* Ludovica le observaba en silencio, sin atreverse a interrumpir o a estorbar aquella contemplación.

—Si le parece —dijo de nuevo la abadesa—, voy a permitirme otra licencia. Venid. —Tras cerrar la puerta de aquella celda que a Viviani se le antojaba tan llena de secretos lo condujo a un pequeño oratorio situado en un rincón de esa misma galería y desde el que podía verse, a través de una reja acristalada, el presbiterio de la iglesia—. Esta capilla está destinada para uso particular de la madre abadesa, ya que se comunica directamente con su celda —señaló una simulada puerta por detrás del pequeño altar—, pero también puede ser utilizada en caso de enfermedad o impedimento por otras hermanas. Desde aquí mismo oyó más de una vez misa sor Arcángela cuando sus enfermedades e indisposiciones la tuvieron alejada de la iglesia. Pero no os he traído para hablaros de eso, ni para enseñaros una capilla de tantas, sino con el fin de mostraros algo que, estoy segura, va a interesaros.

Madonna Ludovica encendió una vela y dirigió su luz a la pared situada a la derecha del altar: allí podía verse un tríptico abierto de clara procedencia flamenca. En la tabla del centro, presidiendo, la adoración de los Reyes Magos; en la de la izquierda, la expulsión de Adán y Eva del Paraíso, y en la de la derecha, la Anunciación. La tabla de la expulsión representaba un Paraíso frondoso, con multitud de especies vegetales y animales; al fondo, en un plano más alejado, Eva, con la manzana en la mano, se dejaba tentar por la serpiente, y en primer término, Eva y Adán, medio desnudos y con expresión de estar más sorprendidos que angustiados, eran expulsados por un ángel portador de espada flamígera. En la tabla del centro la representación era igualmente convencional: los Reyes Magos, lujosa y anacrónicamente ataviados, de rodillas ante un Niño Jesús semidesnudo y un tanto raquítico que se inclinaba hacia ellos sentado sobre una Virgen hierática que le servía de trono, y un San José maduro y vigoroso apoyado en su bastón. Todos ellos en un espacio porticado, con el asno y el buey al fondo, formando paréntesis, y más allá, un detallado paisaje de alto horizonte. La tabla de la Anunciación era tan genuinamente flamenca como la que representaba la expulsión: la Virgen, de abundante y rizada melena rubia, estaba arrodillada en un hermoso reclinatorio con un libro entreabierto entre sus manos, como si acabara de suspender la lectura para meditar un momento sobre lo leído, tal era su expresión, reconcentrada y ausente. Al fondo, una hermosa chimenea en la que ardía un fuego vivo proporcionaba a la estancia confort y calidez, y a esta sensación colaboraban los objetos desperdigados sabiamente, la riqueza de alfombras, telas y el artesonado de cuidadas maderas; el exterior, de donde provenía la luz, un lustroso campo con unas construcciones góticas en la lejanía, podía verse a través de una ventana en la que los detalles de los postigos y la calidad de los cristales emplomados eran uno de sus principales logros. El ángel, similar a la Virgen en rostro y cabello, envuelto también en ricos ropajes, irrumpía por detrás de ésta, sorprendiéndola en una intimidad del mejor estilo burgués.

—¿Os gusta?

—Sin duda. Siempre me interesaron los viejos maestros de Flandes.

—No tiene firma, pero los entendidos lo atribuyen a Roberto Camping. Cuando ingresé en el convento lo traje conmigo.

Siempre estuvo en el dormitorio de mi madre y después en el mío. Es la única cosa que conservo de antaño y mi única pertenencia. Ahora, además de su belleza y valor, tiene otro cometido. —Acercó más la luz al tríptico—: ¿Observáis algo, Viviani?

—¿Qué tendría que observar?

—Os creo lo suficientemente inteligente para no pensar que os he traído a este oratorio privado sólo para enseñaros una tabla flamenca.

—Muy hermosa.

—Por muy hermosa que sea. Vos que habéis viajado, habréis visto muchas, pero esto que os voy a mostrar es único y primicia. Mirad, mirad bien: ¿no veis una mancha debajo de la tabla de la Anunciación?

Viviani se acercó calándose los lentes.

—Efectivamente, una mancha rojiza.

—Exacto, una mancha rojiza. Lo que queda de haber pintado un vestido rojo. Esta Anunciación flamenca esconde otra italiana mucho más reciente. Mirad:

La abadesa cerró la tabla de la derecha y justamente debajo apareció semiborrada la imagen de una mujer con el cabello dorado suelto, los brazos abiertos en actitud sorprendida y vestida de rojo.

—Podía ser una orante.

—No. Es parte de una Anunciación, aunque no lo parezca. Yo la tomo como tal, aunque alguien habló de un éxtasis místico inspirado en el de Santa Teresa.

—Obra también de sor Arcángela, supongo.

—Supone bien.

La madre abadesa hizo una pausa que Viviani aprovechó.

—La Virgen, pese a estar muy deteriorada, conserva una gran belleza: observad el rostro, el cuello y el escote. Más parece una veneciana del Tiziano o de la Tintoretta que una virgen.

—¿Por qué creéis que la preservo? Porque me gusta contemplarla y admirar las dos versiones: la flamenca tan tradicional y ésta tan insólita y tan pagana. Algunos que la vieron niegan que fuera una Anunciación, y hablan de la posibilidad de un éxtasis místico, que tan de moda están. Pero tanto de Anunciación como de éxtasis místico, tiene poco. Del ángel, nada queda. Debieron de borrarlo a conciencia las encaladoras de turno: al parecer, sor Arcángela tuvo la osadía de pintarlo desnudo, con todos sus atributos, a pesar de que los ángeles no tienen sexo. Al menos, eso dicen. —*Madonna* Ludovica sonrió no como abadesa sino como la mujer de mundo que era. Y añadió—: Quizá sea leyenda.

—¿Cuál de las dos cosas? ¿La del sexo de los ángeles o el ángel pintado por sor Arcángela?

—Seguramente las dos. También se comentó que el rostro del ángel se parecía al vuestro. Pero lo del parecido, desgraciadamente, tampoco podemos verificarlo. —Y ante la expresión perpleja de Viviani, ella aclaró—: No os extrañe, Viviani, que os tomara de modelo: fuisteis el hombre más próximo a ella, el único posible. Claro que más que Anunciación o éxtasis místico, la postura de esa mujer más parece la de Lucrecia amenazando con matarse ante su violador. Si así fuera, os correspondería sin duda un papel un tanto ingrato —dijo la abadesa intentando bromear—. Pero ¡qué importa lo que pintase! Lo importante es que era un hermoso fresco propio de un alma extravagante como la que, de una forma u otra, tienen los artistas, los cuales todos se permiten. Como hermana suya que he sido en el Señor, debería censurarla por su paganismo y atrevimiento, pero también es cierto que amo la pintura sobre todas las artes, y si no la cultivo es por no poseer las suficientes facultades. Sor Arcángela tenía ese don inestimable y casi divino del artista.

—¿Casi divino decís?

—Perdonadme: os habla la aficionada y no la monja. Y acordaros que al de Sanzio, también le apodaron el Divino debido a su perfección.

—¿Y los hombres de ciencia, reverenda madre? ¿Qué opinión os merecen?

—Como los artistas pero a la inversa: la ciencia os limita y acorrala, y justamente porque comprendéis y admiráis los secretos de la naturaleza os sentís pequeños, vulnerables y al margen de cualquier vanidad. Pero tan necesarios son unos como otros: los hombres de ciencia porque nos ayudan a comprender y a mejorar la vida y los artistas porque la embellecen, y sin belleza, la vida es poca cosa. —Suspiró un momento, y cambiando el tono, prosiguió—: Pero volvamos a sor Arcángela y al misterio de esta pintura y de otras que hizo: sea lo que fuere, lo cierto es que también fue censurada como su padre, y también como él tuvo que retractarse.

—¿Retractarse, decís?

—Por supuesto que no hubo sentencia ni tribunal y nadie la obligó a hacerlo públicamente ni por escrito. Simplemente se le ordenó la destrucción de todo lo pintado. Sé que hizo otras anunciaciones, llamémoslas así, en tabla y lienzo, y alguna Magdalena (al parecer tenía preferencia por esta mujer arrepentida), pero de ello, nada queda. Todo ha tenido el mismo destino y aún peor si consideramos que la tabla y el lienzo son más fáciles de eliminar: es suficiente con echarlos al fuego. El fresco requiere más trabajo y no siempre, afortunadamente en este caso, se consigue borrar por completo.

Aunque *madonna* Ludovica sabía la historia de «las purificaciones artísticas» de sor Arcángela y había conocido al padre Ambroggio, que todavía vivía cuando ella ingresó en el convento, no dio detalles a Viviani para no causarle un innecesario dolor. El padre Ambroggio, quien murió de fiebres intestinales, mal muy extendido entre los que habitaban el convento, y posiblemente de *colico morbo*, que también achacaron a sor María Celeste, no privó a sor Arcángela de ningún dolor del espíritu: primero provocó el alejamiento de los seres que amó: Giuseppina y Viviani; luego la mandó destruir con sus propias manos las pinturas que creó.

Viviani quedó unos momentos contemplando aquella figura desvaída que alzaba los brazos entre la sorpresa y la súplica, y aquella cabeza de rubio cabello y hermoso rostro. Le resultó tan parecida a la que recordaba de sor Arcángela cuando era todavía bella y saludable, que no pudo por menos que preguntarse si en el secreto de su celda, además de escribir y ver las estrellas, sor Arcángela no se habría teñido el castaño cabello que se suponía debería tener, por ese rubio dorado de las cortesanas y hermosas de Venecia, y el tema —Anunciación, éxtasis místico o Lucrecia— no fuera más que un pretexto de sor Arcángela para retratarlos a los dos.

Después que Madonna Ludovica volviera abrir la tabla derecha del tríptico ocultando la pintura que se escondía tras él, Viviani le pidió que le hiciera un último favor y le llevara a ver la tumba de sor Arcángela. La abadesa accedió y le condujo al cementerio de la comunidad, situado tras la cabecera de la iglesia, y después de señalarle el sitio, un rectángulo de tierra removida delante del cual Viviani se arrodilló, se retiró dejándole solo.

Pero no terminó ahí la visita a San Matteo, y después del rezo ante la tumba de sor Arcángela, Viviani volvió a entrevistarse con *madonna* Ludovica. De lo que hablaron los dos no se tiene noticia, pero lo que sí es cierto es que cuando Viviani abandonó el convento caía la noche y que, a pesar de la pena que sentía, salía casi alegre, extrañamente confortado.

Epílogo

Quien en la noche del 12 de marzo de 1737, aprovechando la oscuridad de la iglesia de Santa Croce, se había escurrido hasta el cuartito donde reposaron los restos de Galileo y rescatado del antiguo nicho el paquete caído en su interior, no era otro que Frederick Weber, comisionado plenipotenciario del Reino de Nápoles en el ducado de Toscana.

Ya en sus aposentos, y tras abrir el paquete y admirar la hermosa pieza del pequeño telescopio, se dedicó al estudio del cuaderno, y aunque su conocimiento de la lengua italiana no era ni mucho menos perfecto, sacó en conclusión que lo escrito tenía verdadero interés. Enseguida pensó que podía tratarse de una parte de los papeles secretos de Galileo, aunque faltaban las tan traídas y llevadas cartas de las que tanto se habló y especuló sin resultado alguno, pero lo que más le extrañaba es que aquello no hubiera saltado a la vista cuando se abrió el féretro, lo cual le llevaba a la convicción de que éste poseía un doble fondo que, sin duda, había cedido. Pensando que las cartas pudieran encontrarse allí se dirigió, nada más apuntar el alba, a Santa Croce, y tras presentar sus credenciales al párroco, accedió de nuevo a este segundo y misterioso féretro.

La facilidad para su gestión venía dada por tratarse de una mujer anónima de la que nada se sabía, y sobre todo, por su cargo y las nuevas circunstancias del ducado: en virtud de los tratados de 1735, éste había pasado a la casa de Lorena, unida a los Habsburgo de Austria. Los Médicis ya no reinaban en Toscana; habían dejado de decir la última palabra, y al igual que ellos, otros miembros de la nobleza italiana. Habsburgo, papado y Borbones se repartían el grueso de la fragmentada Italia, y la deferencia con la que Weber era recibido y concedidas sus pretensiones se debía a que era miembro de la corte del Reino de Nápoles, tan vinculado a la corte de España y ésta, a su vez, a la dinastía austriaca.

Weber mandó sacar el féretro, no sellado aún, y ordenó que lo llevaran a la sacristía. Allí, en la más absoluta soledad, rodeado sólo de imágenes, hermosas maderas, cuadros y cornucopias, lo examinó. Enseguida se percató del doble fondo, de donde se había escurrido el paquete debido, sin duda, al peso del telescopio, pero no había ni rastro de las famosas cartas. Introdujo la mano, buscó, tanteó, pero no encontró nada. Fue, después de algunos intentos, cuando las halló: allí en discreto montón, había un haz de cartas unidas por un cordelito. Las guardó con cuidado y rapidez, ordenó seguidamente que el féretro fuera devuelto a su lugar y esa misma mañana y de absoluto incógnito, emprendió el camino de Nápoles.

262

La primera reacción que tuvo Frederick Weber cuando tuvo en sus manos todo aquel legado fue quedárselo. Nadie le había visto, nadie sospechaba del hallazgo. Los motivos que había dado para volver a sacar el féretro posiblemente no fueran muy creíbles, pero a nadie parecían haberle importado por tratarse de los restos de una mujer anónima. De los papeles de Galileo nadie se acordaba ya. Había transcurrido demasiado tiempo y se consideraban inexistentes o definitivamente perdidos. Pero a Frederick Weber, como a la mayor parte de los mortales, le movían dos cosas, a menudo contradictorias e irreconciliables: el corazón y la ambición; en su caso, por este orden. Era bien cierto que deseaba mejorar su ya buena situación mediante algún ducado, marquesado o cargo eclesiástico, pero sobre todo, sentía una gran devoción por su soberana, María Amalia de Sajonia, reina consorte de Nápoles. Cuando ella era niña, Weber había sido uno de sus mentores en música y matemáticas, y más tarde, cuando María Amalia abandonó su patria para contraer nupcias con el futuro Carlos VII de Nápoles y más tarde rey de España como Carlos III, él la acompañó y formó parte de su corte. Desde entonces, no la había abandonado, y aunque no podía pretender ningún otro sentimiento por parte de la soberana que afecto, él la había querido desde siempre, semejándose por ello a aquel noble español y luego santo que se enamoró perdidamente de la emperatriz Isabel de Portugal, esposa del emperador Carlos. Si a María Amalia le había entregado todo, su vida y sus afanes, si ni siquiera había formado una familia para no sentirse estorbado en su dedicación, si estaba dispuesto a estar siempre a su servicio, en lo bueno y en lo malo, ¿cómo iba a ocultarle aquel hallazgo, y cómo no le iba a ofrecer aquel raro y perseguido presente?

Cuando Frederik le entregó la caja en la que había guardado todo, una hermosa caja de ébano con incrustaciones de marfil y nácar, María Amalia creyó que se trataba de tabaco, al que era muy aficionada. Fumaba continuamente y de diversas plantas, hasta el punto que tenía los dientes ennegrecidos, lo cual afeaba su hermosa y delicada fisonomía. Lo normal en aquellos años era verla embarazada, llegó a tener hasta trece hijos, y con un cigarro en la mano. El olor del tabaco la impregnaba, la perseguía y hacía notar su presencia, y no había perfume, por fuerte que fuera, que tapara o impidiera aquel olor de fumadora empedernida.

Ella acarició la caja, comentó lo hermosa que era y al decirle su adorador que valía mucho más lo de dentro, la abrió, mas al verlo pareció sentirse por un momento decepcionada. Cuando Frederick le explicó lo que era y cómo lo había hallado, María Amalia lo observó con curiosidad pero sin entusiasmo, y como tampoco tenía los suficientes conocimientos del idioma para leerlo sin dificultad, lo guardó en uno de sus cajones secretos con la intención dárselo a alguien de su confianza para que lo tradujese y, después, entregárselo al rey. Lo que más le llamó la atención fue el telescopio: antes de guardarlo lo acarició, desplegó y miró por él desde la ventana. Hizo algún comentario de tímido entusiasmo y, tras plegarlo, lo introdujo nuevamente en la caja argumentando que sería del agrado del rey. Sin embargo, no le mostraría los papeles hasta que no estuvieran debidamente traducidos y pudiera saber lo que ponían, no fuera a ser que se tratara de un fiasco o contuvieran algo que desagradara a su católico esposo.

Los recientes descubrimientos de Pompeya y Herculano y la construcción del hermoso palacio de Caserta ocupaban la mayor parte del tiempo de Carlos y María Amalia; a esto había que añadir, por parte del monarca, su continua obsesión por la caza, y por la de ella, los continuos embarazos, partos y enfermedades —ya empezaba a hacer mella en ella la tuberculosis que la mataría a poco de llegar a Madrid—. De modo que los supuestos papeles de Galileo pasaron a segundo plano; tanto que terminaron por quedar olvidados en un cajón, en aquél en el que María Amalia los depositó desde el principio. Y así, cuando en el año 1759 Carlos VII de Nápoles abandonó este reino, tan amado, para hacerse cargo de la gran herencia española al morir su hermano Fernando sin sucesión, lo encontrado por Frederik Weber en Santa Croce de Florencia quedó en Nápoles, tan desconocido y oculto como muchos tesoros de Pompeya.

María Carolina, hija de María Teresa de Austria, hermana de la guillotinada reina de Francia María Antonieta, y esposa del tercer hijo que Carlos III dejara en Nápoles para que le sucediera, fue quien encontró lo abandonado por María Amalia. Sin embargo, al igual que su suegra, no le dio excesiva importancia, tal vez porque el nombre de Galileo no le dijera demasiado. A María Carolina le preocupaban otras cosas, entre ellas, aparte de parir continuamente —llegó a tener hasta dieciocho hijos—, imponerse a un marido abúlico y un tanto estúpido. Ella era sin duda la verdadera reina de Nápoles y sus años de reinado los dedicó a su medro personal, a intrigas y a ocupar el puesto que la incapacidad del esposo dejó libre. Sus días transcurrían entre jornadas de caza, fiestas, representaciones teatrales y diversiones varias; también en intrigas y en perseguir encarnizadamente a sus enemigos. No había piedad ni para los hombres ni para los animales, abatidos en los montes con auténtica obsesión y saña, ni sitio para la ciencia. Ni siquiera el legado de Roma que iba emergiendo bajo las escorias del Vesubio despertaba su interés. Si embargo, poseía la virtud de la amistad, y del mismo modo que era cruel y despiadada con los enemigos, era incondicional con aquellos que consideraba próximos. Una de sus más cercanas amistades fue lord Hamilton, embajador de Londres en el reino de Nápoles y, sobre todo, la segunda esposa de éste, la famosa Emma Hamilton, quien luego lo abandonaría para ir tras del almirante Nelson.

Habitaban los Hamilton en un viejo caserón que el embajador convirtiera en palacio, el que en su momento perteneciera a Artemisia Gentileschi cuando, tras su huida de Roma, se instaló en Nápoles. Lord Hamilton había destinado dos salones de su hermosa mansión a guardar los recuerdos de la Gentileschi, justo donde ella había tenido sus habitaciones, como homenaje y pequeño museo a su memoria. Allí estaban algunos muebles que le pertenecieron, entre ellos una alacena repleta de frascos de perfume, una vitrina con figuritas napolitanas, una cómoda pintada que lord Hamilton mandó restaurar, una espineta, dos grandes espejos, un diván que todavía conservaba el brillo de su seda con un par de escabeles haciendo juego y un hermoso escritorio con incrustaciones de marfil. En éste se guardaban anotaciones de la artista y algunas cartas, entre ellas, una de un tal Baldassare Ferri, el famoso *castrati* que levantaba entusiasmos en todas las cortes italianas, especialmente en la de Florencia, donde las mujeres salieron a su encuentro y le trasportaron en hombros hasta la ciudad, y una, incompleta, al parecer de Galileo. También habían pequeños y variados objetos, algunos íntimos, y varios cuadros, dos de ellos atribuidos a su mano: una Magdalena penitente más propia de *El españoleto* que del Caravaggio al que tanto admiró, y una cabeza femenina, posiblemente una Judit de irascible gesto, junto a otros dos de su padre Horacio, uno con el tema de Dánae y un san Genaro, patrón de Nápoles, de paternidad menos segura y de regular factura. Los demás cuadros, de variados temas, eran de autores más o menos conocidos o desconocidos por completo, pero a lord Hamilton le gustaba especialmente uno, una Magdalena casi infantil que cosía junto a la lumbre en una composición más de género que propiamente religiosa. En el cuadrito, tabla en este caso, podía leerse en una esquina de manera un tanto borrosa: LIVIA *G.*, *FECIT*. ¿Quién sería aquella desconocida Livia? Lord Hamilton, por mucho que buscó e indagó, no encontró aquella firma, LIVIA *G.*, en ninguna relación de pintores de la época. Lo demás que dejó la Gentileschi, que era mucho, como si su marcha de Nápoles más se debiera a huida que a proyectado viaje, no valía gran cosa, pero lord Hamilton lo conservaba con estima, por su admiración a aquella artista y singular mujer.

Cuando estalló en Francia la Revolución y cayeron las cabezas de Luis XVI y de la propia hermana de la reina Carolina, el reino de Nápoles se convirtió en República Napolitana o República Partenopea el 23 de enero de 1799. El experimento de la república, ridículo por ser artificial y no sentido por nadie, sólo duró unos meses, ya que en junio fue restaurada la monarquía (cuya restauración también fue breve, ya que en 1806 Napoleón, dueño de media Europa, la convirtió en Reino de Etruria), aunque tampoco de manera definitiva: todavía vivirían Fernando y María Carolina una nueva restauración, caído el poder de Bonaparte, hasta el final de sus días. Esta conmoción social y política la vivió el matrimonio cada uno a su manera: él abatido y adormilado, sin ser plenamente consciente de aquel vaivén, dejándose llevar de unas manos a otras, tres veces depuesto y vilipendiado y tres glorificado injustamente; ella intrigando, negociando, combatiendo y rindiéndose, con la sonrisa mundana y la daga, oculta, apuntando al corazón de quien se le resistiese. Y fueron estos vaivenes que sacudieron Europa los que también marcaron el destino de los papeles de Galileo.

María Carolina, que estaba muy agradecida al matrimonio Hamilton, entregó a Emma, su acompañante en fiestas y correrías y por la que sentía predilección, la caja de ébano que Frederick Weber regalara a su antecesora en el trono con las supuestas pertenencias de la familia Galileo. Pero a Emma no le interesaba el pasado sino el presente, cuanto más intenso mejor, y sabiendo el amor que su marido sentía por el coleccionismo, se la dio como desagravio amistoso y compensación por los amores menos artísticos y sí adulterinos que ella empezaba a practicar con Nelson. Lord Hamilton, que tenía en mucho lo italiano pues consideraba a este país como uno de los más bellos de la tierra y sentía pasión por las piezas raras, bien fuera objeto o libro curioso, lo que le hacía recorrer sin descanso tiendas de antigüedades y mercadillos, tuvo en gran estima este presente y lo guardó, por ser de la misma época, en uno de los salones de la Gentileschi, dentro del escritorio que había pertenecido a la artista y en el que se encontraba, junto con otras, la carta atribuida a Galileo, de modo que el lote constituyó lo que él llamó «colección Galileo». A veces, desde la amplia azotea de su palacio, ése que antes habitara aunque más modestamente aquella casi mítica Artemisia, y desde el que contemplaba la hermosa bahía de Nápoles, se le podía ver mirando por aquel telescopio que un día tocara Galileo y después, sus hijas. También se dedicó a traducir con verdadero entusiasmo el cuaderno y las cartas, y conservó todo ello como algo preciadísimo en el conjunto de su extensa colección. Cuando él muriera todo aquello pasaría al Estado y formaría parte del legado nacional de Inglaterra.

Sin embargo, el experimento de la instalación de la República Partenopea no sólo echó abajo la monarquía sino también sus planes: los reyes tuvieron que huir, y él debió abandonar su hermoso palacio, ese paraíso del Mediterráneo lleno de antigüedades. Como era inseguro llevarlas consigo trasladó las piezas —también la «colección Galileo»— empaquetadas y precintadas con todo mimo y garantías en un barco que partió con destino a Inglaterra. Mientras preparaba aquella marcha, se sintió desalentado y solo. ¿Qué era él sin su colección? Nada. Ni siquiera su adorable y voluble Emma le amaba ya, si es que alguna vez lo había hecho. Sin aquellos objetos, sin toda esa belleza que le había rodeado durante aquellos años, su vida perdería sentido. No era más que un refinado y nostálgico viejo arrastrado por la impetuosidad de las nuevas ideas y los nuevos tiempos. Con el alejamiento de su colección, lord Hamilton era consciente de que su época acababa con él.

El día de la marcha se quedó en el puerto y vio alejarse el barco en el que iba lo más querido hasta que lo perdió de vista, presa de una gran pesadumbre: intuía, quizá, que aquellos afanes de su colección, toda aquella hermosura descubierta y rescatada durante tanto tiempo, quedarían en nada.

Y así fue, porque desgraciadamente aquel barco no llegó a

267

su destino: atacado por los rebeldes se hundió, y los tesoros de lord Hamilton, entre ellos el telescopio, se perdieron en la mar. Algunas cosas, pocas, no obstante, se salvaron. Entre ellas, según algunos, los papeles, que tras muchas peripecias y permanecer desaparecidos por un tiempo fueron adquiridos por un coleccionista de Londres, quien los vendió más tarde a otro de Filadelfia. El rastro de ellos, si es que no hubo falsificación, al parecer acabó ahí. Sin embargo, algunos aventuran más: el hijo de este coleccionista de Filadelfia que terminó arruinándose era el capitán del *María Celeste*, aquel barco que no llegó nunca a su destino y que apareció a la deriva cerca de las Azores sin tripulación a bordo ni señales de haber sufrido violencia. Dicen que este capitán llevaba con él el cuaderno y las cartas que Galileo escribió a sor María Celeste, bien por sentimentalismo o porque tuviera ánimo de venderlas al llegar a destino, y que por ellas puso al barco ese nombre. Pero nadie pudo atestiguarlo por haber desaparecido, inexplicablemente y sin rastro, toda la tripulación.

268   El *María Celeste* constituyó y constituye uno de los misterios más famosos de la navegación: nadie se explica qué pasó con aquel barco a la deriva, que quedó con todos los aparejos y enseres intactos, sin resto alguno de violencia, sin ningún tripulante, ni vivo ni muerto, como un barco fantasma, como si todos hubieran sido arrebatados por una mano invisible. Tan misterioso es este caso como el que sigue envolviendo los papeles de Galileo y en lo que en este asunto tuvieron que ver sus hijas.

CARMEN RESINO

Bibliografía

Sobre Galileo

BANFI, A., *Vida de Galileo Galilei*, Alianza, Madrid, 1967

BELTRÁN MARI, A., *Galileo, el autor y su obra*, Barcanova, Barcelona, 1983

BELTRÁN MARI, A., *Talento y poder. Historia de las relaciones ente Galileo y la Iglesia Católica*, Laetoni, Pamplona, 2006

GEYMONAT, L., *Galileo Galilei*, Península, Barcelona, 1969

ORTEGA Y GASSET, J., «En torno a Galileo», *Revista de Occidente*, Madrid, 1967

SOBEL, DAVA, *La hija de Galileo*, Debate, Madrid, 1999

SOLÍS, C., *Galileo, Kepler, el mensaje y el mensajero sideral*, Alianza, Madrid, 1984

VAQUERO, J. M., *Galileo*, Nívola Libros, Tres Cantos, Madrid, 2003

VILARI, P., *Galileo, su vida y su tiempo*, Gandesa, México, 1953

Otros temas

ARNOLD ROBERT, F., *Cultura del Renacimiento*, Labor, Barcelona, 1928

ARGAM, G. C., *La arquitectura barroca en Italia*, Nueva visión, Buenos Aires, 1960.

CASO, A., *Las olvidadas. Una historia de mujeres creadoras*, Planeta, Barcelona, 2006.

CHECA, F., MORÁN, F., *El arte y los sistemas visuales: el Barroco*, Istmo, Madrid, 1994.

DACIO, J., *Diccionario de los papas*, Destino, Barcelona, 1963

DE LA CHÂTRE, M., *Historia de los papas y los reyes*, Clío. Barcelona, 1993.

Dresden, S., *Humanismo y Renacimiento*, Guadarrama, Madrid, 1968.

Fernández García, A., *Los grandes pintores barrocos*, Vicens Vives, Barcelona, 1989.

Freedberg, S. J., *Pintura en Italia (1500-1600)*, Cátedra, Madrid, 1983.

Hearder, H., *Breve historia de Italia*, Alianza, Madrid, 2001

King, M. L., *Las mujeres renacentistas. La búsqueda de un espacio*, Alianza, Madrid, 1993.

Leonie Frieda. *Catalina de Médicis*, Siglo XXI, Madrid, 2003.

Lortz J., *Historia de la Iglesia*, Ediciones Cristiandad, Madrid, 1982

Madruga Real A., *Historia del arte del Renacimiento*, Planeta, Barcelona, 1994

Maio, R., *Mujer y Renacimiento*, Mondadori, Barcelona, 1988.

Markale, J., *Leonor de Aquitania*, Payot, París, 1992.

Martines, L., *Florencia y la conspiración contra los Médicis*, Turner, Fondo de Cultura económica, Madrid, 2003.

Rodocanachi, E., *La femme italiann avant, pendant et après le Renaissance*, Hachette, París, 1922.

Saba, A., *Historia de los papas*, Labor, Barcelona, 1951

Sebastian, S., *Contrarreforma y Barroco*, Alianza, Madrid, 1989.

Sintes, J., *Cúrate con las plantas medicinales. Prontuario de medicina vegetal*, Sintes, Barcelona, 1975.

Sontag, S., *El amante del volcán*, Alfaguara, Madrid, 1996.

Vasari, G., *Vida de grandes artistas*, Editorial Mediterráneo, ciudad, 1966

Vicens Vives, J., *Historia general moderna. Del Renacimiento a la crisis del siglo XX*, Vicens Vives, Barcelona, 1982.

Willkowe, R., *Gian Lorenzo Bernini, el escultor del Barroco romano*, Alianza, Madrid, 1990.

También me han sido de utilidad artículos e informaciones de Internet.

Este libro utiliza el tipo Aldus, que toma su nombre
del vanguardista impresor del Renacimiento
italiano, Aldus Manutius. Hermann Zapf
diseñó el tipo Aldus para la imprenta
Stempel en 1954, como una réplica
más ligera y elegante del
popular tipo
Palatino

* * *

* *

*

La bóveda celeste se acabó de imprimir
en un día de verano de 2009, en los
talleres de Brosmac, Carretera
Villaviciosa – Móstoles, km 1,
Villaviciosa de Odón
(Madrid)

* * *

* *

*